QUARTIER LIBRE

VINCENT LAHOUZE

QUARTIER LIBRE

Michel LAFON

DU MÊME AUTEUR

Rubiel e(s)t moi, Michel Lafon, 2018.

Tous droits de traduction, d'adaptation et de reproduction réservés pour tous pays.

© Éditions Michel Lafon, 2020
118, avenue Achille-Peretti – CS 70024
92521 Neuilly-sur-Seine Cedex
www.michel-lafon.com

*Aux travailleuses et travailleurs sociaux,
celles et ceux que j'ai croisés sur ma route
durant toutes ces années.
Aux milliers d'enfants, adolescents que j'ai connus,
dont je me suis occupé et qui m'ont tant appris.
À ces treize ans de vie professionnelle.
À l'adulte que je suis enfin devenu.*

« Il m'arrive de trouver que la vie
est une horrible plaisanterie.
Si l'on est tant soit peu sensible,
on est écorché partout et tout le temps. »

FRANÇOISE SAGAN, « Je ne renie rien »
(Entretiens 1954-1992)

« Je dresse un portrait sombre,
mais je ne fais que décrire ce que je vois
Reviens sur terre, laisse tes illusions prendre la mer
Quand tes yeux s'ouvriront,
tu feras comme moi ce constat amer
Ce constat amer, ce constat amer, ce constat amer. »

KERY JAMES, *Constat Amer*

Au milieu des gens qui vont et viennent en silence dans l'appartement, le père d'Ismahane se penche vers Olivier. D'une voix grave mais nouée par l'émotion, il lui dit.

— Tu ne peux pas guérir dans l'environnement qui t'a rendu malade. C'est impossible.

Olivier ne répond pas, il se contente de hocher la tête, tout en l'observant discrètement. Le patriarche est si digne dans la douleur. Si digne dans le deuil, habillé d'une djellaba sombre qui contraste avec les murs blancs. La journée a été éprouvante, mais il reste droit. Puis, un peu comme pour lui-même, il chuchote en faisant peser lourdement sa main sur son épaule.

— Un papa ne devrait pas enterrer son enfant. Ce n'est pas logique. Ce n'est pas dans l'ordre des choses. Jamais. Qu'Allah me prenne à sa place s'il le désire, mais qu'il me rende mon enfant.

Lentement, une larme vient se perdre dans sa barbe grise, qu'il efface rapidement d'un revers de la manche, presque honteux. Ici, les hommes ne pleurent pas. Ici, on ne montre pas ses faiblesses. Dans le minuscule appartement, où la douleur étouffe l'atmosphère, on entend le murmure des femmes qui se lamentent en prières dans la cuisine, dans une mélopée hypnotique. Elles sont en cercle, en train de préparer des litres de thé et des gâteaux pour tenter d'adoucir la peine immense de cette longue nuit blanche qui se profile. Dans le quartier, l'obscurité est tombée.

En bas des blocs, les guetteurs entonnent leurs chants, mélange de sifflements et d'aboiements, pour alerter les clients et les dealers. Leurs cris de ralliements résonnent entre les tours à intervalles réguliers. C'est un grand opéra, une représentation unique chaque soir, mais les comédiens restent toujours les mêmes. Des fantômes encapuchonnés, adossés contre les murs, les poches pleines et le cœur vide. Des ombres habillées de marques, assises sur les marches, dans les cages d'escalier qui sentent la pisse et la pauvreté. La musique entêtante de PNL en bande-son de leurs vies plane entre les barres d'immeubles. Les halls d'immeubles sont leurs terrains de jeu. De temps en temps, le chant de sirène d'une voiture de police retentit au loin. Si elle se rapproche, les ombres s'évanouissent aussi soudainement qu'elles sont apparues. Ici, l'ostentatoire côtoie la prudence.

Quelques étages plus haut, dans le bloc C, les parents d'Ismahane sont prostrés dans le canapé. La maman est méconnaissable. Elle a vieilli de vingt ans en l'espace d'une journée. Les voisins passent devant eux pour présenter leurs condoléances, mais que peut-on dire dans ce moment-là, que peut-on dire ? Parfois, il n'y a rien à dire. Rien. Olivier n'avait pas osé venir à la mosquée, ne s'y sentant pas à sa place. Mais il était venu assister à l'enterrement, en retrait.

Quartier libre

Dans son linceul, dont les nœuds avaient été dénoués, les pieds tournés vers La Mecque, Ismahane dormait à jamais. Chaque personne avait jeté trois poignées de terre sur son corps, et une rose. Bientôt, le drap blanc avait été enseveli sous les pétales et les épines, sous le regard de sa famille et de ses proches. Même le ciel pleurait. Deux jours auparavant, la veille de son anniversaire et au petit matin, le crâne d'Ismahane avait heurté le sol. Du quatorzième étage, elle avait sauté pour aller défier la gravité et le béton du trottoir.

Quand Fatima, la vieille concierge du bloc C, avait marché dans la flaque de sang en sortant les poubelles, elle avait hurlé à en réveiller tout le quartier. La nouvelle s'était répandue à travers les tours comme une traînée de poudre. La petite Ismahane était morte. On ne parlait que de ça au marché. Ismahane du bloc C était morte, la pauvre. Les rumeurs galopent sur les trottoirs, ça chuchote, ça crie. Si jeune, si jeune, cette famille est maudite, d'abord Yassine, maintenant Ismahane ! La police était venue, mais s'était heurtée aux regards franchement hostiles des habitants. Elle n'avait pu que constater le décès et avait fait demi-tour sans chercher à en savoir davantage. La mère d'Ismahane était inconsolable, elle avait passé de longues heures au chevet du corps de sa fille, à lui poser des questions qui n'auraient jamais de réponses. En vain. Ismahane avait quitté le quartier qui l'avait vue naître, sans explications. Aucune lettre, aucun mot qui puisse éclaircir son geste. Ismahane, son sourire qui irradiait chaque personne qu'elle croisait. Ismahane et son insolence qui faisait rire les plus grands du quartier et suscitait l'admiration des plus petits. Ismahane, qu'Olivier avait connue à son entrée en CM2, avait décidé d'en finir avec la vie, comme ça, sans faire de bruit, elle qui en faisait tellement, pourtant.

La main du père continue de broyer l'épaule d'Olivier. Il a l'impression que s'il bouge, le monde se mettra à couler, et lui avec. Alors, il reste immobile. Sur les murs de l'appartement, des photos d'Ismahane s'étalent partout, petite, moyenne, grande, avec ses cousines du bled, avec son frère Yassine, avec ses parents. Il y en a même une avec Olivier, sur un voilier. Sur chaque photo, Ismahane sourit à pleines dents. Solaire. Unique.

Nous sommes en février 2017. La veille de sa mort, elle allait avoir seize ans.
Et personne n'aurait pu prédire son geste fou, son saut de l'ange.

Toulouse, octobre 2011

L'une des premières fois qu'Olivier met les pieds dans le quartier, il ressent un véritable coup de foudre. Au sens propre. Celui qui te cloue sur place, qui te fauche les jambes, celui qui t'écrase au sol et qui te laisse le cœur battant, le corps en sueur.

Il a tout juste vingt ans, cela fait à peine quelques jours qu'il a débarqué ici. Olivier marche dans la rue, en fin de journée, il traverse la grande place pour rejoindre le métro quand un immense courant électrique le traverse de part en part. Il s'écroule, le souffle coupé. Quelques secondes passent, Olivier, qui gît au sol, cherche à reprendre sa respiration. Il ne comprend pas ce qu'il se passe. Et il se relève difficilement.

Soudain, une main l'attrape par la nuque et un coude lui enserre la gorge. Derrière lui, une voix qui le menace.

– Vide tes poches, mec ! On a un Taser, vide tes poches j'te dis ou j'te *retase* dans le cou, moi !

Olivier parvient à se soustraire à l'étreinte de son agresseur, il se retourne pour lui faire face. Ils sont deux. Capuches sur la tête, cols de leurs survêtements relevés jusqu'aux yeux, impossible de distinguer leurs visages. Et Olivier attend de savoir ce qu'ils vont lui faire. Dans la main de l'un des deux, un petit boîtier noir dont jaillit des étincelles. La voix reprend.

— Allez, file-nous ton portable, on n'rigole pas, nous !

Olivier tremble de peur et de colère. Mais il n'a pas l'intention de se laisser dépouiller. Presque malgré lui et par pure provocation, il répond à celui qui tient le Taser.

— Je te conseille de bien viser, enfoiré ! Ne loupe pas ton coup, parce que moi, je ne vais pas te louper ! Ne te loupe pas ! Je vais te casser le bras !

Celui qui accompagne son agresseur se met doucement à rire. Il parle pour la première fois.

— C'est une menace ?
— Non, c'est une promesse !

Olivier a vingt ans et l'arrogance de ceux qui pensent que rien ne peut leur arriver. Ses deux agresseurs se rapprochent de lui. Celui qui a les mains vides se jette sur lui pour l'immobiliser. Instinctivement, Olivier esquive, et balance son poing de toutes ses forces dans le visage qu'il ne voit pas. Il entend le nez craquer sous ses phalanges. À moins que ce ne soit l'inverse. Son agresseur masqué tombe à genoux en vociférant. Olivier l'attrape par le col, porté par l'adrénaline. Mais le deuxième lui décoche un coup de genou dans le creux des reins. Et plaque le Taser contre son cou. Olivier sent des étincelles d'électricité qui lui piquent la peau.

— Petite merde, tu vas le payer ! Tu sais pas qui tu viens de frapper, là ! Qu'est-ce que tu fous ici, on te connaît pas, t'es un flic infiltré ou quoi ?

Quartier libre

La sueur suinte le long de son ventre. Mais Olivier refuse de se taire, il dit, avec un débit de mitraillette.

— Mais vous êtes vraiment débiles, putain ! J'vous ai rien fait, moi ! J'suis là dans ce quartier, je travaille ici, au centre de loisirs et à l'école ! Sur la place ! J'suis pas un flic ou je n'sais pas quoi, je suis un nouvel animateur ! Si ça se trouve, je m'occupe peut-être de vos petits frères, de vos petites sœurs, de vos cousins ! Je le jure, je suis pas un flic !

Le Taser qui hésite. Qui s'éloigne d'Olivier. La voix qui le tient, soudain prudente, qui l'interroge.

— Tu bosses avec Émilie ?
— Oui ! Ma directrice s'appelle Émilie, oui ! Je le jure.
— Elle est comment, dis-moi comment elle est ?
— Une blonde aux yeux bleus, elle a des piercings au visage, même !

Pendant que le premier se tient toujours le nez, le deuxième le relâche. Olivier se dégage, furieux. Mais l'autre baisse les yeux. Il l'entend marmonner dans le col de sa veste.

— Ouais, pardon, c'est bon... On n'savait pas que tu bossais avec Émilie, désolé ! On s'casse... Ça ira pour cette fois.

Avant même qu'Olivier ne puisse répondre, l'inconnu a relevé son pote ; déjà ils font demi-tour, entrent dans un bâtiment, laissant l'animateur seul et tremblant. De rage, de peur et de colère. Olivier regarde autour de lui, personne n'a réagi, les commerçants sur la place se contentent de lui jeter quelques coups d'œil vaguement interrogateurs mais sans plus.

Comme si tout était normal, comme si c'était leur quotidien. Seul un vendeur de fruits et légumes s'approche du jeune homme totalement sonné. Un vieil homme dégarni, avec un accent prononcé, il lui demande.

– Eh bien ! Ça va, mon p'tit ? Rien de cassé ? Tiens, mange un fruit, ça te fera du bien, tu vas voir ! Mange, je te dis ! Te tracasse pas pour ces petits voyous, ils parlent, ils parlent, mais je connais leurs parents depuis qu'ils sont gamins, tu vas voir, tu vas voir !

Il se met à rire, découvrant une bouche édentée, mais pleine de sympathie. Il lui dit. Moi, c'est Hamadi, tout le monde sait qui je suis ici ! Si t'as un problème, viens m'voir, j'ai toujours une datte ou deux à partager, avec un bon thé à la menthe, mais attention hein ! Le thé à la marocaine, le meilleur qui soit ! Tu t'appelles comment ?

Le jeune homme bredouille un « Olivier » mal assuré, Hamadi lui fait un clin d'œil, bienvenue au quartier, j'espère que tu vas t'y plaire malgré cet incident ! Tu verras, tu vas finir par l'aimer ! Si t'as besoin d'un guide, n'hésite pas, petit !

Et sans plus attendre, il regagne sa boutique.

Olivier rentre chez lui, il a encore des fourmis dans les jambes, il a du mal à marcher. Dans le métro, il est obligé de s'asseoir sur les sièges avant de s'écrouler devant les petites mémés – qui pourtant ici aiment la castagne –, offusquées qu'il ne leur cède pas la place. En pénétrant dans son petit studio qu'il habite depuis moins d'une semaine, Olivier a envie de pleurer. Certes, il a vingt ans, mais c'est la première fois qu'il se retrouve seul, loin de sa famille, loin de ses amis. Il ne connaît pas Toulouse. Olivier se sent perdu dans une vie qu'il n'a pas vraiment choisie. Qu'est-ce qu'il

Quartier libre

fout là ? Il aimerait revenir en arrière d'une semaine, confortablement installé dans son cocon familial. Il repense à ses années de dilettante au lycée, à son attitude nonchalante face aux études, à son redoublement en seconde, au bac qu'il n'a pas eu par flemme. À l'année suivante, sabbatique, à ne pas avoir une seule idée concernant son avenir, et à se laisser vivre aux crochets de ses parents sans vraiment savoir ni chercher quoi faire. Olivier n'a jamais eu de grandes ambitions, se contentant d'être moyen, ne voyant pas l'utilité d'être premier. Il entend encore son père, dont les diplômes universitaires tapissent les murs de la propriété familiale, discuter de manière houleuse avec sa mère – architecte reconnue et réputée, mais bien trop occupée par sa carrière pour bâtir une relation saine avec ses enfants. Son père qui lui hurle que travailler lui fera du bien, qu'il est temps qu'il se prenne en main au lieu de passer sa vie sur son ordinateur.

Car Olivier est ce qu'on appelle un geek, capable de passer des nuits entières devant son écran à jouer à des jeux en ligne, à regarder ses vidéastes préférés en live. Longtemps, il n'avait eu aucun projet dans la vie, à part celui de devenir un YouTuber connu spécialisé dans le *gaming*. Après tout, il n'y a pas de sot métier, comme il aimait le répéter régulièrement face caméra. Cependant, pour être quelqu'un de respectable aux yeux des siens, il fallait avoir un CV solidement garni, une bonne culture générale, et une réussite exemplaire à tous les examens. Autant dire qu'entre un permis de voiture obtenu au bout de la troisième fois, et un diplôme du BAFA payé par ses parents dans l'espoir de le faire décoller de l'écran, Olivier faisait figure d'exception, voire de vilain petit canard aux yeux de la famille tout entière.

Un soir, son père était entré dans sa chambre. Il avait l'air calme, mais à la tension de ses mâchoires serrées, Olivier savait qu'une tempête était sur le point de se lever.
– Olivier, je sais que tu es incapable de prendre des initiatives. Il faut dire que le mot initiative n'a aucun sens pour toi, et que tu adores te laisser vivre, mais tu ne peux plus prendre cette maison pour un hôtel. Tu rentres et tu sors quand ça te chante, sans te soucier le moins du monde de ce qui t'entoure ici. Ce n'est plus possible, tu m'entends ? Ce n'est plus possible ! Ta mère et moi avons pris une décision, Olivier. Tu vas bosser, et ce ne sera pas sur ton foutu ordi, crois-moi !

L'aspirant adulte avait regardé son père d'un œil noir, mais s'était bien gardé de répondre, attendant que l'orage passe. Ce qui n'était pas pour tout de suite, vu la pluie de postillons furieux qui s'était abattue sur lui.
– Depuis le collège, t'es un vrai FUMISTE ! Et le pire, c'est que tu as des capacités, en plus ! Mais tes jeux vidéo, Internet, tes copains qui n'en branlent pas une... Et voilà le résultat, pas de bac, pas de fac, tu ne fous rien de tes journées ! Pendant un an, tu nous as menti en disant que tu cherchais du travail, nous avons eu la faiblesse de te croire, mais là ça va changer, je t'le dis ! ÇA VA CHANGER !

Olivier avait baissé la tête, furieux. Sa mère était à son tour entrée dans sa chambre, visiblement décidée à en rajouter une couche.
– Nous avons décidé, ton père et moi, de t'envoyer à Toulouse. Ça te fera le plus grand bien. Mais ne va

pas croire que tu vas te la couler douce là-bas ! Tu vas bosser !

— Et dans quoi ? avait rétorqué Olivier d'un ton délibérément provocateur, je vais devenir caissier ? Ça va, ça n'sera pas trop la honte pour la famille d'avoir un fils qui travaille à Auchan ? Ou il faudra cacher mon existence aux repas chez mamie ? Désolé de ne pas être le fils parfait, hein !

Son père fulminait, il n'avait jamais levé la main sur son rejeton, mais sa main le démangeait de claquer le visage personnifié de l'insolence et de la fumisterie.

— Non. J'ai une meilleure idée. Tu vas travailler dans le social ! Comme animateur ! Ça va te faire du bien de rencontrer des personnes bien plus malheureuses que toi, tu vas voir ! Tu vas bosser avec des enfants, avec un peu de chance ça va te rendre un minimum responsable ! Fini les nuits blanches et les grasses matinées, Olivier ! Ta mère et moi nous allons veiller à ce que tu rédiges ton CV et ta lettre de motivation dès demain, ça te rappellera tes cahiers de vacances, quitte à ce que ça prenne des heures ! J'ai juste quelques coups de fil à donner, et je peux t'assurer que dès la semaine prochaine, tu seras sur le marché du travail ! Je t'en donne ma parole, et tu sais aussi bien que moi que je tiens toujours mes promesses !

Il avait violemment claqué la porte, laissant Olivier abasourdi par le coup qu'il n'avait pas vu venir. Lui, animateur ? Il s'était vaguement souvenu de la colonie avec de jeunes préadolescents qu'il avait encadrés comme stagiaire à ses dix-huit ans pour valider, de justesse, l'ultime partie de son BAFA. Une véritable catastrophe. À peine plus âgé que le public dont il était censé s'occuper, il s'était retrouvé à enchaîner des conneries plus grosses les unes que les autres, comme un gamin irresponsable, sous le regard consterné de son maître de stage. Quant aux stages en centre de loisirs avec des maternelles et des primaires, ils avaient eu un avant-goût de l'enfer. Il y était allé chaque matin la boule au ventre et à reculons. Olivier ne se sentait aucune affinité avec les enfants, c'était pour lui une source à la fois de bruit et de problèmes dont il se serait volontiers passé. Il avait tourné en rond comme un lion en cage, ruminant les paroles de ses parents. Toulouse, on allait l'exiler à Toulouse ! Il connaissait vaguement de nom la ville rose où l'on disait « chocolatine » avec un accent étrange. Des paysans, en somme. S'il allait là-bas, il savait qu'il ne connaîtrait personne. Et il n'avait nullement l'intention de se faire des amis.

Olivier avait pianoté frénétiquement sur son portable, il avait écrit à ses deux meilleurs amis sur leur conversation groupée WhatsApp, il ne pouvait pas garder ça pour lui.

22 h 18 *(Olivier)* Tin les gars, vous n'allez jamais deviner la dernière trouvaille de mes vieux pour me faire chier !!
22 h 19 *(Boris)* Raconte, vieux ! Fais-moi rire, qu'est-ce que t'as encore fait ??
22 h 31 *(Pierrick)* Ils t'ont coupé Internet ?
22 h 33 *(Olivier)* Pire que ça ! Ils ont décidé de m'envoyer à Toulouse pour que je bosse là-bas en tant qu'animateur… Nan, mais les gars, vous m'voyez avec des enfants, sans déconner ?

Quartier libre

22 h 34 *(Pierrick)* WHAAAAAT ? Mais rien ne va dans cette phrase, bro ! Toulouse, animateur... J'en peux plus ! Han... Malaise !

22 h 34 *(Boris)* J'suis explosé ! Toulouse ! J'sais même pas où c'est sur la carte ! Ça craint, putain ! Et toi avec des enfants... J'avoue ! Grosse barre de rire !

22 h 36 *(Olivier)* Apparemment, mon père a des contacts, y a moyen que je sois là-bas dès la semaine prochaine, j'suis tellement deg ! Nan, mais Toulouse, quoi ! T'as vu leur niveau en foot en plus, laisse tomber...

22 h 37 *(Pierrick)* Ils ont l'électricité au moins ?

22 h 38 *(Boris)* Et l'eau courante ?

22 h 40 *(Olivier)* Vos gueules ! J'ai trop la haine, sérieux ! Qu'est-ce que je vais bien pouvoir foutre à Toulouse, franchement ? M'occuper de mioches toutes mes journées, tirez-moi une balle avant !

22 h 41 *(Pierrick)* Déjà que tu as du mal à t'occuper de toi-même, ça va être funky, Olive !

22 h 42 *(Boris)* J'avoue ! Ce carnage !! T'inquiète, on pensera fort à toi quand on jouera à *Call Of Duty* sans toi.

22 h 44 *(Olivier)* Ouais, merci du soutien les gars, trop cool. Bon, en parlant de *Call Of*, on s'fait une partie ? Besoin de buter des gens pour me changer les idées...

22 h 46 *(Pierrick)* J'finis de manger et je me connecte, uep !

22 h 47 *(Boris)* Je suis déjà en place, j'vous attends ! À toute !

Olivier ne savait pas ce qui était le pire dans sa situation. Quitter sa ville et ses amis, se retrouver dans un endroit qu'il ne connaissait pas ou devoir travailler avec des enfants. L'idée de ne plus voir Pierrick et Boris chaque jour ou presque l'agaçait profondément. Il en aurait pleuré de rage. Les trois étaient comme cul et chemise, inséparables depuis le lycée. En ville, on les appelait les Pieds Nickelés, ce qui laissait aux trois adolescents tout le loisir de faire de nombreux jeux de mots grossiers. Oliver, Pierrick, Boris, la vingtaine chacun, et aucune perspective d'avenir sinon celle de faire la fête le plus possible, vivre la nuit et dormir le jour, et passer le reste du temps sur l'ordinateur. Trois ad*u*lescents…

Pierrick et Boris étaient les deux seules personnes qu'Olivier tolérait plus d'une soirée sans écoper d'un mal de tête et de l'envie irrépressible de retrouver son ordi. La perspective d'être entouré de gamins braillards l'angoissait terriblement. Depuis sa plus tendre enfance, Olivier était un solitaire. Déjà à l'école, il refusait de se mêler aux autres, préférant rester seul au milieu des livres, dans un coin de la bibliothèque. La maîtresse, les parents, tous avaient tenté de trouver des solutions pour la « socialisation problématique » d'Olivier. Sans succès. En grandissant, il avait vécu l'arrivée d'Internet comme la liberté. Il avait découvert qu'il pouvait faire partie d'une communauté tout en restant dans sa chambre sans voir personne, au grand désespoir de ses parents. Les années avaient passé, Olivier s'était laissé vivre, avait rencontré ses deux meilleurs amis qui étaient comme lui, sans se préoccuper du lendemain. Jusqu'à ce fameux jour.

Son père, comme toujours, avait tenu parole. En quelques jours, Olivier avait dû faire ses valises, quelques cartons, et s'était retrouvé à Toulouse, dans un petit studio de 19 m^2, que ses parents l'avaient aidé à trouver dans un élan de générosité. Avec un entretien d'embauche comme animateur périscolaire dès le lendemain. La veille de son départ, Olivier avait retrouvé Pierrick et Boris en ville, pour une dernière soirée dans leur QG. Autant qu'elle soit mémorable. Ils avaient enchaîné les verres, payé des tournées à tout le monde, avaient dragué toutes les jeunes femmes en se croyant irrésistibles – ce qui, faut-il le préciser ? n'était évidemment pas du tout le cas. Ils étaient les clients les plus connus du bar, les plus bruyants, aussi. Olivier, chemise grande ouverte, debout sur les tables, braillait *CE SOIR, C'EST QUARTIER LIBRE, LES GARS !* Pierrick et Boris avaient dû le faire descendre avant qu'il ne tombe ou qu'ils ne se fassent virer par le patron, lassé de leurs frasques.

Ils avaient terminé leur soirée au bord de l'eau sur les quais, ivres, regardant l'aurore se lever en fumant des cigarettes. Boris avait rompu le silence d'une voix pâteuse. « Je n'arrive pas à croire que tu te casses. » Un temps. « Ça va être vide sans toi. » Pierrick s'était mis à rire. « Bah alors, Boris, tu deviens sentimental quand t'es bourré ? C'est nouveau, ça ! » Olivier n'avait rien répondu, pas besoin de mots, parfois. Il avait posé ses bras, dans un geste maladroit, sur les épaules de ses deux meilleurs amis, comme pour dire, ne vous inquiétez pas les mecs, ça ira, comme toujours.

Quelques heures après, le déménagement avait été rapide, glacial et silencieux. Olivier avait conservé un masque imperturbable durant le trajet, un mal de crâne intense lui vrillait la tête. Il se contentait de répondre à ses parents par monosyllabes. Sur le seuil de la porte, au moment de se dire au revoir, son père lui avait dit : et tâche de nous faire honneur, pour une fois ! Olivier avait haussé les épaules. Une fois ses parents repartis, il s'était écroulé sur le clic-clac qui allait lui servir de canapé-lit durant de nombreuses années. Olivier n'avait rien avalé depuis le matin, et pour l'une des premières fois de sa vie, il allait devoir se faire à manger. Face à la minuscule plaque de cuisson, il avait paniqué. Dans l'un des cartons que lui avait préparés sa mère, il avait trouvé un paquet de pâtes, de la sauce bolognaise, un peu de parmesan. Avec la maladresse de celui qui est habitué à se faire servir, il avait rempli une casserole d'eau pour la faire bouillir. Honteusement, il avait cruellement pris conscience qu'il n'avait jamais fait le moindre effort pour aider à la maison, se contentant de se faire livrer quand il avait faim si ses parents n'étaient pas là. Une fois les pâtes – trop – cuites, Olivier les avait versées dans un saladier. Il n'avait pas su gérer les quantités et mis tout le paquet dans la casserole. Et au moment de saler son plat, il avait fait tomber dans la sauce bolognaise mélangée aux coquillettes le bouchon de la salière mal fixé, et avec lui une grande partie de son contenu. Immangeable. De rage, Olivier avait envoyé valser le tout par terre d'un revers de la main, et était parti se coucher le ventre creux et le cœur vide.

La nuit avait été courte et agitée, Olivier se retournait sans cesse, il n'avait pratiquement pas fermé l'œil. Un nouvel environnement, des bruits inconnus à l'extérieur, une perte de repères, et voilà qu'il était redevenu un petit enfant n'osant pas s'avouer qu'il a peur du noir.

Le lendemain, à dix heures d'une chaude matinée d'octobre, il avait débarqué dans les locaux de l'association Garonne Animation 31 pour passer son entretien, avec, sous le bras, un classeur contenant son maigre CV, sa lettre de motivation et son diplôme du BAFA. Il n'avait aucune idée de ce qui allait se passer. Assis sur une chaise dans la salle d'attente déserte – tristement banale comme celles que l'on peut retrouver chez le médecin, les journaux people en moins – il avait maudit son père. Une belle jeune femme en tailleur, sûrement la trentaine, des lunettes rondes et un immense sourire qui lui mangeaient la moitié du visage, était entrée dans la pièce.
– Monsieur Gineste ?
Olivier avait redressé la tête, il n'avait pas l'habitude qu'on l'appelle ainsi. Pour lui, Monsieur Gineste, c'était son père. Il avait levé timidement la main, son classeur toujours serré contre lui. La secrétaire l'avait regardé avec gentillesse et lui avait tendu la main. Il s'était empressé de la serrer, en rougissant de timidité sous son charme.
– Enchantée, je m'appelle Alice. Le coordinateur du secteur vous attend dans son bureau. Veuillez me suivre, s'il vous plaît.

Olivier l'avait suivie dans les couloirs, mal à l'aise, inquiet. Et s'il loupait l'entretien ? Il allait dire quoi, à son père ? Que même un simple poste d'animateur n'était pas à sa portée ? Alice s'était arrêtée devant une porte, elle lui avait dit que c'était là, avec un clin d'œil discret derrière ses grandes lunettes. Olivier était entré.

Un homme l'attendait derrière son bureau, pianotant sur son ordinateur.

– Asseyez-vous, je vous en prie ! Bienvenue M… Gineste, c'est bien ça ? Vincent Léonard, enchanté. Je connais bien votre père, nous avons été à la fac ensemble par le passé. Alors, comme ça, il m'a dit que vous vouliez devenir animateur… C'est bien, il en faut ! Nous allons un peu discuter, vous et moi !

Olivier avait balbutié en s'asseyant. Il n'avait pas osé le contredire. L'homme avait lu son CV et la lettre de motivation que ses parents, face à sa mauvaise volonté, avaient fini par lui dicter, et lui demanda :

– Bon, mon cher Olivier, pourquoi vouloir faire de l'animation, alors ?

– Parce que j'aime bien les enfants ? avait répondu Olivier d'une voix hésitante.

– Oui. Les pédophiles aussi, avait aussitôt répliqué le coordinateur, imperturbable.

Olivier avait rougi, conscient d'avoir donné une mauvaise réponse. L'homme avait repris la parole.

– Ne jamais dire que l'on aime les enfants quand l'on vous pose cette question. Ce n'est pas un critère ! Bien entendu, c'est mieux que vous soyez un minimum à l'aise avec le public que vous allez encadrer et animer, Monsieur Gineste, mais ce n'est pas obligé non plus, sachez-le. À l'inverse il ne vous viendrait pas à l'idée de me dire que vous les détestez. Je vous

Quartier libre

repose la question, pourquoi le social, et surtout, pourquoi l'animation ?

Olivier n'avait pas su quoi répondre, comment aurait-il pu expliquer qu'il était là contre sa volonté, qu'il n'avait aucune envie de bosser avec des enfants ? Il avait eu beau chercher ses mots, rien n'était venu.

– Eh bien, vous ne savez pas ? C'est embêtant, tout de même ! Il s'était mis à rire. Bon, ce n'est pas grave, ça viendra plus tard. J'ai cru comprendre que vous aviez le BAFA, vous connaissez déjà un peu la théorie, en somme. Je vois que vous avez effectué quelques stages en centres de loisir. Mais est-ce que vous connaissez les CLAE, les centres de loisir attachés aux écoles ? Je vous écoute. Que pouvez-vous m'en dire ?

Olivier avait vaguement entendu parler de ce dispositif. Avant de passer l'entretien, il avait, sous la pression de ses parents, lu d'un œil distrait une brochure de Garonne Animation 31 à l'adresse des familles. Il tentait désespérément de se rappeler ce qu'il en avait compris.

– Euh oui, je crois savoir ce que c'est… On s'occupe des enfants hors temps scolaire, c'est ça ? On les garde, on les surveille, on leur donne à manger…

– À vous écouter, Monsieur Gineste, nous sommes donc des gardiens de prison ou de zoo ? Que fait-on avec eux, également ?

– Euh… eh bien, on fait de l'animation aussi… On leur propose des grands jeux, des activités, du sport, du théâtre, de la musique, tout ça quoi !

Olivier crevait de chaud, il avait senti ses joues devenir brûlantes.

– Ah ! Eh bien voilà, enfin une bonne réponse, Olivier ! Je commençais à désespérer ! Encore une petite question, nous sommes là pour cela, n'est-ce pas... Connaissez-vous la différence entre une sanction et une punition ?

Olivier était resté perplexe, s'échinant à se remémorer ce qu'il avait appris lors du stage théorique de son BAFA. Au hasard, il avait répondu.

– Quand on sanctionne, c'est avec un but pédagogique derrière alors qu'une punition est quelque chose de bête et méchant en soi ? À moins que ce soit l'inverse ? Non. Je ne sais plus. 'Fin, disons que si on punit un enfant sans lui expliquer pourquoi, cela ne sert à rien, alors qu'une sanction...

– Exactement, cher Olivier, exactement ! La sanction a pour objectif derrière de réparer la faute ou la bêtise. Bien, bien, ce n'est pas trop mal comme réponse. Quels sont vos qualités et vos défauts, comme ça, de but en blanc ?

Le jeune homme était un peu perdu. Quel était donc le rapport avec l'animation ? Il ne s'était jamais réellement posé la question, surtout. Devant son silence confus et la sueur qui perlait à son front, le directeur l'avait regardé longuement, un léger sourire aux lèvres.

– Je pense savoir où vous allez travailler, Monsieur Gineste. Ce sera l'endroit idéal pour débuter votre carrière, croyez-moi sur parole... Demain, soyez à 10 heures devant l'école Sylvain Mauriac, dans le quartier du Mirail. Vous rencontrerez votre direction. Compte tenu que la rentrée était il y a un mois, les effectifs sont déjà complets, mais vous avez de la chance, nous avons eu une démission la semaine dernière, donc... Vous serez animateur en centre de loisirs le mercredi après-midi, et le reste de la semaine en CLAE. Toujours dans les mêmes bâtiments, avec les mêmes enfants, c'est plutôt pratique, n'est-ce pas ?

Quartier libre

Vous verrez, le public est vivant, mais très attachant. Ma secrétaire va vous faire signer votre contrat. Si vous avez la moindre question concernant vos missions et votre salaire, c'est le moment. Bienvenue dans l'animation, Olivier !

L'instant d'après, il s'était retrouvé dehors avec un travail à la clé, le sentiment que tout était allé trop vite et qu'il s'était fait piéger. Au Mirail, donc. Pourquoi le directeur semblait-il considérer que c'était le lieu idéal pour lui ? Travailler en quartier. Il n'avait pas du tout pensé à cette éventualité. Il connaissait un peu la réputation des banlieues, la population qui y vivait. En bon petit blanc, fils de bourges, Olivier avait quelques *a priori* tenaces, alimentés par les médias, les réseaux et son entourage. Et il n'avait jamais vraiment cherché à en savoir davantage. Il se souvenait de ses années de football en club, quand il était plus jeune. Les propos de son coach dans les vestiaires qui crachait allègrement sur les « bougnoules et les crouilles, de la sous-race », selon lui. Olivier était influençable, il baissait la tête sans rien dire, se convainquant que son entraîneur devait avoir ses raisons pour penser ça. Il se taisait, comme presque l'ensemble de l'équipe, par peur de perdre sa place au sein de l'effectif s'il se permettait de contredire le coach.

Travailler en quartier. Il avait appelé ses parents pour leur annoncer la nouvelle, mi-figue mi-raisin. Ils n'en avaient pas été étonnés, plutôt réjouis même. Un coup de son père et de M. Léonard ? Il n'avait pas osé écrire à ses amis, par peur de leurs réactions. Lui, en quartier ? Si on lui avait dit cela encore quelques jours plus tôt, il aurait sûrement ri aux éclats d'un air méprisant. Plutôt crever.

Une nuit blanche à ressasser plus tard, Olivier avait pris le métro, la boule au ventre. Quelques dizaines de minutes après, il était devant les grilles de l'école Mauriac. C'était jour de marché sur la place, Olivier avait dû se frayer un chemin parmi la population autour des étals, l'odeur du thé à la menthe se mêlait au bitume et à la crasse tandis que les vendeurs de cigarettes à la sauvette se mélangeaient à la foule compacte. Olivier n'était pas à son aise, il se sentait comme étranger à ce nouveau monde. Au loin, on entendait des avions qui passaient régulièrement au-dessus des blocs.

Il avait débarqué au beau milieu de la récréation. Olivier avait poussé la porte, timidement, et atterri sous le petit préau de l'école. Il s'était habillé de manière sobre mais chic, pantalon et petite veste noire, chemise bleue, des Converses rouges. Il avait regardé et observé ses futurs enfants criant et courant dans tous les sens. Il se tenait dans le coin de la cour jonchée de feuilles mortes, il attendait sans bouger, ne sachant pas où aller. En quelques secondes, une nuée d'enfants s'était approchée du nouveau venu, l'avait toisé du regard, un peu bousculé, jaugé, de loin. Olivier s'était senti gêné. Les questions avaient fusé.

– T'es de quelle origine, toi ?
– T'as quel âge ?
– Tu t'appelles comment ? Tu remplaces qui ?
– Eh ! Regardez ses chaussures rouges ! C'est quoi, comme marque ?

Olivier s'était senti submergé, il n'avait pas eu le temps de répondre qu'un adulte était intervenu pour disperser les enfants comme on le ferait de mouches agglutinées sur un pot de confiture.

– Retournez avec votre maîtresse, ce n'est pas encore l'heure du CLAE, vous le savez ! À tout à l'heure, les enfants !

Puis, il s'était tourné vers Olivier, la main tendue.

– Tu es certainement Olivier ? Enchanté, moi, c'est Youssef, je suis animateur ici depuis quelques années. On t'attendait, viens, je vais te montrer où se trouve le bureau de la direction ! Bienvenue à Sylvain Mauriac…

Olivier avait suivi l'animateur à travers un dédale de couloirs. Celui-ci lui avait fait faire une visite guidée express, en lui décrivant les différents espaces, les classes, la cantine, les diverses règles à respecter… Olivier avait écouté d'une oreille polie, mais n'avait rien retenu, il était bien trop anxieux et tourmenté. Dans son crâne, une tempête de questions s'était levée. Où était-il tombé ? Que devait-il faire ? Et surtout, pourquoi lui ? Il n'avait pas passé une année sabbatique pour se retrouver à nouveau dans une école. Au bout de quelques minutes, Youssef avait ouvert une porte en l'invitant à entrer.

Dans le bureau, quelques animateurs discutaient, tasse de café à la main, une jeune femme regardait

Quartier libre

l'écran de son ordinateur. Quand Olivier avait pénétré dans la pièce, tout le monde s'était tu et l'avait regardé. La jeune femme s'était levée en souriant. « Enchanté, tu dois être Olivier, je suis Émilie la directrice du CLAE ! Youssef t'a déjà fait visiter l'école ? Tu veux un café ? Un thé ? Tu connais le fonctionnement d'un CLAE ou c'est ta première fois ? Nolwenn et Léane, vous avez prévu quoi, comme activités à midi ? Il n'y a rien d'écrit sur le planning ! Je vous rappelle à tous qu'aujourd'hui, il n'y a pas football sur le terrain, je veux voir d'autres sports proposés. Oui, donc Olivier, bienvenue, si tu as des questions, ne surtout pas hésiter à les poser, pour ce midi, je vais te mettre en binôme avec Youssef, c'est le plus qualifié des animateurs !

— C'est parce que j'ai mon CQP[1], je ne sais pas si je vous l'ai déjà dit ! avait répondu Youssef.

Tout le monde avait ri dans la salle et Olivier avait compris que c'était sûrement une blague récurrente entre eux. Émilie avait continué son monologue sans reprendre sa respiration ni attendre de quelconque réponse de sa part.

— T'as un peu d'expérience si j'en crois ce que m'a dit Alice au téléphone ! Quelques colonies ? Ici, tu vas voir, ça n'a rien à voir, hein ! Pose tes affaires là, tu as un casier de libre, tu remplaces Karima qui a démissionné, enfin... »

Olivier était parvenu à poser une question.

— On ne me l'a pas dit à l'entretien d'embauche, mais quels sont mes horaires ?

---

1. Le CQP, certification de qualification professionnelle, est mis en place par la branche professionnelle de l'animation. La formation est inscrite au répertoire national.

– C'est très simple, tu fais matin, midi et soir. Le matin, 7 h 30 à 8 h 30, le midi 11 h 30 à 13 h 45, et le soir de 16 heures à 18 h 30. Entre ces heures, tu es libre de rentrer chez toi, tu es en pause. Tu peux aussi rester ici, il y a une salle de repos pour les anim, c'est comme tu veux ! Ah, en revanche, tu as trois heures de réunion hebdomadaire le mardi matin, elles sont obligatoires ! Cela nous permet de faire le suivi des enfants, de créer nos projets d'animation, de parler d'éventuelles formations, de vos difficultés... C'est important que tu sois présent et à l'heure, contrairement à certains... Tiens, tu vas faire l'appel des CP 4 pour savoir qui reste au CLAE et qui mange à la cantine, c'est très important pour nous, on se doit de connaître nos effectifs de manière précise ! C'est la classe de Sophie Baujard. C'est bien pour commencer, des CP, tu ne devrais pas trop galérer, je pense... Enfin, j'espère ! Quand ils sont là, tu entoures la croix d'un rond. Quand ils ne sont pas là, tu n'écris rien. C'est simple comme bonjour ! Après, tu iras en cantine manger avec les gosses. C'est bientôt l'heure, les anim, allez prendre vos appels, j'espère que les jeux ont été installés par avance dans la grande cour, pour une fois...

Olivier avait pris la plaquette que lui avait tendue Émilie, il ne savait même pas où il devait aller.
Il avait suivi une animatrice, et lui avait demandé :
– Euh, excusez-moi, Léane, c'est ça ? Je vais dans la classe avec mon appel ou... ?
– Nan, nan, ils vont descendre, on les attend dans la cour. Je vais te montrer où ils seront rangés. Quand tu auras fini ton appel, emmène-les se laver les mains aux toilettes et ils iront manger à la cantine au premier

Quartier libre

service. Ah et moi, c'est Nolwenn, au fait... Tu peux me tutoyer, hein !

Elle lui avait indiqué le poteau de basket, et Olivier y était allé en s'excusant docilement, en se demandant à quel moment sa vie avait vrillé pour en être là.

Au bout de quelques minutes, la sonnerie avait retenti à travers l'école. Et peu à peu, Olivier avait entendu la rumeur des enfants qui enflait dans les couloirs, puis dans les escaliers. Le bruit avait augmenté de plus en plus, comme une vague sur le point de déferler sur la cour, prête à engloutir les animateurs qui attendaient. En un flux continu, les élèves étaient sortis en groupes, certains en courant, d'autres au ralenti, accompagnés de leurs maîtresses et de leurs maîtres. Olivier était encore sa plaquette à la main, appuyé contre le poteau, quand un groupe d'enfants était arrivé avec une jeune institutrice. Elle portait une jolie salopette bleue. Ses cheveux tombaient en cascade sur ses épaules. Elle avait claqué des mains pour les faire ranger deux par deux.

– Bonjour ! On dit bonjour, les enfants ! Je veux voir une jolie locomotive, allez, deux par deux et on attend que l'animateur appelle votre prénom pour démarrer ! Je garderai avec moi ceux qui rentrent manger à la maison !

Olivier s'était raclé la gorge, les enfants l'avaient regardé avec de grands yeux curieux.

– Hm, bonjour à tous, je m'appelle Olivier, je suis un nouvel animateur dans cette école... Je vais commencer l'appel... Feryel ? Stefan ? Ibrahim ? Goun... doba ?

Il avait poursuivi sa liste d'enfants en butant sur quelques prénoms, les enfants riaient et le reprenaient.

Ils devaient être habitués avec les nouveaux. La jeune maîtresse avait dit à Olivier.

— Bienvenue dans cette école, alors ! Moi, c'est Sophie ! J'espère que tu vas t'y plaire. À tout à l'heure ! Allez, les enfants qui restent avec moi, la locomotive va démarrer jusqu'au portail. Tchou-tchou !

Et elle était partie, avec le reste de la classe qui avait fait le bruit du train à vapeur. Olivier n'avait pu s'empêcher de regarder cet étrange spectacle qui se déroulait sous ses yeux. Sophie agitait les bras comme une majorette, dans sa salopette bleue et son petit chemisier à fleurs. Les enfants l'avaient suivie en riant, probablement habitués. À mi-chemin, elle s'était retournée et avait croisé les yeux d'Olivier, elle lui avait souri, et soudain le soleil s'était levé au-dessus de la cour.

Olivier s'était placé devant la cantine, comme Émilie le lui avait ordonné. Youssef était entré à l'intérieur, il lui avait dit, surveille la queue et attends mon signal pour me les envoyer. Olivier avait acquiescé d'un hochement de tête. Comme à la récréation, quelques enfants s'étaient approchés de lui pour lui poser les mêmes questions. Il avait essayé de répondre à tout le monde en même temps, tout en faisant en sorte qu'ils ne resquillent pas dans la file d'attente. Une petite gamine brune, entourée de ses copines, était arrivée comme un boulet de canon, et en poussant tout le monde dans la file qui ne s'était pas laissé faire.

— Laissez-nous passer, en fait ! On est prioritaire, on a projet Danse avec Nolwenn ! Nan, mais laissez-nous passer, quoi, on doit répéter pour notre spectacle !

Quartier libre

Un peu dépassé, Olivier avait tenté de l'attraper par le bras et lui avait demandé de faire la queue comme tout le monde, mais aussi rapide que l'éclair, elle s'était dérobée. Puis, elle s'était tournée vers lui, l'avait dévisagé des pieds à la tête.

– Eh ! mais tu m'touches pas, en fait ! C'est pas toi qui paies mes vêtements, oh ! T'es qui, toi ? Tu t'appelles comment ? T'es un nouveau ? Vazi, laisse-moi passer avec Tania et Nihed, steuplé !

Olivier avait hésité, mais il était déstabilisé par l'aplomb et l'assurance de cette enfant. Pour se donner une contenance et gagner un peu de temps, il avait engagé la conversation.

– Moi je m'appelle Olivier, mais on peut m'appeler Olive. Et toi ? Tu m'as l'air bien agitée pour aller manger...

La gamine rit avec ses copines.

– Ça se voit que tu ne m'as jamais vu agitée ! Moi, c'est Ismahane, en fait ! C'est bon ? Les présentations sont faites, on peut passer ? On s'est même lavé les mains, t'as vu...

Et elle lui avait collé ses doigts sous le nez. Olivier avait capitulé, et les avait laissées entrer. Au moment de franchir la porte, Ismahane s'était retournée et avait crié à son attention :

– Merci *Zitoune*, c'est cool !

Olivier était resté interdit. Comment l'avait-elle appelé ? C'était quoi, comme insulte ? Il avait senti la colère monter en lui. Ne sachant pas trop comment réagir, il avait baissé la tête et serré les poings pour ne pas s'énerver. La journée commençait bien ! Au moment du premier débriefing, quand les gosses étaient rentrés en classe, Émilie avait demandé à Olivier si tout s'était bien passé.

— Euh, eh bien oui, je crois que ça a été, à part une gamine un peu survoltée, Ismahane, qui voulait passer pour le projet Danse avec... Nolwenn, je crois, et qui m'a insulté en me traitant de *Zitoune*... Du coup, je n'ai pas su quoi dire...

Youssef avait éclaté de rire. Tous les animateurs étaient hilares.

— Ah, mais non ! Ce n'est pas une insulte ! Ça veut simplement dire « Olive » en arabe !

Olivier s'était senti bête, il avait rougi en balbutiant ces mots.

— Olive... Ah ! Merde ! Je pensais que c'était un gros mot, moi ! J'suis con... J'ai failli l'engueuler pour rien ! Pardon pour la question...

Émilie avait coupé court à sa confusion, en reprenant.

— Cela dit, elle t'a quand même bien entubé ! Y avait pas projet Danse avec Nolwenn aujourd'hui, c'est tous les vendredis... Zitoune. Tu n'as même pas fini ta journée, et te voilà déjà baptisé par Ismahane... Tu n'as pas fini d'entendre parler d'elle et de ses copines, c'est moi qui te le dis...

Olivier avait repensé à la petite gamine. Ses cheveux noirs, sa longue queue-de-cheval, son allure de garçonne et son caractère bien trempé. Il avait souri. Finalement, il allait peut-être s'y plaire, dans cette école.

Olivier rase les murs, baisse la tête, sur le qui-vive. Il n'a pas dormi de la nuit, trop occupé à ressasser sa mésaventure, à repenser au courant électrique et au craquement de nez de son agresseur de la veille. Il n'a pas osé en parler à Pierrick et Boris. Ne surtout pas montrer un quelconque signe de faiblesse après cette première semaine à l'école. Il n'a pas voulu en parler à son père, ça lui ferait bien trop plaisir, ni à sa mère, elle ne lui répondrait pas. Où est-elle, d'ailleurs ? Il ne le sait pas, sûrement sur un chantier, sûrement hors frontières, comme toujours.

Olivier sort du métro, il sursaute à chaque bruit suspect, à chaque pas derrière lui. Il a hésité à venir travailler, à prétexter être malade. Voire à démissionner. Mais bien qu'il soit de nature peureuse, il n'en reste pas moins une personne fière. Et malgré l'angoisse diffuse qui lui tord le ventre, il refuse de s'avouer vaincu. Pas maintenant. Pas si tôt. Durant le CLAE, il ne dit rien, préfère rester silencieux et discret. Il écoute les vannes fuser entre ses collègues. Après tout, il n'est pas là pour parler de ses états d'âme, il ne compte pas s'en faire des amis.

Youssef s'approche de lui.

– T'es bien silencieux aujourd'hui, ça va, Zitoune ?

– Tranquille, merci ! Un peu fatigué, c'est tout...
– OK, OK ! Si t'as besoin de quoi que ce soit, n'hésite pas, hein ! On est une équipe !

Youssef n'insiste pas, il sent qu'Olivier n'a pas envie de parler, mais il voit bien qu'il n'est pas dans son assiette. Émilie fait les plannings, elle dit, ou plutôt elle crie à la cantonade :

– CE SOIR, OLIVIER, TU ES À L'ACCUEIL AVEC MOI, OK ? CE N'EST PAS COMPLIQUÉ, T'INQUIÈTE !

En une semaine ici, Olivier a compris le fonctionnement au sein de l'équipe. Quand Émilie décide et pose un cadre, donne une consigne ou une tâche, il faut répondre oui, quel que soit ce dont il s'agit, alors il acquiesce de la tête consciencieusement. À midi, dans la cour de l'école, les enfants vont et viennent. Olivier est sur le terrain, à proposer un foot. Marwan et Walid, les jumeaux de CM2, sont tous les deux capitaines d'équipe. Les deux frères se livrent une rivalité féroce qui se ressent à chaque minute de la journée, qu'importe le lieu, qu'importe l'action. Il n'est pas rare que des enfants de cet âge se détestent cordialement, mais l'animosité entre ces jumeaux dépasse le simple conflit, elle tient d'une haine infinie. Tout est sujet à compétition, ou plutôt à l'affrontement entre eux deux. C'est à celui qui aura la meilleure note, le meilleur classement, le plus grand cercle d'amis. Ils sont aussi identiques physiquement qu'opposés de caractère. Tout le monde les confond, même leurs parents ont parfois du mal à les dissocier. Marwan et Walid sont comme le yin et le yang. Si l'un brille en classe, et c'est souvent le cas de Walid, premier dans de nombreuses matières, l'autre fera tout pour le surclasser dans un autre domaine. Mélange d'admiration, de haine et de jalousie, va savoir. Youssef donne à Olivier une astuce pour savoir qui est qui. Walid a une tache de naissance sur le haut de l'épaule. Marwan aime d'ailleurs se moquer de son frère en disant qu'il a la peste. Mais hormis ce détail physique, les jumeaux sont chacun le reflet parfait de l'autre.

Olivier distribue les maillots. Marwan a la chasuble verte. Walid, la rouge. Ismahane fera l'arbitre. Olivier est content de la voir participer à des activités – autres que la danse, bien entendu. Le match commence, les deux équipes s'affrontent sans lésiner sur les tacles et l'engagement physique. Les buts s'enchaînent, Olivier est parfois obligé d'intervenir pour rétablir l'ordre, mais Ismahane prend son rôle à cœur. Le jeune animateur est impressionné par son aisance et sa connaissance du ballon rond, elle distribue carton sur carton, punchline sur punchline. Elle est à la fois arbitre, commentatrice, entraîneuse, joueuse, public. Elle invective, n'hésite pas à contredire les garçons, connaît les règles sur le bout des doigts et ne cède pas à la pression de l'une ou l'autre équipe. Elle court sur le bord du terrain sans jamais être fatiguée. Sacrée Ismahane. Devant son regard étonné, elle lui dit, je fais du foot dans un club depuis trois ans, Zitoune, tu croyais quoi ? Que je n'aimais que la danse ? Les filles aussi ont le droit de jouer à la balle ! Et elle éclate de rire.

Marwan intercepte la balle, fidèle à son habitude, il dribble tout le monde, histoire de faire son intéressant. Faut dire qu'il est secrètement amoureux d'Ismahane, rien qu'en une semaine, Olivier a déjà pu s'en rendre compte. Il faut qu'il brille devant elle. Il est le boss de la cour de récréation, il doit tenir son rang.

Et puis pour une fois qu'Ismahane le regarde jouer. Il pense que personne n'est au courant, mais toute l'école connaît son secret. Malheureusement pour lui, Ismahane préfère Walid. La vie est parfois cruelle. Marwan se retrouve face à son frère ennemi, au bord de la surface de réparation. Il tente de le passer, donne un coup d'épaule, l'agrippe par sa chasuble. Walid, se sentant débordé, tente le tout pour le tout et tacle son frère, les deux pieds décollés, par-derrière. Marwan s'écroule en hurlant. Il se tient la cheville, en se roulant au sol avec la conviction d'un joueur italien. Olivier accourt, craignant le pire. Mais déjà Marwan se redresse, fou de rage. Il se jette sur Walid, l'agonit d'injures, plus vexé d'avoir chuté devant Ismahane que blessé. Il l'attrape par la gorge.

— Mais sale fils de pute !! T'ES VRAIMENT UN PD, WESH ! J'VAIS TE TUER ! FILSDEPUTE ! FILSDEPUTE ! FILSDEPUTE !

Il n'a que cette insulte à la bouche et la crache en boucle. Olivier ne sait pas comment réagir, il est tétanisé par la violence qui se dégage de l'enfant. C'est la première fois qu'il assiste à une telle scène. Il reste figé, incapable de bouger, de prendre une décision. Dans sa tête, c'est une vague d'angoisse qui le submerge, comment des gosses peuvent-ils avoir de tels accès de rage ? Les injures et la rage de Marwan l'ont foudroyé sur place comme le Taser de ses deux agresseurs de la veille. Ismahane est la plus rapide, en quelques secondes, elle s'interpose entre Marwan et Walid, qui tente de se protéger le visage des coups de son frère. Ismahane n'a plus son grand sourire qu'Olivier apprécie tant. Ses yeux jettent des éclairs, sa bouche entrouverte prend des airs de meurtrière, prête à déverser toute sa colère. Elle pousse Marwan par terre, lui balance un coup de pied et hurle.

– MAIS T'ES CON, CE N'EST PAS POSSIBLE !! VOUS AVEZ LA MÊME MÈRE !! TU DIS FILS DE PUTE À TON FRÈRE ! DÉBILE, ESPÈCE DE DÉBILE ! T'INSULTES TA MÈRE, ELLE A RIEN FAIT EN PLUS, TA MÈRE, LAISSE LA FAMILLE EN DEHORS, CE N'EST PAS BIEN !

Elle se retourne vers Olivier, toujours aussi furieuse, les yeux noirs, elle tente de se calmer, tandis que sa voix se brise sous le coup de l'émotion.

– Zitoune, fais quelque chose ! Ce n'est pas possible de jouer avec les deux ! C'est toujours la même chose quand y a du foot ! J'en ai marre d'eux, j'en ai marre des garçons, pourquoi c'est aussi bête, un garçon, quand il y a un ballon et des filles à côté ? Sérieux, Zitoune, c'est abusé !

Marwan se relève, rouge à la fois de colère et de honte. Il jette sa chasuble et quitte le terrain, les larmes aux yeux. Les autres enfants, qui semblent habitués, voire blasés par le comportement des jumeaux, attendent que le match reprenne. Walid est un peu gêné, il sait qu'il a provoqué la faute et qu'il est en tort, lui aussi. Le même rouge au front que son frère, et pour sauver l'honneur, il bombe un peu le torse, regarde l'équipe adverse d'un air de défi. Mais Ismahane le fusille du regard, alors il baisse la tête, honteux. Du bout des lèvres, il implore le ciel, du bout des lèvres, il remercie Ismahane dans un murmure. Lui aussi, il l'aime, mais comment ne pas aimer Ismahane ? Tout le monde aime Ismahane.

Olivier, encore perturbé par cet incident qui l'a pris par surprise, essaie de reprendre le contrôle de son activité. Décidément, le métier d'animateur est bien plus complexe que ce qu'il avait pu entrevoir lors de ses sessions BAFA. Dans son imaginaire et dans ce qu'il avait vaguement retenu de la théorie, à aucun moment il n'avait été question de ces moments où les enfants pouvaient être en proie à des émotions aussi complexes, difficiles à canaliser. Chaque jour passé à l'école lui fait réaliser à quel point il a faux sur toute la ligne. En une semaine, Olivier a pris la réalité du terrain de plein fouet.

Au moment du petit bilan quotidien de l'équipe, de 13 h 35 à 13 h 45, Olivier d'ordinaire silencieux prend la parole pour la première fois. La voix tremblante face à son aveu d'impuissance, il cherche ses mots, hésite, il évoque l'incident entre les jumeaux, explique que Ismahane est intervenue, qu'il n'a pas su quoi faire. Émilie, à l'écoute dans son rôle de directrice, mais toujours aussi franche et empressée, lui demande, à brûle-pourpoint.

– Et t'es allé voir Marwan, après ? Tu as fait le relais à son instit ? Tu ne dois pas rester sans réaction ! N'hésite pas à passer la main à un membre de l'équipe, si tu n'y arrives pas ! Il n'y a pas de honte à avoir. En revanche, un enfant n'a pas à régler un conflit à ta place ! Elle est où, ta crédibilité en tant qu'animateur, sinon ? Et puis, Ismahane va se sentir pousser des ailes, déjà qu'elle aime bien se mêler de ce qui ne la regarde pas !

Olivier baisse la tête, comme un enfant pris en faute. Au fond de lui, il a envie de pleurer et de se barrer de là. De tout planter. Sa directrice est directe, elle ne prend pas de pincettes pour lui dire les choses. Si elle a de nombreuses qualités, elle n'a pas celle du tact. Pas le temps pour ça. Youssef, voyant son

Quartier libre

mal-être, intervient auprès de sa supérieure, la voix calme et posée.

— Nan, mais Émilie, Olivier débute, aussi, il n'a pas encore les acquis, c'est normal, faut l'accompagner, l'envoyer en formation, rappelle-toi mes débuts !

Émilie lève les yeux au ciel, on la sent agacée mais elle préfère ne rien dire devant la vérité simple de Youssef. Les animateurs se lèvent autour de la table, c'est l'heure de la pause. Léane et Nolwenn prennent Olivier par les épaules.

— Allez, Zitoune, ce n'est pas grave, *hermano* ! Viens, on va boire un café au Mirail avant 16 heures avec Nolwenn et Youyou, c'est moi qui paye, ça va te changer les idées ! lui dit la première.

Olivier hésite. Il ne sera pas vraiment de bonne compagnie, mais comment résister aux grands yeux de biche de Nolwenn derrière ses lunettes rondes ?

— Ça va te faire du bien, Olivier ! Promis… ! Allez, viens !

Au café du Mirail, l'équipe de Mauriac essaie de remonter le moral d'Olivier. Le soleil d'octobre brille au-dessus de la terrasse, et les rires, les discussions animées finissent par lui réchauffer le cœur. Ce soir, il sera à l'accueil avec Émilie. Pour la première fois, il ira à la rencontre des parents qu'il ne connaît pas encore. Il appréhende.

Durant toute la journée, il a été assailli de bouffées d'angoisse, des flash-backs de son agression de la veille, l'altercation entre les jumeaux n'a pas aidé à le calmer, il se demande ce qui peut bien lui arriver, encore. Mais Léane le rassure.

— T'as peur de quoi ? Tu seras avec Émilie, t'inquiète pas ! Elle connaît les parents sur le bout des doigts, t'auras juste à appeler les noms des enfants demandés à l'accueil dans le talkie-walkie, et je serai au poste du papillon ce soir. En d'autres termes, c'est moi qui suis chargée d'aller te chercher les gosses à travers l'école, stresse pas ! On est une équipe, *comprendes* ?

Olivier acquiesce. Il y a encore une semaine, ce langage particulier, ces gestes précis au sein de l'animation lui étaient totalement incongrus, étrangers. Utiliser un talk, devenir un papillon, porter une trousse de secours, tenir la porte de la cantine. Mais il s'y était rapidement habitué. *Comprendes ?* Oui, Olivier a compris.

Léane a un délicieux accent espagnol qui trahit ses origines, des cailloux qui roulent dans son palais, qui dévalent sa langue et vont se perdre entre ses dents. Olivier a compris dès son arrivée qu'elle était le feu follet de l'équipe, que si elle arrivait le matin l'esprit et le cerveau éteints, c'est tout le monde qui se retrouvait dans une morosité ambiante, une atmosphère grisâtre qui se collait aux murs et sur les joues des enfants. Aussi blonde que Léane est brune, Nolwenn est la benjamine du groupe, une allure féline, un chat qui danse à chacun de ses pas. Si elle devait être un élément de la nature, Nolwenn serait un lac tranquille dont la surface reste lisse en apparence. Mais derrière ses grands yeux bleus, Olivier décèle des profondeurs, des abysses que peu d'hommes ont su explorer. Bien qu'il ne soit pas du tout un expert de la gent féminine, et n'ayant que peu de connaissances en la matière, Olivier a cette troublante intuition chaque fois que son regard croise celui de la jeune femme. Et puis, il y a Youssef, le sage, l'expert du groupe, le détenteur du CQP, diplôme de haut vol dans l'animation. Dès l'arrivée d'Olivier, il a décidé de le prendre sous son aile afin de lui transmettre son expérience. Avec eux,

Quartier libre

il décompresse, il apprend, il découvre. Il ne se sent plus si seul... L'après-midi s'écoule lentement, la pression redescend pour Olivier.

À 16 heures, il est à son poste du jour : l'accueil, en compagnie d'Émilie, prêt à recevoir les familles venues chercher leurs enfants. Olivier est à nouveau inquiet, il peine à contrôler sa nervosité. À sa grande surprise, lui qui, sans raison et par préjugés tenaces, s'attendait à se retrouver face à des personnes n'ayant pas les mêmes codes sociaux que lui, ou indifférentes, il découvre des parents, pour la grande majorité d'une gentillesse désarmante. Des femmes voilées avec poussettes, les poches pleines de bonbons pour leurs mômes, des hommes discrets, fatigués, les mains tachées de peinture ou de cambouis, qu'importe la couleur de leur peau, des jeunes femmes aux longs cheveux moulées dans des robes bon marché, le portable vissé à l'oreille, en train de refaire le monde avec on ne sait qui à grand renfort de cris et de hurlements de rire ; des grands frères taciturnes en survêt casquette, aux colliers de barbe impeccablement taillés. Au milieu de ce va-et-vient, ça parle arabe, espagnol, italien, français, ça crie, ça rit, ça vit. Olivier est au sommet de cette tour de Babel, il est au centre de cette cour de Babel. Dans sa petite ville, en pleine campagne, il n'a jamais connu une telle diversité. Les seuls Noirs et Arabes qu'il pouvait voir étaient à la télévision, et rarement pour une bonne raison, sauf si c'était un match de l'équipe de France. Une fois encore il découvre le gouffre entre son monde, celui dans lequel il a grandi, et le vrai monde tel qu'il est dans sa richesse et sa pluralité...

Soudain, un jeune homme entre, capuche sur la tête.
— J'viens chercher Ismahane... annonce-t-il à Émilie sans prendre la peine de relever son visage.

— Tout d'abord, bonsoir Yassine, ce n'est pas parce qu'il y a longtemps que tu n'es plus dans cette école et que tu es au lycée qu'il faut en oublier les bonnes manières, n'oublie pas que je t'ai connu tout petit... Olivier, appelle Ismahane s'il te plaît... !
— Ouais... pardon Émilie, bonsoir, j'voudrais Isma, merci...

Au moment où Yassine prononce ces quelques mots, il redresse la tête. Quand ses yeux croisent ceux d'Olivier, il détourne aussitôt le regard, le visage pâle. Cela ne dure que quelques secondes, mais Olivier, qui était au talk avec Léane, a eu le temps d'apercevoir à quoi ressemble le grand frère. Il s'arrête brusquement de parler. Yassine arbore un magnifique cocard sous les deux yeux, et un énorme pansement sur le nez.

Olivier a les mains qui tremblent, les images sur la grande place qui tournent en boucle dans sa tête. Il s'oblige à respirer profondément, à serrer les poings en silence. Aucun doute possible, Yassine est bien l'un de ses deux agresseurs de la veille. Et, comble de l'ironie, il est donc le grand frère d'Ismahane. Comme le monde est petit, surtout dans un quartier. Émilie dévisage Yassine avant de l'interroger.

« Eh bien ! Qu'est-ce qu'il t'est arrivé, Yassine ? »

Il ne répond pas, il se contente de hausser les épaules en continuant de fixer le sol. Au bout de quelques minutes d'un silence pesant, Ismahane finit par arriver.

En partant, elle crie, avec son plus grand sourire :
— Au revoir, Zitoune ! À demain matin !

Mais à peine franchit-elle la porte de l'école que son visage se ferme au contact de son grand frère. Yassine lui prend son cartable sans lui parler, il ne lui dit même pas bonsoir. Il se retourne vers l'accueil du CLAE, adresse un vague signe de la tête à Émilie, ce qui doit signifier bonne soirée dans son langage, jette un rapide coup d'œil en direction d'Olivier et les deux silhouettes s'éloignent. Émilie, à qui rien n'échappe, se tourne vers son animateur.

– T'es blanc comme un linge, ça va ? Vous vous connaissez, avec Yassine ?

Olivier serre les dents : à quoi bon raconter ce qui lui est arrivé maintenant ?

– Oui, ça va, Émilie, j'suis juste fatigué, rien de grave.

Émilie hausse les épaules. Elle a senti le malaise entre Yassine et Olivier. Elle ne va pas obliger le jeune animateur à se confesser s'il ne le veut pas. Elle se contente de lui dire, je ne sais pas si l'on t'en a déjà parlé, mais fais attention au grand frère d'Ismahane, Yassine. De nombreuses rumeurs racontent qu'il est devenu un gros dealer dans le quartier, et qu'il est assez dangereux même. Olivier ne répond pas, dangereux, il s'en était rendu compte, en effet. Mais pour ne pas se laisser submerger par la peur, il a décidé de ne pas y penser et d'aller de l'avant, coûte que coûte.

Lorsque la journée se termine, Olivier rentre directement chez lui. Il a repoussé jusqu'au dernier moment l'heure de partir, n'étant pas à l'aise à l'idée de retraverser la place. En longeant les blocs des bâtiments, il a le sentiment qu'on l'observe depuis les balcons fleuris de paraboles. Il passe devant les tours A et B, ces immenses tours que la mairie de Toulouse a décidé de peindre en couleurs vives pour faire vainement oublier aux habitants que leurs horizons restent gris. Olivier s'attend à chaque seconde que Yassine apparaisse dans son dos, qu'il jaillisse d'un bosquet et qu'il le menace, puisqu'il l'a reconnu. Mais rien ne se passe. Ce ne sera pas pour aujourd'hui.

Il repense au visage d'Ismahane quand elle est partie avec son frère. Elle qui, en temps normal, est si pleine de vie, de repartie, si vive qu'elle en donne le tournis à l'équipe d'animation… Elle s'était tendue, éteinte, à l'arrivée de Yassine. C'est comme si Olivier réalisait seulement que les enfants ont une vie hors de l'école et du centre de loisirs, et que leurs quotidiens ne doivent pas ressembler à sa jeunesse privilégiée à la campagne.

À quoi peut ressembler la vie d'Ismahane en dehors des murs de Mauriac ? En l'espace d'une semaine, il s'est attaché à cette gamine, à ce surnom improbable qu'elle lui a donné et qu'elle est la seule parmi les enfants à utiliser. Elle n'est pas simple, loin de là, elle a son caractère en acier trempé, elle finit régulièrement dans le bureau d'Émilie pour son insolence envers quelques animateurs, mais elle a aussi le cœur sur la main.

Dès son arrivée dans l'école, Olivier avait pu constater sa générosité et son dévouement envers les plus petits. En effet, il est de coutume que les CP soient pris en charge par les plus grands, les CM1-CM2, dès le début de l'année, et ça durant quelques semaines. Afin qu'au sortir de la maternelle ils ne se sentent pas trop perdus, lâchés dans la grande cour. Des CM1-CM2 volontaires deviennent des parrains et des marraines, souvent de leurs propres petits frères et sœurs, leur faisant visiter l'école, les aidant à porter leurs plateaux à la cantine. Olivier avait ainsi appris qu'Ismahane s'était proposée pour être la marraine de deux petites CP, Adea et Inaya. Et elle prenait

Quartier libre

son rôle très au sérieux. Régulièrement, elle délaissait son propre groupe de copines pour aller jouer avec les deux petites, qui en quelques jours étaient devenues inséparables. Adea et Inaya n'étaient pas dans la même classe, mais elles passaient leurs récréations, les repas et les temps périscolaires ensemble, collées l'une à l'autre, quelle que soit l'activité proposée. Avec son énergie, Ismahane leur avait donné un peu de son assurance et mis fin à leurs sanglots du matin à fendre le cœur.

C'était tout Ismahane. Capable du meilleur comme du pire. Elle avait noué avec Olivier un lien que les autres n'expliquaient pas. Une relation de confiance. Cela s'était fait de manière naturelle, dès le premier jour où elle l'avait baptisé Zitoune. Ismahane, d'ordinaire si farouche avec les adultes, avait d'emblée aimé les activités proposées par Olivier, elle aimait lui parler, rire avec lui. Ils avaient même inventé une façon unique de se dire bonjour, un « check » qu'ils échangeaient le matin, et qu'elle ne faisait avec personne d'autre.

Dans le métro qui le ramène en centre-ville, Olivier est perdu dans ses pensées. Fils unique d'un couple plus occupé à se déchirer qu'à former une famille, il ne sait pas ce qu'est d'être un grand frère, ou du moins une figure protectrice dont le rôle serait de veiller sur plus petit que soi.

En devenant animateur sans qu'il le veuille, il n'avait pas réfléchi à l'impact que cela pourrait avoir sur sa vie. Devenir responsable, garant de la sécurité morale, physique et même affective d'un enfant. Et par conséquent de soi-même, un peu.

Vincent Lahouze

C'est un soir où ses amis lui manquent. Terriblement. Pris de nostalgie, il fouille dans son téléphone et retrouve une photo avec Boris et Pierrick, qui se tiennent par les épaules dans la cour du lycée. Les trois adolescents sourient sur le cliché, de cet air de ceux qui se croient irrésistibles mais qui ne ressemblent à rien. Surtout Pierrick, avec ses cheveux blonds d'enfant et ses éternels tee-shirts Pokémon. Lui, le geek qui le revendiquait constamment. Olivier sourit doucement, ils font si jeunes...

Il se rappelle avec émotion leur rencontre. C'était au lycée, en début d'année, à la fin du premier trimestre. Dans la même classe de seconde, un peu par hasard. Ils ne se connaissaient que de vue, mais il avait suffi d'une matinée pour que se scelle leur amitié. Ce fameux matin où l'espace de quelques minutes Pierrick avait cru qu'Olivier avait assassiné sa mamie.

La veille, un dimanche soir, Olivier n'avait rien révisé pour le contrôle d'anglais sur les verbes irréguliers du lundi matin. Alors, comme tout petit con d'adolescent qui se respecte et qui ne voudrait surtout pas travailler, il avait décidé de tricher sans vergogne en déchirant une page de son manuel d'anglais. La page 78-79. Afin de la glisser subtilement dans sa trousse, sous son tee-shirt ou entre ses jambes – il n'avait pas encore tranché –, durant le contrôle. Mais seulement voilà, ce soir-là, va savoir pourquoi, l'instinct sûrement ou le souvenir de la première réunion parents-profs qui lui avait laissé un goût amer, sa mère avait décidé de lui faire réviser ses verbes irréguliers, plus précisément la page 78-79. Elle qui n'était jamais à la maison, il avait fallu que ça tombe ce soir-là. Pas de chance. Quand Olivier lui avait tendu le manuel d'anglais, il s'était mis à suer à grosses gouttes. Il connaissait sa mère, il savait comment elle pouvait réagir. Bien entendu, elle s'était étonnée que le manuel de son fils passe directement de la page 77 à la page 80. Face aux explications hasardeuses pour ne pas dire grotesques de son fils et sa soudaine rougeur, elle n'avait pas eu grand mal à deviner que son ado avait encore fait des siennes. À force de se faire hurler dessus, Olivier, qui n'en menait pas large, avait été obligé de lui avouer la vérité, et de sortir d'une main tremblante la feuille déchirée de son sac. Bien entendu, la sanction n'avait pas manqué de tomber. Olivier avait été privé de sorties pendant une semaine. Ce qui tombait mal, parce qu'il comptait bien sur le concert prévu le mercredi pour profiter de la proximité de leurs corps moites dans l'obscurité et emballer enfin Marine. Mais sa mère avait réduit tous ses jolis plans en fumée, et c'est la mort dans l'âme qu'Olivier était parti se coucher.

Pour le contrôle d'anglais, il s'était retrouvé assis à côté de Pierrick. Olivier affichait la mine sombre de celui qui souffre atrocement face à l'injustice et la cruauté sans limite des adultes qui ne comprennent rien. Il soupirait bruyamment, regardait le plafond en quête d'une illumination. Au bout d'un moment, Pierrick avait fini par se tourner vers lui et lui demander.

– Bah, t'en fais une tronche, qu'est-ce qui se passe, mec ? Ça va ?

La main sur la bouche pour ne pas être vu du prof, Olivier avait répondu d'un ton désabusé, d'une voix à peine audible.

– Nan, mais c'est mes parents, ils m'ont puni une semaine parce que j'ai découpé ma grammaire, c'est chiant, quoi…

Il avait vu les yeux de Pierrick s'agrandir sous l'effet de la surprise. Un temps de silence. Il avait repris la parole tout aussi discrètement que son voisin de devoir surveillé.

– Euh… Attends, Olivier, c'est ça ?… Tu… Tu peux me redire ce que tu m'as dit avec ta grand-mère ? WTF, mec ?

Olivier n'avait pas compris la panique dans la voix de son voisin. Il avait répondu, toujours en chuchotant, presque agacé.

– Bah quoi ? Oui, j'ai voulu me faire une antisèche et j'ai découpé ma grammaire, je n'avais pas envie de réviser pour le devoir d'anglais, quoi ! Qu'est-ce que j'ai dit ? Pourquoi tu me regardes comme ça, toi ? T'as jamais triché ? Et pourquoi tu me parles de ma grand-mère ?

Pierrick avait continué de le fixer de ses grands yeux ronds, puis avait fini par éclater de rire. Olivier ne comprenait pas le quiproquo, mais le rire de Pierrick était communicatif. Le chuchotement d'Olivier, son accent et sa voix d'ado en pleine mue l'avaient induit en erreur, grand-mère, grammaire, c'était trop pour lui. Tous les deux s'étaient écroulés sur la table, pris d'un fou rire immense.

Quelques jours plus tard, après s'être pris deux heures de colle, les deux nouveaux amis faisaient la connaissance de Boris en salle de retenue. Après qu'Olivier l'avait fait mourir de rire en lui racontant sa mésaventure, Boris, qui n'était pas avare d'anecdotes ni d'idées sur le papier géniales, les régala de ses coups les plus fumants. Il se révéla que Boris était le plus fou des trois.

Quartier libre

Boris était le fils de M. Ragnard, un professeur d'espagnol redouté du lycée. Et non content d'être son fils, Boris avait l'incommensurable chance de l'avoir pour prof. La veille d'un gros contrôle, il avait cru réaliser le plan parfait, l'ultime triche. Profitant de ce que son père préparait le repas, il s'était glissé sans bruit dans son bureau, avait allumé l'ordinateur et cherché fébrilement le sujet du devoir. En quelques secondes, il l'avait imprimé, glissé sous son tee-shirt, et tel un ninja aguerri, était reparti dans sa chambre à pas de loup. Durant la soirée, il avait fait le contrôle au propre, soigneusement. Il avait ajouté quelques fautes, par-ci, par-là. Il était sûr de récolter au minimum un 16, voire un 17. Sa tactique était simple. Le jour J, il ferait semblant d'écrire sur une feuille de brouillon, et au moment de ramasser les copies, subtilement, il l'échangerait contre sa copie préparée la veille. Tout était parfait, racontait Boris à ses deux futurs meilleurs amis dans la salle d'étude à moitié déserte. Seulement voilà, le père de Boris était plus malin encore que son fils. Connaissant son rejeton, M. Ragnard avait pris l'habitude de préparer deux sujets de contrôle, qu'il finissait par choisir de manière totalement aléatoire le jour de l'épreuve. Et ça, Boris ne le savait pas. Sûr de lui, d'un pas conquérant, il était entré dans la classe d'espagnol, avait salué son père d'un vibrant, *HOLÀ, QUE TAL, PADRE ?* Son père avait haussé un sourcil imperturbable sans rien répondre, savourant par avance sa revanche. La veille, il s'était rendu compte que l'imprimante était allumée. En fouillant dans l'historique d'impression, il ne lui avait fallu que quelques secondes pour comprendre le stratagème de son fils. Il avait hésité entre le sourire de désespoir et celui de l'admiration. Il en avait de l'imagination, ce Boris ! Quand il avait tendu les sujets à ses élèves, il avait regardé attentivement le visage de son enfant pour le voir se décomposer en direct. Mais même pas. Boris était si sûr de lui qu'il n'avait jeté qu'un vague regard au sujet, ne se rendant absolument pas compte du coup magistral de son professeur de père. À la fin des deux heures, en le voyant fièrement rendre sa copie, il avait réprimé un sourire. Boris semblait si fier de lui, le pauvre. Son fils avait beau être ingénieux, ça ne l'empêcherait pas de lui coller un 0 et les deux heures de colle qu'il méritait.

Lorsqu'ils s'étaient retrouvés en tête à tête au dîner, M. Ragnard lui avait innocemment demandé comment s'était passé le contrôle, Boris avait répondu d'un ton désinvolte, *muy bien, muy bien !*

Quelques jours plus tard, son père lui avait rendu sa copie, un grand sourire aux lèvres. Boris avait manqué s'étouffer devant sa feuille. Comment pouvait-il avoir 0 ? Son père avait marqué dans la marge : « Bien tenté ! » Ah ça, il m'a bien eu mon daron, disait-il en riant à Pierrick et Olivier, qui l'écoutaient, fascinés par son audace et sa malchance.

Olivier et Boris s'étaient alors tournés vers Pierrick, l'air de dire, et toi t'as déjà fait un truc aussi fou que ça ? Pierrick avait baissé la tête en rougissant de honte, mais un rictus de triomphe aux lèvres.

Pierrick était le fils du proviseur et avait toujours vécu dans les appartements de fonction du lycée. Ce détail avait son importance. Un soir de la semaine, quelques mois plus tôt, Pierrick avait appris qu'il y avait un concert de reggae en ville. Il ne pouvait absolument pas louper ça. Il était en plein dans sa période Ska-P, Tryo, Sinsemilia. Il fumait un peu d'herbe

Quartier libre

avec ses amis, portait fièrement un pendentif en toc en forme de feuille de cannabis. Il avait raconté à ses parents que c'était une feuille d'érable canadienne, et pensait vraiment qu'ils avaient cru à son explication fumeuse. Qu'est-ce qu'on peut être insolent et crétin, à quinze ans ! Ce soir-là, donc, un concert de reggae l'attendait, et il savait qu'une bonne partie de ses amis serait en train d'y faire tourner les calumets de la paix. Il devait y aller. Mais Pierrick vivait au lycée, et au deuxième étage. Autant dire que pour faire le mur, il allait devoir se la jouer *Prison Break*. Alors il avait attendu tout habillé sous ses draps que ses parents aillent se coucher. Bonne nuit maman, bonne nuit papa, bisous bisous, à demain. Vers minuit, alors que tout le monde semblait dormir, il s'était levé pour préparer la grande évasion. Deux choix s'offraient à lui…

Boris et Olivier étaient suspendus aux lèvres de Pierrick. Même le pion chargé de les surveiller dans la salle l'écoutait d'une oreille amusée. Pierrick pouvait s'échapper par la fenêtre et sortir par les échafaudages, il y avait une rénovation de façade cette semaine-là, et les ouvriers peignaient devant ses fenêtres sans faire attention à son intimité de jeune adolescent. Mais ceci est une autre histoire. Il pouvait aussi sortir par la porte d'entrée fermée à double tour, descendre les escaliers de service, et à lui la liberté ! Ayant une confiance toute relative dans les échafaudages, Pierrick avait opté pour le second scénario. Il devait donc passer la porte d'entrée sans éveiller la vigilance de ses parents. Il devait prendre ce risque, l'appel du reggae – et de Marie-Jeanne – était bien trop fort. Sans bruit, comme une ombre furtive, il s'était faufilé dans le noir, chaussures à la main. Arrivé devant la porte d'entrée, la main sur les clés, il avait fait un tour dans la serrure non sans les entrechoquer bruyamment, en cela fidèle à son adresse légendaire. La lumière s'était allumée brusquement et sa mère, gardienne de sa prison, avait fait irruption en pyjama.

– Mais qu'est-ce que tu fiches debout, Pierrick ?

Il n'avait eu quelques secondes pour élaborer un plan B dans sa tête. Invoquant alors les dieux du théâtre et de la comédie, Molière et les plus grands artistes, Pierrick s'était lancé dans un numéro d'improvisation de haute voltige en espérant décrocher l'oscar du meilleur interprète de la décennie. Tout en clignant maladroitement des yeux, il avait balbutié.

– Mais oui… qu'est-ce que je fais là ? Et tout habillé, en plus ? Je ne me souviens pas, mam, oh ! là là, c'est fou !

À ces mots, Boris avait été terrassé par un fou rire tonitruant qui avait déclenché des appels au calme du surveillant. Mais Boris, en pleurs, hoquetait, manquant de s'étouffer…

– T'as essayé de faire croire à ta reum que tu étais somnambule ? Mais t'es taré, j'adore ! Elle a dit quoi, raconte !

La mère de Pierrick, furieuse, n'avait pas goûté la créativité de son fils.

– Ne te fous pas de moi, Pierrick ! Va au lit, et vite ! On en reparlera demain.

Sa tentative d'évasion n'avait duré que quelques minutes. Et c'était humilié, qu'il était retourné dans sa chambre, la tête basse, le rouge de la honte aux joues. Il avait pris un mois ferme, privé de sorties, sans possibilité de négociation.

À la fin de son récit, Olivier lui avait serré la main en signe de respect. Boris séchait encore ses larmes, de tant avoir ri. Même le surveillant n'avait pu

Quartier libre

s'empêcher de pouffer. Les trois adolescents s'étaient regardés en souriant, aussi fiers que honteux. C'est ainsi qu'ils étaient devenus inséparables, jamais l'un sans les deux autres jusqu'à la fin de la terminale, au grand désespoir de leurs profs.

En repensant à leurs années lycée, Olivier réalise qu'il ne lui est jamais arrivé de ne pas leur donner de nouvelles pendant une semaine entière. Il faut dire que contrairement à ses craintes, il n'a pas eu le temps de s'ennuyer. Quand il rentre le soir, il surfe sur des sites d'activités pour enfants, se documente sur les quartiers, la psychologie du public dont il a la charge. Il ne se reconnaît plus.

La conversation groupée avec Boris et Pierrick déborde de messages non lus : 156 notifications en attente. Olivier a la flemme de les lire, peur de se laisser submerger par la nostalgie, aussi. Mais il connaît ses potes, ils continueront de le harceler s'il ne répond pas. De guerre lasse, il ouvre la discussion en ligne et commence à lire les derniers envois.

19 h 41 *(Pierrick)* Sinon, donner de tes nouvelles, ça serait genre cool, non ?

19 h 43 *(Boris)* J'avoue ! Comment t'as changé, Olivier, depuis que t'es à Toulouse. On voit les vrais amis, hein…

19 h 54 *(Pierrick)* C'pas comme si on te supportait depuis le lycée ! Loin des yeux, loin du cœur askiparé, quelle tristesse…

19 h 59 *(Boris)* Nan mais tu comprends, Môôsieur a des responsabilités, il travaille avec des enfants, il n'a plus de temps pour de pauvres étudiants comme nous…

20 h 02 *(Pierrick)* Choqué et déçu…

Et les reproches déguisés en plaisanteries s'étalent sur plusieurs lignes, encore et encore. Olivier décide de leur répondre, mais il ne veut pas tout raconter, surtout pas son agression ni sa difficulté à être pris au sérieux par les enfants du quartier qui s'amusent de sa maladresse. Ne surtout pas montrer la moindre faiblesse devant ses meilleurs amis. Élevé par un père dur et qui ne montre que rarement, voire jamais ses émotions, Olivier part du principe qu'un homme ne doit pas s'épancher. Quant à pleurer, c'est du domaine de la mauvaise science-fiction ! C'est ce que lui a souvent répété son paternel. Pleurer, c'est pour les faibles, c'est pour les « tapettes ». Il entend par avance la voix de Boris ricaner à ses oreilles. Personne ne saura qu'il souffre. Ce sera entre lui et lui, entre son miroir et son reflet, et encore. Et encore.

Alors, il écrit ceci.

21 h 27 *(Olivier)* Yo les gars ! Pardon du retard, sérieux ! J'ai eu une semaine de dingue au taff ici ! Abusé ! Désolé les bro… Ici tout se passe bien, je suis dans une petite école en centre-ville, c'est méga cool ! Tranquille !

Au moment de cliquer sur la petite icône avion de papier pour envoyer son message, Olivier est pris d'une envie subite de tout effacer, de tout réécrire. Il aimerait expliquer à Boris et Pierrick ce qu'il vit, le quartier, l'agression, Ismahane et les autres enfants, la violence, la joie aussi, mais il a bien trop de fierté pour assumer qu'il est totalement perdu. En proie à une tornade de sentiments et d'émotions contradictoires. Et puis, il n'a aucune envie d'entendre leurs commentaires et sarcasmes sur son travail. Olivier referme la messagerie sans attendre leurs réponses, et passe une nouvelle partie de la nuit à surfer sur Internet sans but précis.

Quelques jours ont passé, qui sont devenus des semaines.

Olivier est de surveillance dans la cour de récréation, pendant le temps du midi. Un poste peu apprécié de l'équipe, mais ô combien nécessaire. De loin, il garde un œil sur Ismahane, toujours prête à un trait d'insolence ou à transgresser la règle.

Rien à signaler jusque-là. Il reprend son tour de cour, un œil aux joueurs de foot du jour. De génération en génération, quel que soit le quartier, on retrouve les mêmes élastiques, les mêmes cordes à sauter, les mêmes billes... Olivier s'attendrit à cette pensée, quand tout à coup il assiste à une altercation entre Isma et Fadela, une camarade de CM2. Il n'aura fallu qu'une minute pour que le temps vire à l'orage et que la situation s'enflamme.

Fadela a accusé sans preuve la petite Inaya d'avoir volé des bonbons dans les poches de manteaux accrochés dans les couloirs. Ismahane, en justicière et marraine protectrice, a bondi sur l'accusatrice sans preuves. Déjà, un attroupement se forme, toute l'école accourt sous le préau. Ici, comme partout ailleurs, dès qu'une bagarre se déclenche, les enfants forment naturellement une arène et assistent au combat, encourageant les petits gladiateurs. Ismahane et Fadela ne se font pas de cadeau : elles se tirent par les cheveux, se donnent des coups, se crachent dessus. Olivier est stupéfait par la violence des deux gamines. Ismahane est la plus vindicative.

Mais cette fois, il ne reste pas sans réagir. Il se précipite vers elle, entre dans le cercle en poussant sans ménagement deux ou trois spectateurs, et se met à hurler sur Ismahane en l'attrapant par le bras. Malgré ses protestations, il la traîne à travers la cour pour l'amener au bureau d'Émilie. Ismahane se débat, furieuse, choquée par l'attitude d'Olivier, d'ordinaire si gentil, tendance laxiste. Le ton monte, les mots fusent. Et Ismahane l'invective.

– ZITOUNE, t'es vraiment qu'un sale CON, LÂCHE-MOI !

C'est la première fois qu'Olivier se fait insulter par un enfant, et il faut que ce soit par une gamine qu'il apprécie, par-dessus le marché. Instinctivement, sa main part. À l'instant même où sa paume rencontre la joue d'Ismahane, au moment où il entend le son de la claque et voit le regard plein d'incompréhension de l'enfant terrifiée, immédiatement il regrette. Il lui demande pardon, plusieurs fois. Mais c'est trop tard.

Dans le couloir qui mène au bureau d'Émilie, le bruit résonne et Olivier sait qu'il est allé trop loin. Beaucoup trop loin. Ismahane ne crie plus. Elle ne cherche même plus à croiser les yeux d'Olivier. Elle détourne la tête et pleure en silence. Que c'est dur comme bruit, une personne qui ne parle plus. Émilie, prévenue par la rumeur de la cour, sort du bureau en catastrophe et regarde Olivier d'un air consterné. Un mois seulement au compteur, et il vient de commettre une faute grave qui risque de lui valoir son

Quartier libre

licenciement. Elle prend le relais, emmène Ismahane dans son bureau et ordonne à Olivier de regagner la cour : ils en rediscuteront plus tard. Dans le bureau de la direction, Émilie essaie tant bien que mal de calmer Ismahane, qu'elle connaît depuis cinq années maintenant. La gamine est hors d'elle, inconsolable. Elle pleure toutes les larmes de son corps en tremblant.

– Est-ce que tu veux que j'appelle tes parents, Ismahane ? Qu'ils viennent te chercher, qu'on en discute avec eux et Olivier ? Il faut qu'on comprenne ce qui s'est passé… Isma, calme-toi, écoute-moi, Olivier n'avait pas à lever la main sur toi, il est en tort et je vais aller lui parler après. Mais il faut que tu lui parles aussi, que vous arriviez à vous expliquer, ne secoue pas la tête, Isma, il le faut…

Au vu du mutisme buté de la fillette, Émilie la laisse repartir dans la cour une fois qu'elle a fini de pleurer. Ismahane revient sous le préau, passe à côté d'Olivier qui fait mine d'ouvrir la bouche, mais avant même qu'il puisse émettre un son, la jeune fille le toise d'un air si glacial qu'Olivier sent l'atmosphère geler autour de lui. Il comprend alors qu'il lui faudra du temps avant de pouvoir lui reparler. Mais quand ? Olivier est désemparé, il mesure peu à peu la conséquence de son acte. Frapper un enfant ! Perdre le contrôle au point de faire acte de violence. Il n'a jamais eu aussi honte de toute sa vie. Sans compter les conséquences… son probable renvoi tout d'abord, mais ce qui l'inquiète le plus, que se passera-t-il si Ismahane en parle à son frère Yassine ? Olivier ne donne pas cher de sa peau. Ismahane a raison, mais quel con…

Vincent Lahouze

Depuis quand frappe-t-on un enfant ? Il n'y a pas de « simple » claque. Chaque geste compte. Il se souvient des rares fois où sa mère avait levé la main sur lui, de la manière dont il avait été choqué, et il s'était toujours promis qu'il ne reproduirait jamais de tels gestes sur ses enfants, ni même un autre enfant, d'ailleurs. Quel échec cuisant. Il a honte, il a terriblement honte, il a l'impression que tout le monde le regarde, que tout le monde est au courant. Il sent le rouge lui monter au front. Au moment du débriefing, l'ambiance est tendue, toute l'équipe d'animation sait ce qui s'est passé. Émilie, d'ordinaire souriante, a les sourcils froncés et une ride profonde barre son front. Elle prend la parole. Tout le monde baisse la tête en attendant qu'elle explose.

— Tout à l'heure, comme vous le savez peut-être, Olivier a eu un geste malheureux envers Ismahane. En voulant mettre fin à une bagarre l'opposant à Fadela, il l'a attrapée de manière assez violente, on va dire, Isma l'a insulté et Olivier, dépassé, lui a mis une claque… Je rappelle à tout le monde que c'est totalement interdit, que VOUS ne pouvez pas, que vous ne devez EN AUCUN CAS perdre le contrôle comme cela… ! Pour que je sois transparente avec tout le monde, et parce que nous sommes une équipe, je vous informe que je suis dans l'obligation, j'ai même le devoir de faire un rapport d'incident concernant Olivier. Je vais appeler les parents d'Isma, prendre rendez-vous avec eux dès ce soir, et je souhaite que tu sois là, Olivier. Il faut absolument que tu sois là. Il faut impérativement régler cet incident avant que cela ne dégénère, aussi bien chez les enfants que chez les adultes, tu comprends ? Nous incarnons des modèles à leurs yeux ! En tant que tels, nous devons être

Quartier libre

exemplaires. On ne peut tolérer aucun débordement ni aucune violence ! Encore moins de notre part à nous, les adultes. Rien n'est acquis, ici. On marche constamment sur un fil et il suffit d'un faux pas pour perdre la confiance des gamins et anéantir le travail de toute une équipe. Voilà pourquoi le message doit être fort et ferme ! Vous comprenez ? Bien, des commentaires ? Des questions ? Non ? Alors, à ce soir et rangez la salle avant de partir.

Personne n'ose parler après le départ d'Émilie. Qu'y a-t-il à ajouter, de toute façon ? Olivier, la tête entre les mains, est l'incarnation même de la mortification. Il redoute déjà le temps d'accueil du soir. Youssef passe à côté de lui en lui jetant un œil compatissant, tandis que Léane et Nolwenn regardent leurs pieds, ne sachant ni quoi dire ni quoi faire. Le temps se traîne durant toute l'après-midi, une chape de plomb semble avoir recouvert l'école Sylvain Mauriac. Olivier est allongé sur le canapé, dans la salle de repos des animateurs, seul. Il a refusé d'aller au café avec les autres, ils n'ont pas insisté. Émilie n'a pas eu – pas pris ? – le temps de revenir vers Olivier pour rediscuter de son comportement. Trop en colère, elle se réfugie derrière les tâches administratives quotidiennes. Elle a eu les parents d'Ismahane au téléphone, la conversation a été brève, les parents viendront tous les deux. Quand Émilie raccroche en disant, à ce soir, Olivier, dans la pièce voisine, sent son ventre se contracter d'angoisse. Il aimerait remonter le temps de quelques heures, empêcher sa main de se lever, l'empêcher d'aller cingler la joue de la gamine. Et puis son silence, son regard glacial et méprisant... Olivier aurait préféré qu'elle continue de hurler, qu'elle continue de l'insulter.

Quand arrivent les 16 heures fatidiques, Olivier n'a qu'une envie, rentrer chez lui, s'enfermer à double tour, s'enfouir sous la couette et ne plus en sortir. Il sait que lorsqu'on appelle les parents, ce n'est jamais sans conséquence. Mais Émilie l'appelle et le moment est venu de faire face à ses responsabilités. Elle laisse le soin à Younes de gérer l'accueil, le temps de rencontrer les parents d'Ismahane. Olivier la suit en traînant des pieds. En rejoignant la salle de réunion vide, il a le sentiment d'être un condamné qui arpente pour la dernière fois le couloir de la mort. Au bout de quelques minutes, la mère et le père d'Ismahane pénètrent dans la pièce. La maman, discrète et élégante, porte le voile, elle marche sans faire de bruit derrière son mari. Le papa porte la barbe grise bien taillée, des yeux profonds, un bleu de travail usé. Olivier reconnaît Ismahane et Yassine dans les traits des deux parents. Émilie les invite à s'asseoir après leur avoir serré la main. Elle demande à Olivier de prendre place à la table également. Elle prend la parole.

— Bon, alors voilà, si je vous ai demandé de venir ce soir, c'est pour évoquer avec vous un incident qui est survenu sur le temps du CLAE, ce midi... Comment expliquer cela en quelques mots... Visiblement, Ismahane s'est retrouvée mêlée à une bagarre avec une camarade pour défendre une petite de CP. Olivier est intervenu pour les séparer et Ismahane a eu des mots assez durs envers l'animateur ici présent, le traitant notamment de « sale con ». Celui-ci, qui débute, s'est laissé déborder par l'injure, et a eu un geste déplacé en giflant votre fille...

Quartier libre

Le père d'Ismahane se tourne brusquement vers Olivier. Ses yeux étincellent. On peut sentir une colère froide luire au fond de ses pupilles noires. Il ouvre la bouche, et pour la première fois, Olivier entend sa voix. Grave, rauque.

— C'est vous, *Zitoune* ? Isma ne parle que de vous à la maison depuis un mois. Zitoune par-ci, Zitoune par-là. Et là, j'apprends que vous avez levé la main sur ma fille ? Il devait y avoir une bonne raison pour qu'elle vous insulte, croyez-moi. Ismahane déteste l'injustice. Ce n'est pas bien de vous avoir insulté, mais de là à lui mettre une claque ! Vous êtes l'adulte, non ? Je ne comprends pas.

La mère d'Ismahane intervient alors, elle a une voix douce, timide mais qu'on sent à cet instant précis chargée de rancœur. Elle s'adresse à Émilie, ignorant ostensiblement Olivier.

— On ne confie pas les enfants au CLAE pour qu'ils se fassent taper par des adultes, Émilie ! Déjà qu'entre enfants c'est limite, mais si les animateurs s'y mettent, on va où ? Vous nous connaissez, vous avez eu Yassine il y a quelques années, vous savez comment on éduque nos enfants ! On sait que Isma peut être difficile, qu'elle est parfois insolente même, mais...

Émilie lui coupe la parole.

— Ah, mais je suis tout à fait d'accord, Madame Betterki, tout à fait d'accord... ! Olivier a clairement commis une faute, c'est même la raison pour laquelle je vous ai demandé de venir, mais je tiens aussi à rappeler que votre fille n'a pas à insulter les adultes, ni à frapper ses camarades ! Il y a d'autres manières d'exprimer ses émotions. Quoi qu'il en soit, Olivier s'est excusé auprès d'Ismahane, et il sera également sanctionné par nos chefs à Garonne Animation 31, c'est certain. Après, je vais argumenter en tant que directrice, Olivier est nouveau et totalement novice dans le métier de l'animation. Il n'a pas su gérer cette situation, ce qu'il a fait est intolérable, c'est indéniable, mais il ne demande qu'à apprendre. Vous-mêmes avez pu constater les liens qu'il a déjà su créer avec votre fille en peu de temps. Je comprends néanmoins votre colère, je vous le dis et le répète, il y aura sanction réparatrice. De la part d'Olivier tout comme de la part d'Ismahane. N'est-ce pas, Olivier ?

Olivier balbutie, mal à l'aise, il bredouille d'une voix éraillée.
– Oui... Je voulais également vous demander pardon... Je n'ai aucune excuse pour ce que j'ai fait, je ne me sens pas très bien vis-à-vis de cela, et je suis terriblement désolé... Je sais qu'Ismahane m'appréciait et je n'aurais pas dû faire cela malgré ses paroles. Je suis prêt à assumer les conséquences de mes actes, mais je vous prie de croire à ma sincérité quant à mes excuses...
Les parents d'Ismahane sentent la détresse dans la voix d'Olivier. Il s'étrangle et mâche ses mots, qui se bousculent et s'entrechoquent contre les dents et sa langue. La mère se radoucit, elle voit bien que le jeune homme est bouleversé par ce qui s'est passé. Elle pose une main sur l'épaule de son mari. Mais celui-ci ne réagit pas. Elle lui dit :
– Rappelle-toi quand tu étais jeune, Brahim, il est jeune cet animateur, il a appris la leçon, je pense !
Brahim, le père d'Ismahane, fusille lentement Olivier du regard.

Quartier libre

— J'espère bien qu'il aura retenu la leçon, oui... On ne frappe pas ma fille. On ne frappe personne. Que ce soit la dernière fois que j'entende parler de toi... Zitoune.

Ils se lèvent, remercient Émilie et quittent la pièce. Elle se tourne vers Olivier :

— Tu as de la chance, tu sais, ils auraient pu porter plainte contre toi et je n'aurais rien pu faire pour les en empêcher... Je vais tout de même avertir les coordinateurs par mail, je pense que tu vas prendre un avertissement. Mais tu t'en sors bien, j'ai connu des animateurs qui ont été virés pour moins que ça. Va falloir que tu fasses attention à ce que tu fais, Olivier, c'était ton joker, tu n'as plus le droit à l'erreur. Tu ne peux pas te permettre de réagir avec humeur ou de te laisser gouverner par tes émotions, c'est le piège, ici plus qu'ailleurs, c'est impossible. Va falloir que tu comprennes qu'être animateur, c'est un vrai métier, hein... ! Ce n'est pas un loisir, ou du divertissement, encore moins un endroit pour glander, je ne dis pas que c'est tout à fait ton cas, j'ai vu les efforts que tu fais depuis un mois. Mais on s'occupe d'enfants, on a une responsabilité vis-à-vis d'eux, vis-à-vis des familles. Nous ne sommes pas des clowns, et encore moins des gardiens de prison. Surtout ici, surtout dans les quartiers qui sont déjà des prisons à ciel ouvert. On doit les faire rêver, Olivier, on doit leur donner confiance en eux et en nous. Tu comprends ? Allez, je pense que tu en as eu assez pour aujourd'hui, va rejoindre les autres...

Olivier reste prostré sur sa chaise, comme assommé par les mots de sa directrice. Ils sont marqués au fer rouge dans sa mémoire, il se promet de ne jamais les oublier. Au bout de quelques secondes, il se lève et part en silence.

Dès le lendemain matin, Olivier se retrouve dans le bureau de l'homme qui l'a recruté. Celui-ci se lève de sa chaise en voyant le jeune homme entrer, la mine défaite. Il lui tend la main en souriant légèrement dans sa barbe. Pour un peu, Olivier verrait même dans ses yeux une lueur amusée qui disparaît aussitôt. Le jeune homme tente de chasser l'idée que M. Léonard se moque de lui.
— Monsieur Gineste, je ne pensais pas vous revoir aussi rapidement, encore moins pour les faits qui vous sont reprochés, je dois bien l'avouer… Votre directrice m'a envoyé un long mail hier après-midi, et j'ai jugé la situation suffisamment grave pour vous convoquer. Je suis pris dans un dilemme cornélien. Vous connaissez la référence, j'espère, le Cid, Corneille… Bien. Toujours est-il que vous mettez Garonne Animation 31 dans une situation délicate, j'espère que vous vous en rendez compte. Que s'est-il passé ? Qu'est-ce qui a bien pu vous passer par la tête pour vous faire lever la main sur un enfant ? Par égard envers votre père, je ne souhaite pas vous licencier, mais ce que vous avez fait était plus que limite, vous en conviendrez ! De fait, je suis contraint, et je ne le fais pas par gaieté de cœur, d'inscrire un blâme dans votre dossier. Vous le comprenez, je l'espère. C'est une seconde chance que je vous offre. Votre directrice m'a parlé de votre travail, vous semblez être apprécié des enfants. Ce serait dommage que tout s'arrête maintenant. Mais je dois m'assurer que vous ne recommencerez pas. Suis-je bien clair ? Par chance, la famille n'a pas porté plainte… Si cela avait été le cas, je peux vous assurer que vous

seriez de retour chez vos parents à l'heure qu'il est. Une récidive de ce genre entraînerait un licenciement pour faute grave. Avez-vous des questions, Olivier ?

— Oui, j'ai juste une petite question, Monsieur. Pensez-vous qu'il soit préférable que je change de structure, que je sois muté ailleurs ?

Le coordinateur du secteur se caresse lentement la barbe en le regardant d'un air impénétrable, avant de lui demander.

— Et vous-même, que voulez-vous ? Je ne connais pas le fond de votre pensée.

— Eh bien... Si vous me le permettez, je souhaiterais rester à Sylvain Mauriac. J'y ai longuement réfléchi cette nuit, et partir serait un réel échec pour moi. Je suis sincèrement désolé pour ce geste d'humeur, j'irai parler à l'enfant concernée et je vais me remettre en question... Il y a encore un mois, je dois bien vous avouer que l'idée de travailler en quartier ne m'enchantait guère, mais finalement, je trouve ça très intéressant. Très instructif. Enrichissant. Loin de tout ce que j'imaginais. Loin de tous mes repères, aussi. Je me suis beaucoup documenté sur le métier durant ces dernières semaines. Cependant, si vous deviez me changer d'école, je comprendrais.

M. Léonard garde le silence quelques secondes, puis finit par répondre en soupirant.

— Eh bien, si tel est votre souhait, je suis disposé à vous laisser une seconde chance, j'espère qu'Émilie aussi... Mais soyez conscient que c'est une fleur que je vous fais, et que le dénouement ne serait pas aussi favorable si vous deviez vous retrouver de nouveau dans ce bureau, face à moi.

Olivier lâche un soupir de soulagement. Il se lève de son siège en tremblant, ému, la pression redescend.

Il serre la main du coordinateur, bredouille, promet qu'il saura se montrer digne de confiance, veut se confondre en remerciements et ne laisse sortir que des sons inaudibles. Mais au lieu de tout cela, il se contente de demander.

— Vous ne direz rien à mon père, hein... ? S'il apprend ça, je peux faire une croix sur le loyer de mon appart...

Mais quelle remarque puérile et autocentrée ! C'est tout ce qu'il a trouvé à dire ! Intérieurement, il se maudit. Pour un peu, Olivier se donnerait lui-même des claques. Il baisse les yeux, totalement contrit.

Le directeur referme la porte sur un Olivier un peu hagard. Il hésite à appeler son vieil ami de fac, mais il a le sentiment que les relations dans cette famille ne doivent pas être au beau fixe. Il soupire en repensant au jeune homme : quel drôle d'énergumène ! Il dit à Alice, sa secrétaire :

— On sent qu'il est jeune et qu'il en veut, mais bon sang, qu'il est maladroit... Il va nous falloir garder un œil sur lui.

— Avez-vous confiance en lui, Vincent ? Êtes-vous sûr que c'était la meilleure des solutions que de le renvoyer dans cette école de quartier, on connaît les difficultés du terrain, Olivier aura-t-il les épaules assez larges pour supporter la pression, dorénavant ?

— Il me fait penser à moi quand j'étais bien plus jeune... J'en ai fait des erreurs, moi aussi ! Je ne sais pas si j'ai raison de lui faire confiance, mais je suis persuadé qu'en travaillant à Mauriac, il va acquérir une sacrée expérience qui lui servira plus tard, j'en suis sûr. Je prends le risque...

— Si vous le dites, Vincent, si vous le dites !

Sur le chemin de l'école, Olivier laisse éclater sa joie. Il s'attendait à être viré. Il a conscience d'avoir eu énormément de chance, il ne doit plus jamais se laisser submerger par ses émotions face aux enfants. Il n'est plus un ado assisté, mais un adulte responsable, un professionnel. Même si ce costume lui semble encore bien grand pour lui...

En le voyant arriver, les animateurs l'accueillent à grands cris, Nolwenn et Léane se jettent dans ses bras tandis que Youssef décide de grimper sur la table en dansant. Seule Émilie ne montre aucun signe d'enthousiasme à l'idée de reprendre Olivier dans son équipe. Elle le trouve trop jeune, trop impulsif, sans expérience. Mais puisque la RH a décidé, elle accepte sans broncher. Au fond d'elle, elle a conscience d'avoir une part de responsabilité quant à l'accompagnement d'Olivier sur le terrain. Elle n'a pas pris le temps de le former, de lui apprendre mieux que ça. Il lui faudra y remédier.

– Olivier, aujourd'hui, tu seras en salle d'arts plastiques, lui annonce-t-elle en faisant les plannings.

– Mais Émilie... Je ne sais pas ce que je vais faire avec les enfants, tu me prends de court !

— Tu improvises, tu cherches, t'as des bouquins d'activités manuelles... Je ne vais pas t'apprendre ton métier, quand même ! Ce n'est pas possible, ça...

Volontairement, Émilie a adopté un comportement dur, afin d'aguerrir Olivier, de le mettre dans des situations d'urgence et d'improvisation afin qu'il ne se laisse plus submerger par ses émotions.

Youssef prend Olivier par le bras, lui indique le placard où se trouve la peinture. Il lui chuchote.

— T'inquiète, ça lui passera... Fais une fresque murale, Zitoune, elle sera contente, ça va décorer l'accueil... Petit conseil, dis bien aux gosses de mettre des tabliers avant. S'ils se tachent, je crois que t'es mort ! Ah, et si tu peux, essaie de parler à Ismahane...

Dans la salle d'arts plastiques, il installe les nappes sur les tables, remplit les ramequins de peinture, dépose les feuilles blanches et attend patiemment l'arrivée des enfants. La petite Nesrine, en CE2, est la première. Olivier remarque qu'elle boite légèrement, et qu'elle a un œil au beurre noir à moitié caché par ses lunettes. Depuis qu'il est à Mauriac, ce n'est pas la première fois qu'il constate que la petite fille se « blesse », c'est même plutôt régulier. Elle est tombée dans l'escalier, lui assure-t-elle. Derrière elle, son grand frère, Medhi, qui est en CM1 et a tendance à la suivre un peu partout, hausse les épaules. Les deux enfants s'assoient à côté d'Olivier, dans le calme. Peu à peu, son atelier se remplit, et bientôt Olivier n'a pratiquement plus aucune place de libre. Il a décidé de donner comme thème général « Dessine ta famille ». Tout à coup, on frappe discrètement à la porte. Olivier va ouvrir. Face à lui se tient Ismahane.

— Bonjour... Tu veux faire l'activité ?

Quartier libre

Elle hoche la tête sans le regarder, et Olivier prend cela pour un oui. Il lui fait signer d'aller s'installer. Ismahane va prendre une grande feuille blanche et commence à dessiner, dans un coin de la salle.

À la fin de l'heure, Olivier ramasse les productions des enfants. Il y a de belles maisons, des couleurs vives, des taches de peinture un peu partout. Les enfants ont plutôt bien respecté la consigne. Mais deux feuilles retiennent plus particulièrement son attention. Il se penche sur le dessin de Nesrine. Pour une CE2, elle a un véritable don. C'est visiblement l'immeuble dans lequel elle vit. Un appartement en hauteur. Elle s'est dessinée assise sur son lit, il croit reconnaître son frère qui regarde la télévision tout en jouant aux jeux vidéo. Olivier peut voir également que la maman est à la cuisine, en train de porter des sacs de courses, de profil mais le dos voûté. Contrairement aux deux autres personnages, Nesrine ne lui a pas dessiné de visage, ni de sourire ni d'yeux. Et puis, il y a le père. Immense, sa silhouette prend la moitié de l'espace, sa tête qui touche le plafond, et une bouche grande ouverte. Sans dents, un gouffre noir. En dehors de l'appartement, Nesrine a dessiné un soleil qui pleure. Olivier constate qu'il n'y a pas d'escaliers. Il sent son cœur qui se serre à l'intérieur de la poitrine. Il n'est certes pas psychologue, et il ne veut pas céder à la paranoïa, mais il sent que quelque chose cloche quand il analyse chaque partie de ce dessin.

Olivier regarde à présent celui d'Ismahane. Ici, pas de maison, pas de membre de sa famille. Elle a dessiné l'école, ses amies, on peut les voir en train de danser et de sauter dans la cour, au milieu de tous les autres. C'est tellement bien dessiné qu'Olivier entendrait presque la musique et les mains taper en rythme. Si Olivier se penche davantage, il peut même observer les jumeaux jouant au football sur le terrain, figés dans une lutte sans merci dont eux seuls ont le secret. La feuille d'Ismahane fourmille de détails, Olivier ne sait plus où donner de la tête. C'est comme un immense « Où est Charlie ». Et à ce propos, où est Ismahane, dans tout ça ?

Il finit par la trouver, elle s'est dessinée assise sur le toit de l'école, en train de contempler tout ce petit monde. Un homme se tient à côté d'elle, et à ses chaussures rouges Olivier comprend qu'il s'agit de lui. Dans le ciel, au-dessus d'eux, Ismahane a écrit, de manière appliquée, en majuscules : « JE TE PARDONNE, ZITOUNE. » Olivier sent les larmes lui monter aux yeux. Il range la salle et sort dans la cour. Les jumeaux Marwan et Walid sont encore en train de se disputer. Mais pour une fois, ils ne se tapent pas dessus. Olivier arrive à la fin, mais il a le temps d'entendre Marwan dire à son frère, en s'éloignant.

– Toi, à la maison, j'te calcule plus ! Wallah !

– Vu ton niveau en maths, ça ne sera pas trop compliqué, en même temps !

Olivier se surprend à sourire, il est de plus en plus admiratif du sens de la repartie des enfants. Il se dit qu'il devrait les noter dans un carnet, à force. Mais le meilleur semble constamment accompagné du pire. Marwan se retourne et fait un doigt d'honneur à Walid en le traitant de petit PD. Olivier ne laisse pas passer l'insulte et le reprend sèchement. Depuis son arrivée, il a pu remarquer que cette injure revenait très régulièrement, qu'elle était le summum en matière de rabaissement, celle qui touche le plus à leur honneur. *Petit PD, tafiolle, tapette, enculé.* Filles ou garçons, aucun n'hésite, comme si tout était normal. Ont-ils seulement conscience de ce que veulent dire ces mots et leur portée ?

En étant le témoin médusé de ces échanges, Olivier a fini par prendre conscience que ses amis et lui, certes dans une moindre mesure, avaient la même tendance. Sauf qu'eux n'ont même pas l'excuse de leur ignorance ou de leur jeune âge. Qu'il n'est pas rare que leurs blagues ou leurs plaisanteries tournent autour de ça. Sur la place de la virilité prétendument mise à mal si l'on est gay, que ce soit dans le réel ou sur les réseaux. Peut-on en vouloir à des enfants si les adultes tiennent le même discours sous couvert d'humour, ou non ? C'est le miroir de l'école qui lui a fait prendre conscience à quel point c'est ancré et consternant. Décidément, il se pose bien trop de questions en ce moment. Que lui arrive-t-il ? C'est comme si lui, qui se sentait jusque-là étranger au monde, se réveillait et prenait conscience de ce qui l'entoure. Comme s'il découvrait le monde hors du monde d'Olivier. De là à dire qu'il en vient à reconnaître que ses parents avaient raison à son sujet… il ne faut peut-être pas pousser, tout de même.

Trois semaines se sont écoulées depuis l'épisode de la gifle. Olivier, comme conscient de ce qu'il a failli perdre, a pris peu à peu ses marques au sein de cette nouvelle vie toulousaine. Il n'a peut-être pas noué de liens avec ses voisins du centre-ville, mais, contrairement à ce qu'il s'était imaginé, il passe tout son temps avec l'équipe du CLAE, que ce soient ses moments de pause ou ses soirées. Régulièrement Léane, Nolwenn, Youssef, qui vivent à côté du quartier, s'invitent pour boire un verre à la fin de leur journée de travail, verre qui finit par se démultiplier jusque tard dans la nuit. En quelques jours, il a intégré l'équipe comme s'il était là depuis toujours.

Un midi, il est alerté par les hurlements des filles en provenance des toilettes. Il y trouve Medhi, le grand frère de Nesrine, et elles lui expliquent en piaillant qu'il essaie de les regarder par-dessous la porte pendant qu'elles font pipi. Ce n'est pas la première fois. Posément, Olivier le fait sortir en lui expliquant que ce n'est pas approprié, lui rappelle les règles dans les toilettes, et qu'il lui faudra en référer à la directrice. Face à son sourire narquois, Olivier a du mal à garder son calme, il hausse un peu le ton. Medhi lui demande.

– Et tu vas faire quoi ? Me coller une tarte, comme à Ismahane ?

Olivier respire profondément et, ne voulant prendre aucun risque, appelle Youssef à la rescousse. En partant, il dit à Medhi, d'une voix glaciale.

– On en rediscutera avec ton père ce soir, ne t'inquiète pas… !

Quand 16 heures arrivent, Olivier est à l'accueil. C'est un poste qu'il commence à apprécier, il y apprend à nouer des relations avec les familles, à discuter avec elles, également à mieux connaître les enfants par leur entourage. Le frère d'Ismahane n'est pas revenu depuis la dernière fois, Olivier se sent plus léger, dégagé du poids noir de l'agression qu'il a refoulé tout au fond de lui. Au bout de quelques minutes, un homme de taille moyenne, petites lunettes et grand sourire, franchit le pas de l'accueil du CLAE. C'est le père de Nesrine et de Medhi. D'une voix douce, il demande à récupérer ses enfants. Quand ils arrivent devant leur père, Olivier en profite pour lui relater l'incident du midi avec Mehdi. Le papa ne répond presque rien, d'un air placide, penche légèrement la tête. Il pose sa main sur la tête de son fils en disant.

– On va régler ça plus tard. Merci de m'avoir prévenu, au revoir et bonne soirée… Allez, Nesrine et Medhi, prenez vos sacs, on rentre à la maison.

Le sas où le CLAE accueille les parents a vue sur l'extérieur de l'école, au-delà des grillages, et Olivier regarde le papa qui emmène ses deux enfants, sur le trottoir longeant la route.

Arrivé à une vingtaine de mètres de l'école, le père de Medhi et Nesrine s'arrête de marcher. Il n'y a personne dans la rue. Olivier le voit porter la main à sa taille. En quelques secondes, il défait sa ceinture, et en

Quartier libre

un éclair, sans dire un mot, il fouette le visage de son fils, qui s'écroule à genoux en se tenant les lèvres et les joues. Puis, comme si rien ne s'était passé, sa ceinture retrouve sa place et il se remet à marcher. Derrière lui, Nesrine et Medhi baissent la tête et le suivent docilement. Olivier a des sueurs froides. Il a du mal à intégrer ce qu'il vient de voir. Totalement désemparé, il se tourne vers Émilie en lui expliquant la scène. Celle-ci secoue la tête, tristement. Elle sait déjà, l'école aussi. Une enquête des services sociaux est en cours. Olivier se sent terriblement coupable d'avoir parlé au père. S'il n'avait rien dit, Medhi n'aurait pas reçu ce coup de ceinture en travers du visage. Coupable d'avoir levé la main sur Ismahane, quelques jours auparavant. Coupable. Émilie tente de le rassurer.

– Tu sais, si ça n'avait pas été ça, il aurait trouvé autre chose, hein... Nous avons lancé une procédure il y a quelques semaines, mais ça prend du temps, bien trop de temps. Il faut prendre rendez-vous avec la psychologue scolaire, il y a une enquête sur la famille, des témoignages, des tas de documents à remplir... Il faut bien que tu comprennes qu'ici, le quotidien de ces enfants ne ressemble en rien à ce que tu as pu connaître ou vivre. Sur deux cents enfants, je peux t'affirmer qu'un bon tiers est victime de maltraitances, d'abus, tout ce que tu veux... ! La violence fait partie de leurs vies... À nous en tant qu'adultes de leur apporter d'autres leviers et de leur donner d'autres modèles... Tu comprends d'autant mieux ce que signifie l'impact d'un geste violent de notre part, alors même que la violence est déjà trop banale pour eux !

– Mais qu'est-ce qu'on attend pour faire bouger les choses ? C'est grave, là ! Faut porter plainte ! J'ai tout vu, Émilie, j'ai tout vu !

Olivier est hors de lui. Au fond de lui, il se sent honteux de n'avoir jamais considéré les choses sous cet angle. Était-ce de la naïveté, de l'égocentrisme ? Émilie lui répond d'un ton calme et patient, connaissant cette réalité par cœur, afin qu'il comprenne au mieux les enjeux.

— Bienvenue aux frontières des limites de notre métier, Olivier. Nous ne faisons que de l'animation sociale, nous ne pouvons agir davantage, nous ne sommes ni juges, ni tribunaux, encore moins gardiens de la paix… On peut juste observer, écouter, signaler les choses et tenter de les faire bouger pour que cela évolue. Nous sommes si peu considérés aux yeux des gens en général. Cela fait bien dix ans que je suis directrice, Olivier. J'en ai vu, tu sais. J'en ai fait des signalements, j'en ai porté des plaintes, crois-moi… J'en ai porté à en avoir plein le dos. La justice est injuste, je sais.

Olivier est écœuré par ce discours. Il ne se reconnaît plus. Lui d'ordinaire si passif et égoïste, il se sent désormais concerné par toutes ces inégalités. C'est comme si, brusquement, un voile se déchirait et qu'il venait d'ouvrir les yeux après des années d'aveuglement crasse. Et c'est l'esprit ailleurs, la révolte au cœur, qu'il finit l'accueil. En quittant l'école, derrière le grillage, il se rend compte qu'une tente a poussé. Olivier ne sait pas qui vit dedans, ni depuis combien de temps. Mais pour la première fois, il la remarque et elle est apparue, comme ça. Au milieu du béton. Il y a aussi une trottinette posée en équilibre instable dessus et si Olivier se rapproche, il est presque certain d'entendre l'écho d'un rire d'enfant. Il aimerait que ce soit dans son imaginaire. Que ce soit un mirage. Il se dit qu'un jour,

Quartier libre

plus personne ne dormira dans la rue, ou alors tout le monde dormira dehors, il ne sait pas. Maintenant qu'il y pense, il se rappelle ses balades en ville, le long du canal de Brienne. Il y a de plus en plus de tentes qui y poussent. Il repense à Nesrine, à son œil au beurre noir derrière ses lunettes. Sa soi-disant chute dans l'escalier. La vérité sort de la bouche des enfants, mais pas toujours. Pas toujours. Olivier revoit sans cesse la ceinture qui s'écrase sur le visage de Medhi, qui n'a pas crié, qui n'a pas bronché malgré la boucle qui est allée lui ouvrir la lèvre inférieure. Un escalier, n'est-ce pas. Olivier hésite. Doit-il porter plainte ? À quoi bon, si rien ne bouge ? Risquer d'autres représailles pour Nesrine ? Il lève la tête, le ciel est rouge, strié de traînées blanches. Olivier se demande comment il arrivera à garder son calme face à tout ça, face au sourire du père qui vient, tout aimable, tout gentil, récupérer ses deux victimes. Rester calme face à la cruauté humaine que l'on confond trop de fois avec de l'amour. Rester calme alors que tout son sang bouillonne dans les veines. Olivier regarde le tableau vivant que forment les nuages. Quand il était petit, il croyait que les traces blanches étaient des anges qui tombaient du ciel sur la Terre. Ce soir, il y a aussi des traînées noires, qui annoncent une violente tempête et Olivier se dit que visiblement, tous les anges ne sont pas bons.

Dans le métro, un homme se plaint que les roues des poussettes des femmes voilées prennent trop de place. Il gesticule, il crie, il vocifère mais il faut s'y faire, qu'elles répondent en souriant gentiment. Dans ses yeux, Olivier sent que l'homme a envie de leur arracher ces bouts de tissu qui leur couvrent les cheveux. L'homme transpire la haine et la peur.

C'est tout son visage qui se déforme. Les enfants dans les poussettes ne disent rien, ils observent le monde avec de grands yeux confiants. Olivier espère qu'ils garderont ce sourire à vie, mais il en doute quand il entend l'homme hurler et postillonner partout en quittant la rame. Olivier est fatigué. Il s'assoit sur un siège vide, pose sa tête contre la vitre. Son reflet dort déjà. Il prend enfin conscience que son métier est une plongée en apnée dans la fameuse France d'en bas, constamment. La France des quartiers, des parqués, ceux qu'on enclave et qu'on oublie comme des chiens abandonnés au bord de la route, un matin d'été. Et après, on s'étonne que certains mordent et qu'ils aient la rage au ventre de montrer qu'ils existent. Olivier ferme les yeux. Il faut qu'il se concentre sur des choses positives, il en a besoin. Il essaie de se souvenir du parfum de Sophie, ses grands yeux verts, ses vêtements colorés qui jurent avec les tenues austères de ses collègues. Sophie et sa manière de bouger les mains quand elle parle à ses élèves. Olivier ne sait pas quel âge elle a mais elle fait jeune, assez jeune pour qu'il s'intéresse à elle. Il ne veut pas se l'avouer, mais il aimerait respirer son parfum à même sa peau. Il sait que son odeur l'aiderait à supporter son quotidien. À supporter l'idée que des tentes poussent ailleurs que dans les campings et les festivals. À supporter l'idée que les bleus sur les visages des enfants ne se font pas qu'en jouant avec de la peinture.

Arrivé à son studio, Olivier regarde son portable, il peut voir le nom de son père clignoter sur l'écran. Sept appels en absence. Olivier grimace, son paternel vient de se souvenir qu'il avait un fils, visiblement. Il n'a pas la foi et la patience de rappeler, il sait comment ça va

Quartier libre

se passer, ça se passe toujours de la même manière, il racontera ses journées ici, son père ne l'écoutera que d'une oreille avant de lui passer sa mère, si elle est là, et Olivier devra répéter mot pour mot ce qu'il vient de dire. Trente minutes minimum d'un bla-bla-bla insignifiant dont les trois se passeraient bien, au fond. Dans la conversation de groupe WhatsApp, Boris et Pierrick viennent de lui annoncer leur intention de débarquer à Toulouse un prochain week-end. Il est à la fois excité et angoissé à l'idée de revoir ses meilleurs amis. Il y a tant de choses qui se sont passées en quelques semaines, tant de changements qui s'opèrent en lui qu'il a cette sensation étrange d'être parti de chez lui depuis des années. Comme si Olivier avait plus mûri en l'espace d'un mois qu'au cours des deux dernières années. Le choc de la vie réelle n'a pas été simple à vivre. Il regarde sa chaîne YouTube, où il pouvait passer des nuits entières à jouer en ligne devant trois insomniaques, où il postait régulièrement des vidéos de lui essayant de nouveaux jeux, dans l'espoir de faire « le buzz » comme un Squeezie ou un Cyprien. Des heures et des heures passées sur l'ordinateur pour fuir la réalité. Sans se douter qu'un jour, la réalité le rattraperait. Des dizaines et des dizaines de vidéos en tout genre. Et tout cela pour quoi ? Des centaines, à la rigueur des milliers de vues dans le meilleur des cas, par-ci, par-là, bien loin des millions qu'il avait osé un jour espérer. Des années entières, le visage collé à son écran pour une poignée d'abonnés. Que de temps perdu pour rien. Alors, brusquement, il a le déclic. Ce soir, Olivier prend une grande décision. Dans quelques secondes, il va supprimer sa chaîne. Comme ça, sans faire d'annonce, sans faire de bruit. Paradoxalement, il sait qu'en faisant cela, ses parents seront enfin soulagés – ils l'ont suffisamment tanné avec ça –, mais il le fait pour lui avant tout. En apnée, il clique sur le bouton « Supprimer ». C'est une immense page qui se tourne. Et bien que peu de personnes risquent de remarquer sa disparition, il se sent soulagé. Cependant, il sait que Pierrick et Boris ne vont pas tarder à l'assaillir de questions. Mais il saura quoi répondre, comme toujours. Et puis, s'ils ne comprennent pas, tant pis.

Pour éviter une conversation interminable, Olivier éteint son téléphone et part se coucher tôt après une longue douche brûlante. Mais sa nuit est agitée. Il rêve que Sophie, habillée en salopette bleue et noire, le fouette avec sa ceinture dans sa salle de classe, sous le regard interrogateur des parents d'Ismahane et d'un Yassine moqueur. Il y a des caméras aux quatre coins de la pièce. Sophie lui demande de réciter la fable du *Corbeau et du Renard,* mais les mots ne viennent pas. Trempé de sueur, face au tableau, il cherche désespérément à se souvenir des rimes, *Maître Corbeau sur son arbre perché*, pendant que Yassine lui jette des craies. Sophie lui hurle PENSE À TES ABONNÉS, SOURIS À LA CAMÉRA. Il tourne et se retourne dans son lit, trempé de sueur, tandis qu'il s'évertue à échapper aux coups de la jolie maîtresse. Yassine continue de lui jeter des craies, Olivier continue de bafouiller, le fromage tombe de l'arbre. Sophie rit à gorge déployée, elle dit « la locomotive va démarrer, Tchou Tchou, la locomotive, Olivier, monte dans la locomotive, MONTE. DANS. LA. LOCOMOTIVE ». Et la ceinture qui claque, encore et encore. Quand Olivier se réveille le lendemain, il ne se souvient plus de rien.

Les semaines passent, se suivent et ne se ressemblent pas. Olivier s'est peu à peu laissé prendre au charme du quartier. Il commence à comprendre les codes, ce qui se joue, ce qui se trame, les règles d'une société à laquelle il n'appartient pas. Il observe comment ça marche, apprend à connaître les fratries, les parents, les jeunes qui traînent en bas des bâtiments, ceux qui jouent les durs, qui s'insultent, mais qui sont tendres, au fond. Jour après jour, il apprend à gérer cette violence dont il comprend qu'elle prend toutes les formes pour mieux cacher ses causes. Ici, on s'enflamme pour cacher un manque, une peur, une insécurité. Ici aussi, il y a la peur de l'autre et du lendemain, la culture du plus fort pour mieux masquer ses failles. Et brusquement, Olivier prend conscience que tout ça lui parle, qu'il n'était pas si différent quand il était avec ses amis. Olivier, d'ordinaire si pressé, apprend la patience, l'empathie.

Matin après matin, il se rend compte qu'il est content de retourner au quartier. Pour la première fois de sa vie, il se sent utile. Il remarque même que le gris du béton des façades a plusieurs teintes et couleurs, qu'il commence à distinguer des visages familiers quand il marche entre les tours, qu'il va se promener

Vincent Lahouze

au marché. La concierge Fatima, qui rentre des ménages, M. Malek, qu'il croise quand chacun part au boulot et qui le salue d'un mouvement de la tête.

Tous ces petits riens qui deviennent un grand tout. Olivier aime ce quartier libre.

Février 2017

La peinture sur le dessin d'Ismahane qu'Olivier a accroché sur le mur de sa chambre commence à s'écailler. Le *Je te pardonne, Zitoune* s'efface peu à peu, une peinture de mauvaise qualité, sûrement. La silhouette d'Ismahane qui regarde la cour de récréation ressemble à un petit fantôme délavé, quasi transparent. Mais Olivier sait qu'elle est là, qu'elle restera toujours là. Cela fait une semaine à présent qu'Ismahane, en équilibre instable sur le rebord de sa vie, a sauté de la fenêtre. Et toujours aucune raison à son acte, personne ne sait ce qui s'est passé. Olivier a eu beau poser des questions à toutes ses connaissances dans le quartier, auprès de ses copines, ses anciens élèves qui sont désormais au lycée, tout le monde ignore ou fait semblant d'ignorer le drame. Quelques bouquets de fleurs qui commencent déjà à sécher parsèment le bas du bâtiment C, quelques poèmes écrits en français et en arabe, une photo d'Ismahane qui fait du skate sur le parking en face du métro, les cheveux au vent, un sourire jusqu'aux oreilles. Et c'est tout.

Vincent Lahouze

Sur une page Facebook créée en son hommage par ses deux meilleures amies, de nombreux posts se succèdent, des *Allah y Ahmou, Allah i sabarkoum*, qui se mélangent à des « Reste en paix », « Que Dieu prenne soin de toi, Amen », des citations du Coran, de la Bible, des pensées et autres formules de condoléances qui parsèment le fil d'actualité. Preuves que dans la douleur et le deuil, les religions, les cultures, l'humain se rassemblent et se ressemblent tous. Olivier scrute chaque message un par un dans l'espoir de trouver une piste, quelque chose. Olivier ne peut se résoudre au suicide incompréhensible d'Ismahane. La veille de sa mort, elle était pleine de vie, de projets, la même que celle qui fréquentait régulièrement le club Ados du quartier dont il avait repris la direction deux ans après ses débuts d'animateur.

Le jeune homme déboussolé qu'il était à vingt ans quand il était arrivé ici avait fait place à un homme bien plus responsable et mature. Ce quartier était devenu le sien, et il ne se serait pas vu travailler ailleurs. Certains événements l'avaient obligé à mûrir d'un coup. Chaque mercredi après-midi, Ismahane franchissait la porte du bureau d'Olivier pour aller lui faire le check, le même depuis le CM2. Olivier lui demandait comment elle allait et Ismahane répondait en souriant, « Tranquille tu vois, Zitoune, la vie, quoi, hamdoullah ». Parfois, en se tordant de rire, Olivier et elle se rappelaient l'épisode de la gifle qui avait achevé de sceller leur relation.

— Non, mais t'étais vraiment devenu fou, ce jour-là ! Bon, OK je l'avais bien cherché, j'avoue !

Mais sérieux ? Je défendais une petite et tu m'avais giflé… Oh !

Olivier adorait écouter parler Ismahane, son phrasé urbain, ce mélange des langues, ce choc des cultures qui venait se bousculer sur ses lèvres. Il savait qu'elle était capable de bien s'exprimer, en « bon » français, sans utiliser l'argot des quartiers, en masquant son accent qui trahissait bien trop ses origines. Il avait eu l'occasion de la voir passer un entretien pour être vendeuse par téléphone, donnant du « Monsieur, je vous en prie, au plaisir, cordialement, j'attends de vos nouvelles sans faute… ». Quand elle avait raccroché, elle avait éclaté en un fou rire nerveux.

— Pffffiou, c'est compliqué de parler en langage de Molière, n'empêche ! Je ne sais pas comment tu fais pour ne pas dire de gros mots constamment, sérieux ! Et j'vais devoir toujours parler comme ça aux clients ?

Et Ismahane soufflait, râlait tout en sautillant sur place. La petite fille qu'Olivier avait connue était devenue une belle adolescente qui avait du mal à assumer sa féminité, elle oscillait entre cacher ses nouvelles formes sous de grands sweats à capuche ou de longs pulls qui lui donnaient l'impression d'être un épouvantail humain, ou au contraire s'habiller avec des robes et des hauts moulants pleins de strass et de paillettes. Mais comme elle l'avait dit à Olivier, tout en ramenant ses longs cheveux lissés derrière son dos, les poings serrés :

— Non mais laisse tomber, Zitoune, quoi que je mette comme vêtements, les mecs sont des chiens d'la casse en fait ! Toujours là à nous siffler, à nous suivre, à croire que c'est open bar ! Non, mais genre, ils pensent sincèrement que ça va nous attirer ? Parfois, j'te jure, j'aimerais pouvoir leur casser la bouche, surtout les blédards qui traînent à côté du métro, on dirait qu'ils n'ont jamais vu une femme de leur vie, oh ! Ils n'ont pas de mères, pas de sœurs ? Pff... Je te le dis, Zitoune, on ne peut pas vivre tranquillement quand on est une femme, en fait...

Régulièrement, Olivier regardait Ismahane et ses amies évoluer et grandir dans le quartier, il les voyait passer sous ses fenêtres du club Ados, adolescentes d'apparence insouciante qui rentraient du collège, du lycée. Quand elles étaient en bande, c'était à celle qui rirait le plus fort, le plus bruyamment, de la manière la plus vulgaire parfois. Mais quand elles étaient seules, elles n'étaient que des ombres qui se faufilaient le long des coursives des bâtiments, têtes baissées, regards éteints. Olivier trouvait fascinant la capacité qui était la leur à incarner leur féminité, et en même temps ne pas trop attirer le regard.

Olivier se dit que c'était là tout le paradoxe des jeunes femmes de banlieue qui s'habillent comme des mecs pour passer inaperçues. Pour être bien vues, elles ne doivent pas être vues.

Quelques jours avant sa mort, Ismahane avait poussé la porte du bureau d'Olivier en pleurs. Il avait constaté avec stupeur qu'elle portait le voile, pour la première fois.

– Mais... Que s'est-il passé, Isma ?
– Mais c'est mon père, là ! Il veut que j'commence à bien me comporter, parce que je deviens une femme maintenant, comme si je n'en étais pas une avant, tu sais ! Sinon, jamais je ne trouverai un mari, et que ce

Quartier libre

serait la honte quand j'irais en vacances au bled voir la famille... En plus, je m'en fous, moi, de me marier, ce n'est pas le but ultime de ma vie, hein !

Et Ismahane s'était répandue en sanglots longs que n'aurait pas reniés Verlaine. Olivier ne savait pas comment la consoler, il l'avait prise dans ses bras, maladroitement, comme quand elle était petite, qu'elle lui sautait au cou dans la cour de récréation en hurlant de rire. Il lui avait demandé.
– Mais est-ce que tu veux le porter, le voile, toi ?
– Non, je n'ai pas trop envie, Zitoune... Tu sais que j'ai la foi, je crois en Allah, en tout ça, on en a parlé parfois. Mais je n'ai pas besoin de cacher mes cheveux pour être une bonne musulmane, pas vrai ? J'ai des copines, bah ces copines elles portent le voile d'elles-mêmes, genre elles ne veulent pas tenter le Sheitan... Bah tu sais quoi, Zitoune, elles sont quand même draguées pareil ! Les mecs, au fond, ils s'en foutent de comment on est habillées ! J'ai de tout dans mes copines, certaines sont voilées, d'autres non, certaines s'habillent comme des garçons, d'autres ne portent que des robes et des jupes, eh bien on est toutes draguées pareil, Zitoune ! Moi, je m'en fous de sentir le vent dans mes cheveux... J'ai envie de m'habiller comme je veux, s'ils ne sont pas capables de se contrôler, c'est eux le problème, pas vrai ?
– T'as essayé d'en parler avec ton père, Isma ? Lui donner ton point de vue ?

Ismahane avait ri, amèrement, les larmes continuant à dévaler sur ses joues.
– T'es sérieux, Zitoune ? T'as vu comment il est, mon père ! Il peut être dur dans son éducation,

ce n'est pas de sa faute, il n'est pas méchant, tu sais, c'est juste qu'il a été élevé comme ça, tu le connais un peu ! Je sais qu'il veut mon bonheur, mais il n'a pas encore totalement évolué sur certaines choses. Et puis, depuis l'histoire avec Yassine, c'est plus le même, tu sais... Je n'ose même pas lui dire que j'ai un amoureux, alors lui dire que je ne veux pas porter le voile...

Quand Olivier avait entendu le prénom du grand frère, Ismahane avait pu voir un voile tomber sur ses yeux, et intérieurement, elle s'était maudite de sa maladresse. Il y avait des sujets que mieux valait ne pas aborder avec l'éducateur. Le passé était le passé.

Olivier s'était ressaisi, percutant soudain l'information.

— Attends, attends... Comment ça, t'as un amoureux ? Et je ne suis pas au courant ! Mais depuis quand ? Walid ?

Olivier avait froncé les sourcils de surprise. Au fond, il était heureux pour elle. Ismahane avait piqué un fard. Elle ne pleurait plus.

— Ouais mais non, je ne voulais pas trop en parler, tu sais comment c'est dans le quartier, les rumeurs vont trop vite ! Tu le connais en plus, mais je ne voulais pas trop t'en parler, je sais que ça ne va pas te plaire...

Olivier s'était instinctivement raidi, mû par un mauvais pressentiment.

— Euh, Isma... Ne me dis pas que c'est Marwan ? Si ? Marwan ! Isma, t'es sérieuse, là ? Mais tu sais bien ce qui s'est passé, tu te souviens comment il a mal tourné ! Sérieusement, qu'est-ce que tu fous, là !

Olivier est furieux. Il est inquiet. L'adolescente baisse la tête, confuse. Les larmes viennent à nouveau.

— Tu ne peux pas comprendre, Zitoune...

Quartier libre

— Eh bien, explique-moi, alors !

Mais Ismahane avait tourné les talons et refusé de lui répondre. Au moment de quitter la pièce, elle s'était ravisée, une lueur de défi dans les yeux.

— Un jour, peut-être que tu comprendras... Mais pas aujourd'hui, je n'ai pas le temps, je suis déjà à la bourre et si je ne rentre pas maintenant, tu connais mes parents... Ils ne vont pas apprécier ! Ne sois pas fâché contre moi, Zitoune ! Sois juste heureux ! Et puis, tu sais, Marwan, il a changé, il a grandi, il a arrêté toutes ses conneries, il me l'a juré ! C'est Yassine qui le poussait à faire tout ça, tu le sais ! T'as vu de quoi il était capable, rappelle-toi... Puis, en souriant, de toutes ses dents, elle dit, c'est bientôt mon anniversaire ! T'as intérêt de venir prendre le thé chez moi, comme chaque année !

À ce rappel, Olivier s'était immédiatement radouci. Pour les treize ans de la jeune adolescente, il avait été convié par les parents d'Ismahane à son goûter d'anniversaire. Olivier avait tenté de refuser, poliment, mais comme le lui avait dit la mère de sa voix douce, tu fais partie un peu de la famille maintenant, viens, ça nous fera plaisir, et ça lui fera plaisir à Isma, tu sais. Il n'avait pas eu le cœur de dire non. Et puis, elle avait raison. D'une certaine façon, il était lié aux Betterki, quoi qu'il advienne. Vers 17 heures, il avait sonné à l'Interphone, et c'est Ismahane en personne qui l'avait invité à entrer. Olivier était resté sur le pas de la porte, n'osant pas pénétrer dans l'intimité d'une vie familiale qui n'était pas la sienne. Le père d'Ismahane, Brahim, lui avait fait signe d'avancer. De sa voix grave, il avait dit, une main sur le cœur.

— Bienvenue chez nous, Olivier. Tu es ici chez toi.

Le salon était tapissé de couleurs chaudes, des tentures bariolées rappelant leurs origines côtoyaient des posters de films cultes des années 1960. Olivier avait aussitôt reconnu *Les 400 Coups,* de Truffaut. Il n'avait pu réprimer un mouvement de surprise. Brahim avait souri.

– Je ne suis peut-être pas né en France, mais j'ai beaucoup aimé la culture cinématographique quand je suis arrivé ici. J'allais souvent au cinéma, c'était mon seul plaisir ! Assieds-toi, le thé est bientôt prêt.

Olivier avait obéi, il était toujours impressionné par la voix et la force émanant du père d'Ismahane. Au bout de quelques secondes, la mère était apparue du fond de l'appartement, un plateau chargé de pâtisseries entre les mains. L'odeur du thé à la menthe venait se mêler à celui des gâteaux sortis du four. Ismahane avait déboulé dans le salon en robe traditionnelle, et tournoyé sur elle-même en lui demandant.

– Tu aimes bien, Zitoune ? Elle appartenait à ma grand-mère qui est au bled, regarde comme elle est belle !

Et l'adolescente avait esquissé quelques pas de danse pour faire voler le tissu, encore et encore. À la fin, Olivier avait applaudi. Et chaque année, il était revenu.

Dans le bureau, Ismahane avait ri en tournant sur elle-même, arrachant Olivier à son souvenir, elle lui avait fait un signe de la main, comme pour lui dire arrête de t'inquiéter et à bientôt. Olivier l'avait regardée partir, avec au cœur une tache noire… Pourquoi avait-il fallu qu'il ait raison ?

Toulouse, février 2012

Dans la cour, Olivier remarque qu'Ismahane et ses copines gloussent de rire, à mi-chemin entre gêne et contentement. Il s'approche, bien décidé à découvrir ce qu'elles trament. Ismahane tient une lettre dans ses mains, une feuille A4 pliée en plusieurs morceaux. Dessus, on peut deviner une écriture griffonnée à la hâte, sûrement un mot écrit en secret durant le cours de français ou de maths. Ismahane tente de cacher la lettre derrière son dos, mais Olivier est le plus rapide. D'un geste, il attrape la feuille en pensant que c'est encore une histoire d'insultes interposées comme il y en a régulièrement. Ismahane proteste. Toutes ses copines aussi ; ça crie, ça s'agite.
— Eh mais Zitouuuuune, t'as pas l'droit, vazi ! C'est ma vie privée ! Allez, rends-la moi !
Olivier ouvre la lettre.

Isma,

Je t'aime je nes jamais vues une fille aussi courageuse parce que jamais une fille ma dit que on allez me donner une claque et puis je voulez te dire que tu est très belle sa on le

Vincent Lahouze

voi directement et je voulez te dire tu a quel age parse que Tania elle me dit tout le tan que tes plus grande que moi mais en fait on la meme age je crois et c'est pour ça que je te demande ton age et puis je ses que tu n'aime plus Walid alors ta un nouveau amour et il s'appelle comment avant que je le tappe ! Ismahane ma chérie tes belle est ton mec il paré que ses un pd et un salle juif moi j'aime pas les juif et leur salle nez moi je sui un vré arabe ! Alors tu veu bien ?

Marwan <3

Olivier est consterné. Au-delà du fait qu'elle maltraite la langue et la syntaxe, cette lettre alors même qu'elle se veut d'amour, déborde de haine et de violence. Et puis, cette phrase antisémite à la fin, qui le fige de stupéfaction atterrée. Il décide de confisquer la lettre, malgré les vives protestations d'Ismahane. Olivier n'est pas de confession juive, ses amis non plus. Il ne connaît rien à la religion. En revanche, il a étudié la Seconde Guerre mondiale et la Shoah, comme tout le monde, au collège, au lycée. Il se souvient du documentaire *Nuit et Brouillard* en cours d'histoire, quand la lumière s'était rallumée, la plupart de ses camarades et lui-même avaient les yeux rougis par les larmes, l'effroi et le dégoût. L'absence de mot devant l'horreur. L'étoile jaune sur la poitrine. Les camps de concentration, la déportation, l'extermination de tout un peuple. Naïvement, Olivier pensait que c'était de l'histoire ancienne, et puis là, ce « salle juif » qu'il voit inscrit sur un bout de papier. Cette haine qui éclabousse, qui suinte de la feuille tel un poison. Olivier est choqué de lire cela, surtout de la part d'un enfant de dix ans. Cette violence intégrée, il la connaît à présent, mais la retrouver sous une forme d'antisémitisme ! Ces gamins

Quartier libre

n'en ont même pas conscience, mais ils contribuent à le véhiculer. C'est pour lui totalement inconcevable que des gamins puissent prôner tant de haine dans un billet d'amour. Ici, le meilleur côtoie une fois encore le pire... jusque dans les sentiments.

Comment y faire face ?

Le 19 mars 2012, Olivier est dans la salle de jeux de société, il est bientôt 8 h 30, il vient de perdre deux fois de suite au Uno contre une Ziya et un Achraf hilares. Son téléphone est en silencieux, mais il peut le sentir vibrer dans sa poche à un rythme effréné. Des notifications de messages WhatsApp qui s'amoncellent, minute après minute. Olivier ne peut plus attendre. Il prend son portable. Boris, Pierrick, même sa mère lui ont écrit, ont essayé de l'appeler, des dizaines de fois.

8 h 19 *(Maman)* Olivier, c'est maman, je suis en Italie mais je viens de voir les infos. Dis-moi que tu n'as rien et que ce n'est pas dans ton école que ça se passe ! Je suis morte d'inquiétude !
8 h 22 *(Boris)* Mec, t'as rien ? T'es sain et sauf ? Réponds stp !
8 h 23 *(Pierrick)* WTF Bobo, pourquoi tu dis ça ?
8 h 25 *(Boris)* Tu n'as pas vu ? Flash info ! Y a eu une attaque terroriste dans une école à Toulouse !! Plusieurs morts ! Des gamins…
8 h 26 *(Pierrick)* What ? Mais nan ! Oliv' t'es où ?

Olivier ne comprend pas de quoi ils parlent, quelle école, quelle attaque ? Il décide d'aller sur le site de

France Info, une fois le temps de l'accueil du matin terminé. Et il lit les nouvelles, horrifié. Un homme casqué, juché sur un scooter, est entré dans la cour du collège-lycée juif Otzar Hatorah, situé dans un quartier résidentiel de Toulouse. D'après l'article, l'homme, armé d'un pistolet mitrailleur, a d'abord ouvert le feu sur un groupe de personnes rassemblées devant l'établissement. Il a tué deux enseignants et leurs deux enfants avant de pénétrer dans la cour. Là, il a tiré sur la fille de huit ans du directeur de l'école, en pleine tête, à bout portant. Selon des témoins, le tueur se serait enfui en hurlant « Allah Akhbar ». Olivier est pris de nausée à mesure de sa lecture. Il pense à ces enfants tués. La tête qui tourne. Comment peut-on en arriver là ?

Il répond à sa mère et à ses meilleurs amis, en les rassurant autant que possible. Mais il ne se sent pas mieux pour autant. La journée s'écoule, ponctuée par des flashes infos sur cette affaire qui ébranle la France. Les enfants ne sont au courant de rien. L'équipe d'animation de Mauriac, en proie à l'incompréhension et l'angoisse, tente de faire bonne figure en proposant les activités habituelles, mais le cœur n'y est pas. C'est Léane qui craque la première. En pleine partie de loup-garou, elle doit passer le relais à Youssef et court s'effondrer en larmes dans les toilettes. Les enfants, à qui n'échappe pas l'atmosphère étrange et lourde de cette journée, s'interrogent mais taisent leurs questions.

Bientôt, l'homme casqué a un nom et un visage, Mohamed Merah. Son image est diffusée en boucle, il est activement recherché. Dans le quartier, des voitures klaxonnent. On peut même entendre des cris de joie.

Quartier libre

À 16 heures, Olivier est à l'accueil. Leurs coordinateurs ont donné l'ordre de passer en Plan Vigipirate. Les mails sont arrivés en flux continu, toute la journée. Recommandations, ordres du préfet, du maire, de la police. On peut lire tout et son contraire. À plusieurs reprises, ce sont les voitures des gardiens de la paix qui font des rondes dans le quartier. L'ambiance est lourde, pesante. Une chape de plomb recouvre le quartier. Des rumeurs folles disent que Merah se cache peut-être ici. Sur ordre des coordinateurs, les écoles doivent fermer leurs portes, l'équipe pédagogique n'ouvrir qu'aux personnes qu'elles connaissent, demander les cartes d'identité si besoin. Quand Olivier ouvre les battants, la boule au ventre, deux mamans sont en pleine discussion animée, en arabe. L'une d'elles apostrophe Émilie, qui est derrière la table où sont posées les feuilles de signatures.

– N'empêche, c'est bien fait pour ce matin !
– Bonjour, Mesdames, de quoi parlez-vous donc ?
– Du mec qui a tué les juifs à l'école, ce matin ! C'est bien fait !

Olivier devient tout blanc. Il voit Émilie blêmir et frémir de rage. Ses yeux bleus lancent des éclairs. Mais elle se ressaisit. Elle rétorque, implacable.

– C'étaient des enfants ! Vous n'avez pas honte de dire cela ? Des enfants ! Comment pouvez-vous dire cela ? Imaginez votre petit Farid à leur place !

La mère de Farid recule, les joues rouges comme si elle venait de se prendre une gifle de la part de la directrice du CLAE.

– Quand c'est un Arabe qui meurt, tout le monde s'en fout ! Regardez la Palestine, regardez en Irak, partout ! On tue les Arabes et l'Europe applaudit ! Y en a que pour les Juifs, y en a partout, on en voit partout ! Mohamed Merah nous a vengés ! C'était un enfant du quartier, il a grandi ici ! Je me souviens de lui, petit ! Il a fait couler le sang des mécréants. Qu'Allah lui ouvre les portes du paradis !

Elle est aussitôt interrompue par l'autre femme, qui lui dit, ne dis pas n'importe quoi, Fatima ! Merah ne vivait pas par là ! Et tant mieux ! Quel malheur pour ces familles ! Cet homme, c'est le démon.

La mère de Farid rougit brusquement, face à son mensonge.

Des larmes de colère montent aux yeux d'Olivier, il regarde sa directrice tenter de garder son calme. Il se voit bondir par-dessus la table, attraper la mère de Farid pour lui bâillonner la bouche, devant le torrent d'horreurs qu'elle déverse. Sentant son jeune animateur sur le point d'exploser, Émilie, d'un geste, lui ordonne de quitter l'accueil.

Après une semaine de traque, Mohamed Merah est abattu d'une trentaine de balles dans le corps par le GIGN, au cours d'une intervention qui aura duré une trentaine d'heures, alors qu'il s'était retranché chez lui, dans le quartier de la Côte Pavée, loin du Mirail, comme on pouvait le penser. Dans la cour de récréation, les enfants sont agités, anxieux. Ils ne jouent plus à touche-touche, le gendarme et voleur habituel s'est mué en quelque chose de bien plus violent. Certains CM2 qui d'ordinaire jouent au football, sont assis sur des bancs. Olivier les entend parler de cette sordide affaire, se lancer dans des débats passionnés. Marwan et Farid sont les plus véhéments, ils essaient d'expliquer aux autres camarades qu'ils doivent être en deuil et prier pour le salut de Merah. Mais la majorité des

Quartier libre

élèves détournent la tête. Walid regarde son frère d'un air consterné. Ismahane, Tania, Ziya, la plupart sont des filles, elles dévisagent les garçons avec mépris. Olivier s'approche pendant qu'Ismahane se livre dans un monologue enflammé.

– Mon père, il m'a dit que « Qui tue un être humain a tué toute l'humanité » ! Ce qu'il a fait, ce Mohamed Merah, c'est indigne d'un bon musulman ! Il n'avait pas le droit ! C'étaient des enfants ! Comme nous ! Marwan, Farid, ils lui avaient fait quoi, ces enfants, hein ? Il était fou ce, type ! C'est péché, ce qu'il a fait !

Au moment où Walid acquiesce, Marwan explose.

– Mais t'as rien compris ! T'es belle, mais t'es vraiment trop conne ! Les Juifs, c'est comme les PD, ce sont nos ennemis, ce sont des infidèles ! Ils ne sont pas dignes d'aller au paradis !

La violence de Marwan réduit Ismahane au silence. Mais alors qu'elle rouvre la bouche, c'est Walid qui, à la surprise générale du petit groupe et d'Olivier, s'avance et prend la parole. Sa voix est calme, résolue.

– Marwan, t'es mon frère, mais par moments, j'ai honte que l'on soit du même sang, tu sais. Tous les jours, tu ne parles que de ça, t'as la haine, tout le temps. Je ne comprends pas d'où ça te vient… Nous avons été éduqués pareil ! Et nos parents ne disent pas du tout ça ! Les *Juifs*, les *« PD »* comme tu dis, c'est quoi, ton problème, en fait ? Ils changent quoi à ta vie, sérieusement ? Qu'est-ce que ça peut te foutre qu'il y ait des gens qui s'aiment ou ne croient pas au même Dieu que toi ?

Les yeux de Marwan ne sont que haine, s'il pouvait, il tuerait son frère sur place. Ismahane s'approche de Walid, animée d'une nouvelle détermination avec l'apparition d'un allié inattendu. Elle pose la main sur son épaule, comme pour le remercier.

Puis, d'une voix tranquille, en se tournant vers Marwan, elle reprend.

— Dire que j'ai failli accepter de sortir avec toi... Mais, sérieux, je préfère être toute seule que traîner avec un haineux comme toi ! Et que Dieu me tue si un jour, je dois changer d'avis ! Allez venez, Tania, Ziya, on se casse.

Et elle laisse un Marwan rouge de colère parler dans le vide. Olivier est resté à l'écart, prêt à intervenir s'il le fallait. Mais l'opposition de Walid aux opinions de son frère l'a littéralement soufflé. C'est la première fois qu'il constate que l'enfant s'affirme haut et fort, en dehors du sport. Les autres membres du groupe, y compris Farid, regardent Walid avec une pointe d'admiration. Tout comme Olivier.

Le lendemain matin, Émilie annonce à l'équipe qu'en raison des événements dramatiques qui viennent de se produire, chaque école, collège et lycée doit faire un exercice d'Alerte Intrusion. Elle commence à leur décrire comment ça va se passer à Sylvain Mauriac, que ce soit chez les primaires ou les maternelles. Qu'ils vont essayer de faire ça sous la forme d'un grand cache-cache avec un Monsieur Colère.

— Mieux vaut essayer de maquiller la réalité à nos mioches pour la rendre plus supportable... Si cela devait vraiment arriver, on pourra toujours continuer de prétendre aux enfants que ce n'était qu'un exercice, pour qu'ils puissent encore croire que la vie est belle, dit Émilie en soupirant.

Elle tend un tambourin et une baguette à Olivier. Devant son regard un peu perdu, elle lui explique.

Quartier libre

— Oui, moi aussi j'ai eu du mal à comprendre. En fait c'est pour représenter le bruit des balles... À mon signal, quand tu entendras les coups de sifflet, tu entreras par le couloir de la maternelle, pour te rendre ensuite dans notre cour, dans la cantine, etc. L'équipe enseignante est au courant, pas les enfants. Et tu frappes sur le tambourin. Tu frappes chaque fois que tu vois un enfant. Le but est qu'ils arrivent à tous se cacher... Compris ? On fait ça à midi.

À l'heure dite, Olivier quitte son poste de surveillance dans la cour. Après les explications d'Émilie, Olivier a été tenté de refuser ; de partir même, mais il a conscience que c'est important, qu'il en va peut-être de la survie de ces enfants *si*... Tristement, il comprend qu'ils sont entrés dans une ère où plus rien ne sera comme avant. Il se résout à enfiler le masque qu'Émilie lui a donné pour que les enfants ne reconnaissent pas son visage, et va se faufiler jusqu'au couloir qui donne sur l'école maternelle. Au moment où il entend sa directrice siffler, Olivier sort brusquement de sa cachette. Il entre dans le couloir, se retrouve nez à nez avec un groupe de maternelles. Olivier frappe sur son tambourin, fort. Les enfants sont pétrifiés, certains courent, d'autres se roulent en boule par terre. Les maîtresses, comprenant la situation, prennent les enfants par la main pour se cacher de Monsieur Colère. L'un d'eux veut prendre son doudou avec lui, qui est resté accroché au porte-manteau, mais il n'en a pas le temps. La maîtresse le soulève, l'attrape entre ses bras, pas le temps pour la douceur, pas le temps pour les explications. L'enfant se met à pleurer, terrorisé, la peluche gît, abandonnée, tandis qu'ils disparaissent à l'angle du couloir. Olivier ramasse le petit ours. Il a la boule au ventre. Même si tout cela n'est qu'un rôle, même si tout cela est faux, il doit bien avouer qu'il ne se sent pas bien du tout. En même temps, en sueur derrière son masque, il se dit que la personne qui aime jouer ce rôle ne doit pas être saine d'esprit. Il a beau aimer les méchants et les super vilains dans les séries et les films, il a beau idolâtrer le Joker, il a beau être Team Serpentard, comme le test sur le site Pottermore lui a indiqué, dans la vie réelle, Olivier se rend compte qu'il sera toujours du côté du plus faible, du côté de celles et ceux qui souffrent, qu'il restera toujours un gentil. Quitte à être un Bisounours, un utopiste, un idéaliste. C'est ainsi.

Olivier pénètre dans la cour de l'école élémentaire, elle est vide, les enfants ont bien respecté les consignes. Mais il fait comme Émilie le lui a ordonné. Il se rend dans chaque salle, essaie d'ouvrir chaque porte. Dans les toilettes, il tombe face à Amir, qui est dans la classe de Sophie ; son petit Amir qui est en CP. Il s'est caché derrière la porte des toilettes, tout tremblant. Quand il voit Olivier, il reste tétanisé de peur et commence à se faire pipi dessus. Olivier retire son masque précipitamment, il essaye de lui expliquer que ce n'est pas grave, qu'il va fermer les yeux et qu'il faut qu'il aille se cacher. Mais Amir est inconsolable. Olivier, le cœur brisé, continue sa ronde, tout en frappant sur le tambourin.

Sous l'escalier qui mène aux étages, il repère deux petites CE2 qui n'ont pas eu le temps de monter. Olivier fait semblant de ne pas les voir, il ne veut pas davantage faire peur. Dans la cantine, seuls les plateaux sont sur les tables, quelques fourchettes sont par terre, témoignant de la hâte et de la précipitation.

Quartier libre

La nourriture est encore chaude. Olivier se sent de plus en plus dans la peau du chasseur, et il déteste ça, il traque la moindre piste, le moindre son qui pourraient le guider jusqu'aux enfants. Mais ils sont bien cachés. Arrivé devant la bibliothèque, il distingue des ombres qui s'agitent entre les rangées de livres, il entend quelques rires nerveux, des « Il arrive ! », « C'est qui ? », « Taisez-vous », la voix autoritaire d'Ismahane qui demande aux autres de se taire. Derrière son masque blanc, Olivier ne peut s'empêcher de sourire. Il sait qu'en cas d'attaque, Ismahane s'en sortirait probablement. Mais pas aujourd'hui.

Au moment où il pose la main sur la poignée de la porte, Émilie siffle à nouveau pour indiquer la fin de l'exercice. Olivier soupire de soulagement. Il retire son masque, essoufflé. Amir est pris en charge par Sophie. Les enfants sortent de leurs cachettes. Certains ont le visage tendu, conscients que ce cache-cache avait une connotation bien plus importante. Tandis que d'autres crient de joie, et réclament une autre partie. Dans l'ensemble, l'exercice a été réussi. Ismahane sort de la bibliothèque. Elle regarde Olivier, les lèvres serrées.

– Je savais que c'était toi, tu as gardé tes chaussures rouges, espèce d'idiot.

Puis elle éclate en sanglots et part en courant. La mort dans l'âme, honteux malgré lui, Olivier retourne à l'école maternelle, pour rendre l'ours en peluche au petit garçon. Il le retrouve, toujours dans les bras de sa maîtresse. Il essaye de le rassurer, en vain.

Février 2017

Olivier tourne en rond dans sa chambre. Plus tôt dans la journée, il est allé déposer un bouquet de fleurs au carré musulman, là où est enterrée Ismahane. Il a passé une heure à lui parler, assis à côté de sa tombe qui ne se résume qu'à un monticule de terre, surmontée de quelques cailloux et de bouquets séchés. À côté des fleurs, la famille de l'éternelle jeune adolescente a déposé quelques bols remplis d'eau. Quand il avait posé la question à Youssef, sur la présence de ces récipients, celui-ci lui avait répondu, d'une voix grave.

– D'après ma grand-mère, c'est une tradition que les vieux musulmans ont depuis toujours. Ils mettent des bols d'eau pour que la tombe serve d'abreuvoir aux oiseaux, afin que le défunt n'entende que les chants des oiseaux et non les mauvaises paroles et les ragots des humains. C'est beau, n'est-ce pas ?

– Oui, c'est beau. J'espère que de là où elle est, Ismahane assiste à un véritable concert, chaque matin.

– J'espère que tu as raison, Olivier, j'espère que tu as raison, lui avait répondu Youssef, en se relevant.

Vincent Lahouze

En rentrant chez lui, Olivier, toujours à la recherche d'un indice, de quelque chose qui pourrait lui expliquer le geste de cette gamine qu'il aimait plus que tout, continue de scruter régulièrement la page Facebook qui a été créée en son hommage. Au milieu des photos souvenirs que tout le monde se partage, un commentaire sous une publication attire son regard. Truffé de fautes, il tranche avec les « RIP MON ANGE » « Qu'Allah prenne soin de toi », « tu nous manques Isma ». « C bien fait pour elle, elle a joué, elle a perdu, c'est tout ! C ski arrive kan on fait la pute et la balance ! Dieu la punit ! Arrêté de faire style, vous ne l'aimiez pas non plus. » Olivier clique sur la photo de l'auteur du commentaire. Lunettes noires, maillot de foot. Visiblement, à en juger la fumée qui masque une partie du cliché, le jeune homme s'est pris en selfie en train de fumer une chicha. Cheveux mi-longs, une casquette. Malgré son accoutrement, Olivier pense le reconnaître instantanément. Un des jumeaux. Marwan ? Walid ? Non, ça ne peut qu'être Marwan, le supposé petit ami d'Ismahane. Walid est trop doux, trop gentil dans les souvenirs d'Olivier pour écrire de telles horreurs. Marwan. Mais qu'est-ce qui a bien pu se passer pour qu'il poste ça ? Olivier sait ce qu'il lui reste à faire. Trouver Marwan et lui poser quelques questions. Comme il y a quelques années avec Yassine, le grand frère d'Ismahane. Lui qui pensait le passé mort et enterré, c'est un cycle de violence qui refait surface. Et Olivier doit agir, coûte que coûte.

Toulouse, avril 2012

Dans la salle de classe déserte, Sophie embrasse Olivier. Ses mains se perdent sous le tee-shirt du jeune homme. Elle a le rouge au front, les yeux brillants, le souffle court. L'excitation et la peur qu'on les surprenne rend le moment encore plus intense. Olivier lui rend son baiser, sans reprendre sa respiration. Ses doigts glissent le long du dos de la jeune institutrice, il sent l'attache de son soutien-gorge. Il joue avec. Il hésite à le dégrafer. Dans la cour, on peut entendre les enfants qui jouent. Olivier regarde Sophie qui tente de remettre de l'ordre dans ses longs cheveux. Elle lui dit.
– Depuis le temps que j'attendais ça, tu sais... Je me demandais quand ça finirait par arriver ! File, retourne bosser, va...
Depuis quelques semaines déjà, ils se parlent chaque jour, au moment du relais. À chaque fois, les questions, les discussions deviennent de plus en plus personnelles, plus intimes, si on peut appeler cela ainsi, quand vingt enfants se bousculent autour de vous. Quand Sophie part dans sa classe, Olivier la regarde s'en aller, toujours. Sa démarche gracile, comme si elle marchait sur un fil, ses courbes encore adolescentes

cohabitent avec un esprit si adulte. Olivier aime ces moments suspendus. Qu'elle est belle. Souvent, elle se retourne, dans un mouvement gracieux, ses cheveux caressent son visage et elle lui fait un clin d'œil discret, avec un petit sourire timide. Parfois, non. Cela dépend de son humeur, pense-t-il.

Quinze jours plus tôt, au moment de faire l'appel de sa classe de CP, il s'était aperçu que Sophie, la jeune maîtresse, avait les yeux rouges. C'était bien la première fois qu'Olivier la voyait dans cet état. Sophie avait l'air épuisé, mais elle n'avait rien dit, à part un minuscule bonjour. Olivier n'avait pas su comment réagir, n'avait pas osé lui demander ce qui n'allait pas, et puis il n'était pas sûr que ce soit convenable de sa part. À regret, il l'avait regardée partir sans rien dire. Contrairement à son habitude, elle ne s'était pas retournée.

Dès le lendemain, elle arborait à nouveau un grand sourire qui n'était que de façade. Olivier pouvait voir dans ses yeux une petite bouteille à la mer qui tangue, loin derrière son regard, quelque chose d'imperceptible, de pratiquement invisible pour tous. Mais pas pour lui. Alors, Olivier avait fait une chose qu'il n'aurait jamais osé faire auparavant. Lui qui, depuis son avertissement dans le bureau de M. Léonard, s'était mué en animateur modèle, avait profité du temps de pause pour entrer discrètement dans la salle des professeurs, et y avait cherché un moyen de contacter Sophie. Sur l'un des murs de la pièce se trouvaient les coordonnées de l'ensemble de l'équipe enseignante. Il avait hésité à noter son numéro, il n'était pas certain que ce soit une bonne chose que de le prendre sans lui avoir demandé directement. Il savait déjà que ce qu'il

Quartier libre

était en train de faire était contraire au règlement. Contraire aux vives recommandations d'Émilie, lors d'une réunion hebdomadaire avec l'équipe.

— Vous faites ce que vous voulez, avec qui vous voulez, vous êtes adultes mais si j'ai un petit conseil : *No Zob in Job*. Cela n'amènera que des emmerdes. Alors, que ce soit entre animateurs ou même avec les instits, je vous prierai de garder cela en dehors de l'école et du travail, merci.

Olivier avait hoché la tête, tout en lorgnant discrètement Nolwenn qui lui avait fait un petit sourire, comme pour lui dire, dommage. Et voilà que quelques mois plus tard, Olivier, en sursis pour avoir giflé Ismahane, se retrouvait dans la salle des professeurs, à la recherche d'une solution pour écrire à Sophie. Son numéro de téléphone était là, qui le narguait. C'était si tentant de l'enregistrer mais si dangereux, aussi. La veille, Olivier avait fait une recherche sur Facebook avec le nom et le prénom de la jolie jeune femme, sans succès. Il semblait qu'elle ait eu des tas d'homonymes, mais aucun ne ressemblait à celle qu'il croisait chaque jour.

À côté du numéro de téléphone et de son adresse, Olivier avait remarqué qu'il y avait également son adresse mail. Il s'était dit qu'un email serait quelque chose de moins intrusif, de plus solennel. Que la jeune femme se sentirait moins heurtée par une éventuelle familiarité. Olivier avait entendu la sonnerie retentir dans l'école, dans quelques secondes, ce serait la récréation, il lui fallait agir vite, Les professeurs allaient envahir leur salle pour boire un café, faire des photocopies et se raconter leurs journées, chacune et chacun redoubleraient d'efforts pour avoir la plus grosse anecdote à raconter, la meilleure punchline de leurs élèves.

À la hâte, Olivier avait noté l'adresse mail de Sophie avant de s'enfuir comme un voleur.

En rentrant chez lui, il s'était installé devant son écran d'ordinateur pour écrire à la jolie demoiselle. Mais il ne savait pas par où commencer. Il avait réalisé qu'il ne connaissait rien d'elle, à part ces quelques miettes d'informations qu'elle semait au gré de leurs discussions qui ne duraient que quelques secondes, entre deux hurlements et rires d'enfants. Elle aimait le yoga. Elle aimait lire. Elle était allée en Thaïlande, en Australie. Elle aimait le chocolat. Parfois, elle allait à la piscine à la pause de midi, comme ça, pour décompresser. Quand elle revenait, elle avait les cheveux mouillés qui tombaient sur ses épaules et Olivier ne pouvait s'empêcher de respirer son shampoing en fermant les yeux, juste un instant. Parfum fraise. Ou cerise. Olivier n'était pas le plus doué pour faire la différence. Mais il savait qu'il avait envie d'elle, de la croquer comme un fruit défendu.

Il avait pris une grande respiration et s'était lancé.

« Chère Sophie,

Je ne sais pas par où commencer. Je te demande pardon, tout d'abord, pour cette initiative quelque peu cavalière… C'est Olivier, l'animateur qui fait l'appel de ta classe. Je me suis permis de récupérer ton adresse mail dans la salle des profs, je me suis dit que ce serait moins grave que ton numéro de téléphone. Mais voilà, il me fallait trouver un moyen de t'écrire. De te parler davantage. Cet email sera brouillon, j'en suis convaincu, mais il reflétera bien mon état d'esprit aussi, enfin je l'espère. Je pense que je vais y aller cash, après tout je n'ai rien à perdre. Tu me plais. Je ne sais pas si ça se fait, si c'est correct de te le dire, mais je ne peux plus le garder pour moi plus longtemps. Je ne sais rien de ta situation amoureuse, de ta vie privée, mais j'imagine que tu es en couple… Malgré tout, je tente ma chance, un peu comme au poker, je fais tapis, on verra bien. C'est nul comme référence, je m'en rends compte… Je ne suis pas écrivain, ça se voit! Bref, je m'égare, mais ce que je ressens est sincère, au moins, ça, j'en suis sûr. Te voir triste la dernière fois m'a rendu triste aussi. Je sais bien que ça ne me regarde absolument pas, mais j'espère que tu vas bien et que ce n'était pas grave? Si tu as besoin, et si ça ne te paraît pas bizarre, je voulais que tu saches que je suis là. Je ne sais même pas comment finir ce mail, j'hésite à te l'envoyer… Mais qui ne tente rien n'a rien, n'est-ce pas? Tout ça pour te demander: Un café avec moi, ça

te tente ? Si tu refuses, je comprendrai tout à fait ! Et pardon encore pour cette intrusion...
Et j'espère que tu vas mieux.
À très vite, genre demain au moment de l'appel,

Olivier. »

Quand il avait cliqué sur *envoyer*, le jeune homme avait la boule au ventre, à la fois d'excitation et d'angoisse. Mais qu'est-ce qui lui avait pris ? Il redoutait sa réponse, s'il y en avait une. Il était parti se coucher, épuisé. Le lendemain matin, il avait traîné des pieds pour aller au travail. Au moment de faire son appel, Olivier avait attendu que sa classe arrive, la porte s'était ouverte sur les petits CP qui avaient déboulé dans la cour, suivis de Sophie. Ce jour-là, elle portait une robe verte avec des fleurs. Comme ça lui allait bien... Arrivée devant Olivier, elle lui avait dit bonjour avec son grand sourire, quel beau temps en ce mois d'avril, n'est-ce pas, j'ai pu ressortir mes robes... Olivier avait rougi en baissant la tête, il avait secrètement remercié la météo et les températures si clémentes. Au moment de regagner sa classe, Sophie s'était brusquement retournée.
– Au fait, j'ai bien reçu ton mail. J'y répondrai ce soir...
Clin d'œil. Mouvement d'épaule pour chasser une mèche rebelle, et Sophie avait disparu. Olivier était cramoisi. Youssef, qui était passé à ce moment-là, l'observait du coin de l'œil et avait pouffé de rire en hochant la tête d'un air narquois.
– Aha Zitoune, on dirait que tu as pris un coup de soleil ! Tu verrais ta tête ! Sois un peu plus discret !
Olivier était parti faire son activité, les joues encore en feu. Dans le gymnase, il commença à installer les

Quartier libre

tapis pour faire des jeux d'opposition, un peu de lutte, quelques prises rudimentaires de judo. Les enfants arrivaient, c'était un projet qui sortait quelque peu de l'ordinaire, ils étaient intrigués. Comme à son habitude, et quelle que soit l'activité qu'il proposait, Ismahane était venue voir Olivier.

— J'peux être ton assistante, Zitoune ? Allez, steuplé ! Y a rien à faire au Claé, je m'embête ! Dis oui, steup, steup !

Olivier savait qu'elle pouvait vite devenir ingérable et assez désagréable si elle n'obtenait pas ce qu'elle voulait, mais à l'inverse, elle n'avait pas son pareil pour fédérer les autres ou les encourager dans une activité, alors il avait décidé de la garder avec lui, au gymnase.

— Aide-moi à finir de mettre les tapis, dans ce cas, si tu veux être mon assistante, Isma ! Et ne fais pas cette tête-là ! C'est toi qui voulais venir ! l'avait-il houspillée.

La gamine avait râlé — pour la forme — mais s'était exécutée de bonne grâce. Profitant du fait qu'ils n'étaient encore que tous les deux, Olivier lui avait posé la question qui lui brûlait les lèvres depuis quelques jours.

— Dis Isma, si tu savais que c'était moi, Monsieur Colère, quand on a fait l'exercice d'alerte intrusion, pourquoi tu es partie en pleurant ?

Elle avait baissé la tête, hésitant à répondre. Olivier avait bien senti qu'elle aurait aimé parler, mais qu'elle n'osait pas. Il s'était approché, avait posé une main réconfortante sur son épaule.

— Tu peux tout me dire, tu sais, surtout si c'est important. On est là pour ça, aussi…

Ismahane avait pris une grande respiration. Elle avait les larmes aux yeux.

— C'est mon frère, Yassine... Il me montre souvent des vidéos comme ça, avec des gens qui parlent de tuer des enfants dans des écoles. Il me dit que c'est pour de vrai, que c'est trop cool, et qu'un jour ça arrivera à Mauriac... Du coup, bah, même si je savais que c'était toi, j'ai eu un peu peur, même si en temps normal, j'ai peur de rien, moi ! Il est fou, mon frère, c'est un fou ! Même mon père, il ne sait pas comment le calmer ! La dernière fois, il est revenu avec un cocard et le nez en sang, il n'a pas voulu dire ce qu'il s'était passé... Mais moi, je le sais... Il vend de la drogue, je l'ai vu faire dans le quartier avec ses potes... Un fou, je te dis, Zitoune ! J'aime pas quand il vient me chercher le soir, il me parle toujours mal et tout, il n'était pas comme ça avant, je te le jure... Avant, on jouait ensemble et tout, on se marrait bien, puis quand il est arrivé au collège, laisse tomber, va ! Toujours dehors ou enfermé dans sa chambre...

Olivier avait eu du mal à avaler sa salive sans s'étrangler. Décidément, ce Yassine était plus dangereux encore qu'il le pensait. Il avait été submergé par l'envie d'aller le trouver dans le quartier. Après tout, ils n'avaient jamais eu l'occasion de « s'expliquer » depuis l'épisode du nez cassé et du Taser. Il se sentait de plus en plus l'âme d'un justicier depuis quelque temps. Il s'était dit qu'à défaut d'en parler à Émilie, qui lui aurait dit que c'était triste mais que c'était comme ça, il allait finir par en parler à Pierrick et Boris. Peut-être qu'à eux trois, ils pourraient faire quelque chose.

Les autres enfants étant arrivés pour l'activité, Olivier n'avait pas eu le temps de répondre à Ismahane. Mais il s'était promis de prendre un moment pour discuter avec

Quartier libre

elle. L'activité s'était déroulée sans encombre. Lorsque la fin de l'activité avait sonné, les gamins avaient commencé à quitter le gymnase sans ranger. Olivier était intervenu.

– Oh les mioches ! Hum, j'ai seize tapis au sol, vous êtes seize... Vous en déduisez quoi ?

Le petit Rayan, en classe de CP, avait été le plus vif. Il l'avait regardé et lui avait répondu, avec un air innocent.

– Que tu sais compter ?

Et il avait quitté la salle sans attendre la réponse d'Olivier. Celui-ci avait été soufflé par le culot et la repartie de Rayan. Il était resté les bras ballants, ne sachant pas quelle attitude adopter. Les autres enfants, hilares, étaient venus ranger les tapis. Ismahane s'était approchée d'Olivier. Elle lui avait glissé à l'oreille.

– Tu sais qu'on a six sens à la base, Zitoune ?
– Hm, aux dernières nouvelles, on n'en a que cinq.
– Non, non, on a bien six... ! Regarde bien : la vue, le goût, le toucher, l'odorat, l'ouïe... et...

Elle comptait sur ses doigts, devant la tête d'Olivier, amusé qui se demandait ce qu'elle allait bien pouvoir inventer encore.

– Ah oui ? Et quel est-il ce sixième sens, Madame-je-sais-tout ?
– Le sens de l'humour, mais visiblement, toi tu ne l'as pas eu à la naissance...

Et Ismahane avait éclaté de rire, fière d'elle. Olivier n'avait pas pu s'empêcher de rire malgré lui, devant l'insolence de la gamine. Elle lui avait donné un petit coup de poing dans le ventre. Elle avait cette capacité de passer d'une émotion à une autre en un claquement de doigts, ce qui laissait Olivier songeur, et admiratif aussi. Il était épaté par ce pouvoir que les adultes perdaient en grandissant. Olivier s'était souvenu que quand il était petit, il pouvait être heureux, et la seconde d'après fondre en larmes. Puis sourire de nouveau quelques minutes plus tard. Que se passait-il en grandissant ? Pourquoi la candeur s'évanouissait-elle avec le temps ? Olivier était fier de ces enfants, ici. Malgré la violence du monde dans lequel ils vivaient, ils restaient la plupart du temps des gamins de leur âge. Heureusement.

Au moment du temps calme, quelques minutes avant de rentrer en classe et afin que les enfants soient dans de bonnes conditions pour reprendre les cours de l'après-midi, Olivier avait rassemblé des élèves pour faire un jeu en cercle. Ils en avaient toujours des dizaines à proposer pour faire redescendre l'excitation, mais ce que les enfants aimaient par-dessus tout, c'était jouer au chef d'orchestre. Un enfant sort du cercle, il sera l'inspecteur pour cette partie, et se cache les yeux le temps que le reste du groupe désigne le chef d'orchestre. Celui-ci doit alors effectuer des gestes en rythme, peut en changer à tout moment, exécute des mouvements chorégraphiés selon ses envies, que tout le monde doit reprendre. L'inspecteur a alors trois chances pour découvrir qui mène l'orchestre.

Olivier donnait la main à la petite Adea, une ravissante poupée blonde aux yeux bleus qu'elle devait à ses origines russes. Visage d'ange, elle était adorable. Il lui avait demandé de prendre la main de sa camarade, Inaya. Toutes les deux étaient les inséparables de CP, on ne les voyait jamais l'une sans l'autre. Pourtant, Adea avait refusé sans dire un mot, en secouant la tête. Olivier s'était étonné de cette réaction, qui n'avait rien de normal au vu de leur proximité. Il avait répété la

Quartier libre

consigne. À nouveau, Adea avait refusé en détournant la tête. Inaya s'était mise à sangloter.

— Eh bien, que se passe-t-il ? Vous vous êtes disputées ou quoi ? Pourquoi tu ne veux pas donner la main à Inaya ? leur avait demandé Olivier.

Adea avait tortillé une mèche blonde entre ses doigts, elle semblait nerveuse. Mais face à l'insistance de son animateur, elle avait fini par lâcher, d'une voix tranquille.

— Parce qu'elle est noire. Mes parents m'ont dit que je n'avais pas le droit de jouer avec les Noirs, qu'ils ne sont pas comme nous. Du coup, désolée, Inaya, mais je ne peux plus jouer avec toi maintenant.

Olivier avait fulminé. Il enrageait face aux propos d'une enfant de CP. Bien entendu, il n'en voulait pas à Adea, qui répétait naïvement et docilement là encore ce qu'elle avait dû entendre à la maison ou en dehors de l'école. Comme pour Marwan... Alors, plutôt que de laisser passer et de reprendre l'activité, Olivier s'était lancé dans un grand monologue sur le respect et la richesse de la différence sous les yeux ébahis du cercle d'enfants. Le monologue s'était transformé en moment d'échange et de partage où chaque enfant avait pu donner son avis à tour de rôle sur le racisme. Inaya avait séché ses larmes et retrouvé son beau sourire. Adea à côté d'elle avait naturellement pris sa main dans la sienne, *comme avant*.

Quand était arrivé le moment de l'accueil du soir, Olivier s'était posté à l'entrée de l'école. Il souhaitait s'entretenir avec les parents d'Adea, du moins espérait-il amorcer un dialogue. Au bout d'une trentaine de minutes, une belle jeune femme était arrivée. Blonde, élancée, habillée d'un élégant tailleur noir, elle détonnait un peu dans l'univers du quartier. Olivier l'avait déjà identifiée par le passé, mais n'avait jamais eu besoin d'échanger avec elle. Avant que sa fille n'arrive, Olivier avait demandé à lui parler. Après une brève hésitation, il s'était jeté à l'eau.

– Bonsoir, alors voilà, il y a eu un petit incident ce midi avec Adea, sans gravité je vous rassure, tout le monde va bien, mais je voulais néanmoins en parler avec vous. Vous n'êtes pas sans savoir que sa meilleure amie est Inaya et il se trouve qu'aujourd'hui elle a refusé de donner la main à sa camarade, sous prétexte que celle-ci était noire… J'imagine que ce n'est qu'un malentendu et qu'Adea a mal compris ou interprété des propos qu'elle a dû entendre ou voir à la télé… Il est vrai qu'ils sont très sensibles à ce qu'ils entendent sans pour autant bien comprendre, à cet âge-là !

La mère d'Adea avait dévisagé Olivier, son visage était imperturbable, son regard bleu glacial. Alors qu'il s'attendait à ce qu'elle se sente gênée ou s'offusque du quiproquo, elle avait répondu sans ciller.

– En effet, c'est vrai. Mon mari et moi ne souhaitons pas qu'Adea fréquente ces enfants-là. Je veux bien les tolérer, en attendant qu'elle change d'école, mais nous ne voulons pas qu'Adea fraternise avec eux. Cela pose un problème ? Nous avons encore le droit de décider avec qui notre fille peut jouer, il me semble ?

Dans la tête d'Olivier, cela avait été l'explosion. Il avait oublié qu'il était à l'accueil, qu'il se trouvait devant des parents, qu'il était dans le cadre de son travail. Intérieurement, il s'était imaginé hurler sur la mère d'Adea. *(Mais vous êtes complètement tarés, ce n'est pas possible autrement ! De quel droit vous pouvez décider des relations de votre enfant ? Vos opinions politiques puantes, gardez-les pour vous, chez vous, mais ne pourrissez pas le cerveau de votre fille !*

Quartier libre

J'ai un scoop pour vous, figurez-vous qu'elle a quand même joué avec Inaya et qu'elle continuera à le faire, vu que c'est sa copine !)
Mais il ne pouvait pas dire tout haut le fond de sa pensée. Il n'avait que trop à l'esprit la gifle qu'il avait donnée à Isma et son erreur avec le petit Mehdi, il refusait de faire courir un danger supplémentaire à un enfant. Il avait regardé la maman sans rien dire, fulminant de rage et les poings serrés, mais il s'était contenu. La lutte n'ayant lieu que dans sa tête.

Finalement, il avait pris une grande respiration, sous l'œil inquiet d'Émilie qui, pressentant sa possible explosion, lui avait saisi le bras pour le retenir. Il s'était même surpris à sourire, narquois.
– Vous parlez de tolérance, Madame ! Mais si je puis me permettre, vous êtes dans une école où 95 % des enfants sont métissés. C'est plutôt vous qui êtes en minorité, non ? Arrêtez de dire que vous êtes tolérants. Vous n'avez rien à tolérer du tout ! On parle d'enfants ! D'êtres humains, ce ne sont pas des choses que l'on doit tolérer ! Ce ne sont pas des marques de lactose ou de gluten ! J'aurais honte de tenir de tels propos !
La mère d'Adea avait reculé, le visage tordu en un rictus mauvais. Ses joues marbrées par les mots d'Olivier. Elle avait pris sans ménagement par le bras sa fille qui venait d'arriver, avait jeté un regard outré à Émilie et, avant de partir, pour garder la face, avait menacé d'écrire une lettre au rectorat, à la mairie, à tout le monde, que c'était une honte, que c'était du racisme anti-blanc, et que dès la semaine prochaine, Adea changerait d'école. Émilie avait secoué la tête en regardant Olivier, avec une légère lueur d'admiration et de fierté pour la repartie de son animateur. Elle lui avait dit, un petit sourire aux coins des lèvres.

— Décidément... Tu adores te foutre dans la merde, je ne vois pas d'autres explications...

— Nan mais Émilie, on est d'accord qu'elle est en tort, là ! C'est du racisme, du racisme à l'état pur ! À quel moment c'est du racisme anti-blanc ? Et puis, c'est quoi ça, encore ? C'est des conneries ! Je suis dans mon droit de lui dire ce que je pense ! Et j'aurais pu dire bien pire.

Émilie avait soupiré. Bien sûr que c'était du racisme. Mais Olivier devait apprendre à se contenir et à garder ses idées pour lui. Certes, elle ne pouvait que reconnaître ses progrès. Il avait bel et bien appris de ses erreurs. Néanmoins, si la mère d'Adea s'avisait de mettre ses menaces à exécution et d'écrire une lettre à Garonne Animation 31, Olivier pourrait dire adieu à son poste d'animateur... Mais au fond, elle admirait profondément l'engagement et l'évolution de sa jeune recrue en quelques mois. Elle ferait tout pour le protéger. Dès que la mère d'Adea avait disparu, dans un effluve de mangue et vanille qu'Olivier avait immédiatement reconnu comme le capiteux parfum Angel que portait sa mère, les deux parents présents à l'accueil au moment de l'altercation avaient applaudi l'intervention d'Olivier. La mère de Kiara et de Noah était même venue l'embrasser sur les deux joues.

— Haaaa, ça ! C'était bien parlé, mon fils ! Tu lui as bien rabattu son caquet ! Bravo ! Je te félicite !

Émilie avait ri, mi-figue mi-raisin. Elle avait râlé pour la forme.

— Mais ne l'encouragez pas ! Déjà que j'ai du mal à le canaliser, ce petit, si en plus vous trouvez normal qu'il s'en prenne aux parents, je ne vais pas pouvoir le tenir ! Gare à vous !

Quand Olivier était rentré chez lui, il s'était senti à la fois fier et honteux. Depuis son arrivée dans le quartier, il n'avait jamais constaté de quelconques rejets de la part des enfants envers les rares petits Blancs qui se trouvaient à l'école. À vrai dire, la question ne se posait pas. Peu lui importait la couleur des enfants. Et quand lui-même se promenait entre les tours, qu'il allait dire bonjour aux marchands sur la place ou prendre le thé chez le vieil Hamadi, il n'avait jamais ressenti la moindre méfiance ou un quelconque rejet de la part des habitants. Au contraire, la rapidité avec laquelle le quartier l'avait adopté et lui avait ouvert les bras l'émouvait chaque fois qu'il y pensait. Olivier avait eu envie d'appeler ses parents pour leur raconter ce qui s'était passé, mais comme presque toujours, il était tombé sur le répondeur. Il n'avait pas laissé de message. Allongé sur son lit, il avait regardé la télévision en somnolant. Quand soudain, son portable avait vibré. Nouvel email. Sophie. Olivier s'était redressé d'un bond. Depuis sa mésaventure du jour avec la maman d'Adea, il avait complètement oublié la jolie maîtresse. Fébrile, il avait hésité avant d'oser ouvrir le message électronique. Ses longs cheveux, son clin d'œil et son grand sourire lui étaient apparus. Qu'avait-il à perdre ? Il avait ouvert le mail.

« Cher Olivier,
J'avoue que j'ai été un brin surprise en regardant mes mails, hier soir ! Tu as de la chance, je ne les consulte presque jamais. Je confesse être une bille en informatique ! Comme quoi, c'est le destin qui m'a poussée à ouvrir ma boîte de réception ! Et je l'en remercie... Tu dis que je te plais ? Je crois que tu as pu remarquer que c'était réciproque, non ? J'adore discuter avec toi quand tu viens faire l'appel, même si c'est juste quelques minutes. Ne t'inquiète pas pour la dernière fois, j'avais juste appris une mauvaise nouvelle, rien de grave ! Mais c'est gentil de demander ! Je serais ravie de prendre un café avec toi, et de te connaître un peu plus ! Pardonne-moi si cette réponse est assez brève, comme je te l'ai dit, je n'aime pas les ordinateurs et ils me le rendent bien. Je préfère largement les lettres... Bisos ! (c'est un mélange entre bisous et besos, j'aime bien !)

Sophie

PS : Les seules personnes qui dorment avec moi sont des chats, Artémis et Hestia, peut-être que tu les verras à l'occasion... »

Dans son petit studio, Olivier avait fait la danse de la joie.

Il avait relu en boucle le mail de la maîtresse. Il entendait sa voix qui lui chuchotait ces mots. Il avait eu du mal à dormir. Trop de sentiments contradictoires s'agitaient en lui. La journée n'avait pas été de tout repos pour ses nerfs. Il avait repensé à Adea, à ses parents, à la scène à l'accueil. Il s'était certes contenu,

Quartier libre

mais il risquait quand même de se retrouver à nouveau convoqué dans le bureau du coordinateur de secteur. Il l'avait prévenu, il n'y aurait pas de seconde chance. Malgré cette perspective peu réjouissante, Olivier était fier de lui, tant pis s'il était renvoyé, il aurait défendu ses valeurs jusqu'au bout. Et puis, il y avait Sophie, qui était arrivée de nulle part, Sophie, une raison supplémentaire de venir travailler à l'école. Si tant est qu'il en avait eu besoin. Tout s'entrechoquait dans sa tête.

Il s'était revu quelques mois plus tôt, pétri de certitudes et d'*a priori*, persuadé qu'il n'était pas à sa place dans l'animation et qu'il ne le serait jamais. Il avait repensé à son dégoût à l'idée de travailler en quartier, avec des personnes qui ne lui ressemblaient pas. Désormais, il était prêt à défendre la vie de tous ces enfants avant la sienne. Leur quotidien le bouleversait.

Chaque moment passé avec eux était une leçon de vie pour Olivier. Il réalisait qu'il n'était pas, ou plutôt plus, dans le social par hasard ; les enfants lui apportaient tellement, bien plus que ce qu'il essayait de leur transmettre. Il aurait tellement aimé pouvoir faire davantage encore.

Quelques jours avant l'incident entre Adea et Inaya, il avait tenté une expérience qu'il avait pu lire sur Internet, et qui l'avait profondément marqué. Un midi, dans le cadre de son activité, Olivier s'était procuré une vingtaine de ballons de baudruche de la même couleur. Il avait disposé la salle du gymnase en un immense carré, pour délimiter le périmètre, avec les tatamis de l'école. Il avait demandé aux enfants présents de gonfler chaque ballon, un par un. Bien sûr, y avait eu quelques dommages collatéraux, quelques éclatements, mais au final, tout le monde avait eu son petit ballon dans les mains. Olivier avait pris un marqueur et il avait inscrit le nom d'un enfant présent sur chaque ballon, sous l'œil interrogateur des gosses. Ensuite, il leur avait demandé de jeter à son signal leurs ballons dans le grand carré, les avait mélangés de telle sorte qu'aucun enfant ne savait plus lequel était le sien. Puis, il avait dit : Les enfants, vous avez cinq minutes pour retrouver votre propre ballon. Top ! Au nouveau signal d'Olivier, ils s'étaient tous mis à courir dans tous les sens, regardant frénétiquement chaque ballon en criant et en riant. Olivier les regardait s'agiter et s'amuser tout en s'assurant qu'ils ne se fassent pas de mal, et, quand les cinq minutes s'étaient écoulées, presque personne n'avait retrouvé son nom. Quelques enfants, par chance, avaient retrouvé le leur, mais la grande majorité avait les mains vides. Ismahane, bien sûr, avait râlé : mais c'est trop compliqué, Zitoune ! Les ballons se ressemblent tous ! En souriant, Olivier avait répondu. Maintenant, prenez chacun le ballon le plus proche de vous, lisez le nom et allez le donner à la personne à qui appartient le ballon. Tania avait ouvert de grands yeux. Et en moins de deux minutes, chaque enfant avait récupéré son ballon.

À la fin de l'activité, qui n'avait duré que quelques minutes, après que le petit groupe avait pu exprimer son ressenti sur ce qu'il venait de se passer, Olivier leur avait expliqué. Voilà, les ballons sont comme le bonheur. Personne ne le trouvera s'il cherche uniquement le sien. En revanche, si chacun se soucie l'un de l'autre, chacun trouvera son propre bonheur plus facilement. Avec fierté, il avait pu voir dans le regard de ces enfants une lueur de compréhension, une clarté qui venait trancher avec le béton gris du quartier.

Quartier libre

Et lui-même avait compris qu'il avait passé son temps à chercher son propre bonheur de manière égoïste, sans penser aux autres. Les yeux grand ouverts dans son lit, Olivier avait réalisé qu'il avait trouvé sa voie. Planter des graines, avec l'espoir que certaines finissent par germer avec le temps. Comme le lui avait une fois fait remarquer Youssef, d'un ton sérieux et grave, alors qu'ils prenaient un café à la pause.
— L'animation, c'est s'oublier pour mieux se retrouver.

Sur le coup, Olivier avait souri d'un air entendu, sans comprendre réellement ce qu'avait voulu dire son collègue. Maintenant, il savait. Il avait compris. Mais n'était-ce pas trop tard ?

Olivier n'avait reçu aucune convocation. La petite Adea n'était pas revenue à l'école, ses parents l'avaient bel et bien retirée du quartier. Mais visiblement, ils n'avaient pas mis leurs menaces à exécution. Olivier s'était senti soulagé. Ce qu'il ne savait pas et qu'il ne saurait jamais, c'est que M. Léonard était intervenu pour lui éviter le licenciement. Les parents d'Adea avaient bel et bien écrit une lettre, mais le coordinateur avait réussi à l'intercepter avant qu'elle ne finisse sur le bureau du maire de Toulouse.

Quelque temps après cet incident, l'école Mauriac, l'équipe enseignante et celle du CLAE avaient décidé d'organiser une journée Portes ouvertes. Le thème retenu était : « Identité et regards d'enfants. » L'occasion pour les familles de venir dans les locaux, d'admirer les œuvres créées par leurs enfants, les activités proposées. De découvrir leur monde. De s'immerger dans leur quotidien, loin d'eux. Puis de finir sur un repas partagé en début de soirée, où chacun pouvait apporter une spécialité, un plat traditionnel de son pays ou de sa région d'origine. Le programme s'annonçait riche. Féru de photo, Youssef avait par exemple mis en place une exposition à travers toute l'école. Il avait passé les dernières semaines à photographier les enfants de l'école, immortalisant au vol un sourire, une expression de surprise, de la joie, de la tristesse. La vie d'un enfant, en somme. Il avait également demandé que chaque enfant se prenne en photo chez lui, dans son environnement familial, avec un objet qui lui tenait à cœur. Puis, il avait développé chaque photo, qu'il avait imprimée sur de grandes toiles et c'étaient des dizaines de paires d'yeux qui vous regardaient quand vous pénétriez dans les lieux.

Vincent Lahouze

Pour cette journée-là, Olivier avait préparé, avec un petit groupe d'enfants, un texte de slam qu'ils avaient écrit eux-mêmes. Olivier s'était récemment découvert une passion pour cette forme de poésie verbale et en avait fait l'une de ses activités phares. Il s'était imaginé que ça allait n'inspirer que les filles, mais à sa grande surprise, c'était une majorité de garçons qui avaient débarqué à l'atelier, et surtout qui étaient revenus, assidus et concentrés. Ils avaient découvert les haïkus, le principe des vers, des alexandrins, ils avaient écouté Grand Corps Malade, Abd al Malik. Impressionnés et silencieux. Olivier leur avait donné des thèmes précis autour de l'identité, pour s'éloigner des clichés habituels, cité, drogue, femmes, argent sale qu'ils écoutaient en boucle dans leurs chansons de rap. Non, il voulait qu'ils puissent dire autre chose. Walid était venu dès le premier jour, et depuis, il ne loupait aucune séance d'activité. Dans son coin, il avait écouté chaque conseil d'Olivier, avec attention. Le jour des Portes Ouvertes, Walid avait un peu le trac, c'est lui qui avait été choisi pour déclamer le slam écrit avec ses camarades, lui qui serait au micro, lui qui serait la voix principale.

Olivier avait la même boule au fond du ventre que son élève. Dans le plus grand secret, il s'était, lui aussi, décidé à écrire un slam en l'honneur du quartier et des enfants. De ces moments qu'il vivait, quand il se promenait le jour du marché sur la place, avec ses enfants au CLAE, les visites régulières chez Hamadi, le vieux marchand de fruits et légumes. Il n'avait jamais osé se l'avouer jusque-là, mais il était tombé amoureux de cet endroit, tout simplement.

Après une série de chorégraphies de danses du monde initiée par Ismahane et vivement applaudie par les parents, cela avait été au tour du groupe d'Olivier de faire son entrée en scène. Micro à la main, Walid s'était avancé dans la lumière. Son frère Marwan était assis à côté de ses parents, affichant ostensiblement un désintérêt de façade. Quelques crachotements, un bruit de Larsen, Walid avait tapoté sur le micro. C'était l'une des premières fois qu'il osait parler en public comme ça. D'une voix claire, il s'était lancé, en regardant le public.

Tu as le droit de bâtir un toit avec tes doigts
Tu as le droit de rêver ton avenir
Tu as le droit de choisir ta foi
Tu as le droit de pleurer et de rire !
Le groupe d'enfants, en demi-cercle derrière lui, reprenait en chœur, *TU AS LE DROIT !*
Tu as le droit d'aider ta famille toute ta vie
Tu as le droit de lire et d'apprendre
Tu as le droit de dire merci
Tu as le droit de donner et de rendre !
Le chœur, ensemble, dans un cri, *TU AS LE DROIT,*
Tu as le droit d'être fier de ton quartier
Tu as le droit de te faire respecter
Tu as le droit, qu'importent tes origines, d'avoir un métier
Tu as le droit d'être premier, et non le dernier !

Le chœur, une dernière fois, main dans la main, *TU AS LE DROIT !* Walid avait reposé sa feuille et le micro, les mains tremblantes. Tout le monde avait applaudi, certains parents s'étaient levés de leurs chaises pour mieux exprimer leur enthousiasme. Olivier était fier de ses enfants. C'était à son tour.

Tout le monde le regardait, l'école entière était là, parents, professeurs, son équipe. À lui de jouer.

J'ai l'idée entêtante que l'identité que vante une partie de la France, n'est pas aussi blanche qu'elle le voudrait.
  Un silence, Olivier reprend son souffle. Il enchaîne.
  J'ai passé l'après-midi à admirer vos photos, à me plonger dans vos regards, je me suis perdu dans vos histoires et vos origines à fleur de peau. Et j'ai aimé te lire, garçon et fille, oui, j'ai aimé te lire au travers de tes pupilles. J'ai passé ces derniers mois à voyager dans vos rétines, dans la beauté de vos quotidiens heureux. Je me suis perdu, un soleil dans la poitrine et des étoiles dans les yeux. J'ai navigué entre deux rivages. Entre deux continents. Je suis fier de voir vos cultures se mélanger, vos peaux jouer de vos contrastes. Que ce soit avec toi, enfant d'Alger, d'Oran ou de Constantine, j'ai marché à tes côtés. Passant des rues du quartier aux dunes du Sahara. J'ai senti l'odeur du couscous de ta mère, les cornes de gazelle et les makroud au miel fondre sous ma langue. J'ai senti l'odeur du sable de la plage de Sassel, admirant le bleu du ciel et celle de la mer qui tangue. J'ai escaladé les montagnes enneigées du Djurdjura de Kabylie, j'ai dansé le raï dans le quartier du Mirail, j'ai même vibré jusqu'au bout de la nuit, au son des Klaxons et des « One two three, Viva l'Algérie » !
  Olivier est en sueur, il n'ose pas lever les yeux. Il continue.
  Que ce soit avec toi, enfant noir de Guinée, du Sénégal ou du Congo, j'ai marché à ton côté. Passant de la chaleur étouffante du métro aux ruelles de Bamako. J'ai fait Toulouse-Dakar sans le moindre effort, j'ai senti l'odeur du poulet yassa et du mafé, j'ai admiré le soleil se coucher sur l'île de Gorée, tout en déclamant un poème de Léopold Sédar Senghor, pour toute l'humanité, que vous connaissez bien, je sais, et que j'adore.

Quartier libre

Cher frère blanc,
Quand je suis né, j'étais noir,
Quand j'ai grandi, j'étais noir,
Quand je suis au soleil, je suis noir,
Quand je suis malade, je suis noir,
Quand je mourrai, je serai noir.
Tandis que toi, homme blanc,
Quand tu es né, tu étais... rose,
Quand tu as grandi, tu étais... blanc,
Quand tu vas au soleil, tu es... rouge,
Quand tu as froid, tu es... bleu,
Quand tu as peur, tu es... vert,
Quand tu es malade, tu es... jaune,
Quand tu mourras, tu seras... gris.
Alors, de nous deux, qui est l'homme de couleur ?

Mais qu'importent vos origines, de quelles couleurs que soient vos peaux, n'oubliez jamais que vous êtes françaises, français. Ne baissez jamais la tête devant quiconque. L'important, ce n'est pas d'où vous venez, mais où vous irez !

Olivier termine sous les applaudissements et les cris de joie des enfants. Il salue le public, soulagé et terriblement ému.

Sophie et Olivier s'écrivent chaque jour, vivent leur idylle naissante dans les murs de l'école de manière discrète, et s'échangent des regards complices au moment de faire l'appel. Ismahane continue de faire tourner le CLAE en bourrique, elle adore courir dans les couloirs de l'école alors que c'est interdit. Il n'y a qu'avec Olivier qu'elle consent à écouter les règles. Arrive le mois d'avril, Olivier est dans la cour, en surveillance. Il lève la tête, il voit Sophie qui le regarde depuis les fenêtres de sa classe, elle lui fait un petit signe de la main. Il profite de ce que Nolwenn vienne le remplacer dans la cour, il longe les couloirs discrètement et s'en va toquer à la porte de la classe des CP 4. Sophie est assise à son bureau. Sans un mot, sans prendre la peine de refermer la porte, Olivier s'approche, il a les yeux brillants. Sophie, aussi. Elle se lève de sa chaise et avant d'avoir pu dire quoi que ce soit, Olivier l'embrasse violemment. Les lèvres et les dents s'entrechoquent sous l'effet de leur fièvre et de leur précipitation. Leurs mains se touchent, caressent la peau. Olivier en a la tête qui tourne. Sophie l'embrasse de plus belle, ils rient de leur audace. Quand soudain, ils entendent un raclement de gorge. Ils se retournent et voient Ismahane, l'air goguenard, qui les regarde. Elle ne dit rien, elle fait demi-tour et s'enfuit dans le couloir. Olivier devient tout rouge, il regarde Sophie.

— Eh merde ! Fallait que ce soit Isma qui nous grille, putain ! Je la connais, elle est incapable de garder un secret... Il faut que j'aille lui parler tout de suite !

Sophie sourit, contrairement au jeune homme, elle semble sereine. Elle lui passe la main dans les cheveux.

— Déstresse... On n'a rien fait de mal, on s'est embrassés, et alors ? T'es majeur, je suis majeure, on fait ce qu'on veut. Et puis, comme ça, plus besoin de nous cacher. C'est officiel, et puis c'est tout. Respire, tu ne vas pas te faire virer, Olive !

Mais Olivier reste tout de même inquiet. Après un rapide baiser sur les lèvres de sa jolie maîtresse, il court dans les couloirs à la poursuite d'Ismahane Il la cherche dans la cour, dans la cantine, dans les salles, la gamine reste introuvable. Olivier respire profondément, il connaît son Isma par cœur, il sait forcément où elle s'est cachée. Après quelques secondes de réflexion intense, il fonce vers la bibliothèque déserte. Ismahane est là, cachée derrière un des canapés. Olivier s'assoit à côté d'elle. Il lui dit.

— Je savais que je te trouverais ici, Isma.

— Ne m'appelle pas Isma, steuplé ! Vazi, laisse-moi, j'veux être seule !

— Écoute... Ismahane... Pour ce que tu viens de voir, si tu pouvais éviter de le raconter à toute l'école, ce serait cool. C'est des affaires de grands, ça ne te regarde pas vraiment, tu comprends.

Ismahane éclate de rire. Mais d'un rire forcé, presque hystérique. Elle se redresse et lui crache au visage.

Quartier libre

— Comme si personne ne le savait déjà, hein ! Tout le monde est au courant que tu aimes Mme Baujard ! On t'a grillé, Zitoune ! T'as vu comment t'es tout rouge quand tu parles à ta Sophiiiiie ? Moi, je m'en fous complètement de qui tu aimes, d'abord ! T'as cru que j'étais jalouse, ou quoi ? M.D.R. T'es trop vieux, et surtout, t'es trop moche pour moi !

Sans attendre la moindre réponse de son animateur, elle claque la porte de la bibliothèque et laisse Olivier tout seul, assis sur son divan. C'est la deuxième fois qu'il se dispute violemment avec Ismahane. C'est à son tour de ressentir la brûlure sur ses joues. Blessé, il prend brusquement conscience que la gamine est probablement un peu jalouse de Sophie. Tout ceci le laisse songeur. Il finira bien par avoir une discussion sérieuse avec elle sans qu'elle parte à l'autre bout de l'école au bout de quelques minutes. Quand il retourne dans la cour, il a l'impression que tout le monde est au courant, que chaque enfant sait qu'il a embrassé une maîtresse. Léane passe à côté de lui.

— Eh bien ! Petit cachottier, va ! Je n'étais pas au courant ! Félicitations !

Olivier bafouille, une nouvelle fois, son front devient brûlant. Il bute sur chaque mot et il parvient difficilement à poser la question à sa collègue.

— De quoi parles-tu, Léane ? Je ne comprends pas ce que tu dis, tu n'étais pas au courant pour quoi ?

— Bah, des trois places que tu as gagnées pour le concert au Bikini de ce week-end ! Tu l'as dit à Youssef, mais moi, je ne le savais pas… ! Tu vas voir, tu vas les adorer en live, je les ai déjà vus en concert, ils sont tops ! Tu vas y aller avec qui ? Euh, ça va, Olivier ?

Vincent Lahouze

Le jeune homme respire à nouveau. Il répond qu'il a invité ses deux meilleurs amis, fans de ce groupe également, à venir passer le week-end à Toulouse. En son for intérieur, il s'insulte. Quel crétin, décidément. Il faut qu'il arrête d'être aussi parano. Léane le regarde avec une certaine inquiétude. D'un geste, il la rassure. De loin, il voit Ismahane qui parle à ses copines du côté des toilettes, il hésite à retourner la voir. Mieux vaut attendre. Pour l'instant, elle semble n'avoir rien dit à ses amies. Mentalement, Olivier se donne des grosses claques. Il aime vraiment jouer avec le feu. Qu'est-ce qu'il lui a pris d'aller embrasser Sophie au sein de l'école ? Décidément, il n'apprend pas de ses erreurs.

En sortant de l'école, vers 18 heures, Olivier marche d'un pas pressé. Il a hâte de rentrer chez lui, d'écrire à Sophie. Il a prévu de l'inviter à dîner prochainement. Perdu dans ses pensées, il ne fait pas attention aux deux ombres qui le suivent, qui rasent les murs en silence. Une Audi rouge ralentit à sa hauteur, la vitre s'abaisse. Une voix l'interpelle.

– Eh M'sieur ! Tu cherches des clopes ? Du bon shit ?

Olivier ne répond pas, il est trop occupé à pianoter sur son portable, il ne regarde même pas à qui appartient la voix. C'est quelque chose d'assez récurrent et qui fait partie de la vie du quartier, les vendeurs à la sauvette ne manquent pas. La voiture continue de rouler au pas, à son côté. De nouveau la voix qui lui parle, qui l'oblige à tourner la tête vers le conducteur, mais sans le regarder.

– T'es sûr qu't'as besoin de rien, mon frère ?

Non, Olivier n'a besoin de rien, il dit non, désolé, bonne soirée, merci. Mais tout à coup, les ombres qui se fondaient à la sienne se jettent sur lui, l'enserrent sans qu'il puisse esquisser le moindre geste, le moindre bruit. Le bruit d'une portière qui s'ouvre, on lui colle une main sur la bouche, on lui chuchote à l'oreille.

— Si tu cries, t'es mort, fils de…

Alors, Olivier se tait. Il est jeté sur la banquette arrière de la voiture, sans ménagement, encerclé par deux hommes qu'il ne connaît pas, qu'il n'a jamais vus dans le quartier. Le conducteur le regarde à travers le rétroviseur intérieur, Olivier le voit sourire doucement. Ses grands yeux sombres qui dansent. Yassine.

— Salut Zitoune, comme on se retrouve… ?

Olivier reste muet pendant que la voiture roule. Il aimerait poser un tas de questions, mais la peur le paralyse. Yassine regarde la route. Peu à peu, ils s'éloignent du quartier, un silence de cathédrale s'est installé. Au bout de quelques kilomètres, Olivier finit par demander, d'une voix qu'il veut la plus calme possible.

— OK, Yassine… Qu'est-ce que tu comptes me faire ?

Le grand frère d'Ismahane se met à rire. Les deux ombres qui entourent Olivier, aussi.

— Eh bien alors, tu as peur ? Tu croyais quoi ? Que j'avais oublié ce que tu as fait à mon nez ou quoi ? Même six mois après, je n'oublie rien. Et tu croyais t'en sortir comme ça après la claque à ma petite sœur ? Elle l'avait sûrement méritée, mais tu ne touches pas à la famille… Ne fais pas cet air idiot, Olivier, je t'ai dit que je savais tout. Je t'observe depuis un moment, tu sais…

Une des ombres intervient, elle a la voix de montagnes russes des ados en train de muer.

— Naaaan… ? Sérieux ? Ce débile a aussi frappé ta sœur ? Ma parole, mais toi, t'es un fou !

Yassine marque un temps de silence. Il dit.

— Il va apprendre à me connaître, maintenant. Jusque-là, j'ai été plutôt sympa, Zitoune, non ? Je t'ai laissé tranquille, dans ton coin, tout en gardant un œil sur toi... Je l'avoue, je réfléchissais à la façon dont j'allais me venger. Et j'ai trouvé. Enfin... Crois-moi, tu ne seras pas déçu du voyage.

Olivier commence à se débattre, des sueurs froides coulent le long de son dos. Il se met à crier, dans l'espoir insensé que la voiture s'arrête. Yassine demande à la personne qui l'accompagne.

– Fais le taire, Kader, il me fatigue...

Le dénommé Kader ne se fait pas prier, d'un énorme revers de la main, il explose la lèvre d'Olivier, qui s'écroule et s'évanouit sous la fulgurance de la douleur.

Quand il rouvre les yeux, il est ligoté à une chaise, dans ce qui semble être une cave sombre et désaffectée. Des cartons sont posés à même le sol, certains ouverts, d'autres non. Mais curieusement, tout est bien rangé, une table, un canapé. L'endroit semble régulièrement investi. Il y a même un poster accroché au mur, représentant une plage déserte, le soleil sous les cocotiers. Olivier tourne la tête, essaye d'enregistrer mentalement le moindre détail mais il ne peut pas parler, il a du Scotch sur la bouche. Dans un coin de la pièce, adossé contre le mur, Yassine fume, les cheveux soigneusement coiffés, rasé de près. Il voit qu'Olivier est sorti de sa léthargie, il semble indifférent au sort de son prisonnier. Il dit.

– Ah. T'es enfin réveillé. J'aurais peut-être dû demander à Kader de ne pas frapper si fort, je ne pensais pas que tu resterais dans les vapes pendant dix minutes !

Olivier essaye de parler, ne prononce que quelques borborygmes. Il commence à gémir. Yassine lui arrache son bâillon. Olivier reprend son souffle, avidement.

— Où est-ce que je suis, Yassine ? On est où ?

— Détends-toi, Zitoune, relax… On est juste toi et moi… Tu peux toujours crier, personne ne t'entendra.

— Tu vas me tuer ? Juste parce que je t'ai cassé le nez en me défendant ?

— Tout de suite, le mélodrame. Je t'avoue que ce n'est pas l'envie qui m'a manqué, j'en conviens. Mais je me suis dit que je pouvais trouver mieux, oui, bien mieux…

— Si c'est de l'argent que tu veux, j'en ai… ! Mais s'il te plaît, relâche-moi ! Olivier est en panique, il n'arrive plus à réfléchir correctement. Le calme apparent de Yassine le terrifie bien plus que s'il avait été en train de hurler.

Yassine se met à rire. Il crache la fumée de son joint au visage d'Olivier, qui essaye de contrôler ses tremblements nerveux.

— De l'argent ? Mais mon pauvre, j'en ai à ne plus savoir qu'en faire, de l'argent. Rassure-toi, on va juste discuter un peu… Enfin, non. Tu vas surtout m'écouter et obéir, plutôt. En revanche, je te préviens, tu cries encore une fois, et ce ne sera pas un coup de Taser mais une balle dans la jambe que je te colle, il paraît que c'est douloureux… Est-ce que tu as bien compris ? Fais oui avec la tête si ça te convient.

Pour la première fois, Olivier remarque que Yassine tient nonchalamment un flingue, aussi naturellement que son portable dans la rue. Il comprend qu'il n'a définitivement pas intérêt à le contrarier, et qu'il semble sans aucune limite. Alors, il se contente d'acquiescer de la tête. Yassine prend une chaise et s'installe en face de lui.

— Vois-tu, Olivier, Il y a deux catégories de personnes dans le quartier. Il y a ceux qui s'en sortent et puis, il y a les autres, ceux qu'on ne veut même pas au bled. Moi, j'suis de la race de ceux qui veulent s'en sortir. Bon élève, brillant même. Je vois bien à ton air ahuri que tu ne t'attendais pas que je m'exprime si bien, hein ? Petit, je rêvais de devenir avocat, tu vois le genre. Mais en grandissant, j'ai compris que la société ne nous donne pas facilement une chance si l'on vient des quartiers. Alors, comme notre place est ici, et pas ailleurs, on est bien obligé de se débrouiller. Je ne vais pas y aller par quatre chemins. Tu as bien compris que je deale, que *je bicrave*, comme disent les petits du quartier. Je gagne en deux jours ce que tu touches en un mois en tant qu'animateur, t'imagines ? Mais l'ennui, c'est qu'à force, tu sais comment c'est, les gens parlent, les langues se délient. Je commence à être surveillé par la police. Ils croient que je ne les vois pas dans leurs voitures banalisées... Ah, ils ne sont pas très discrets, c'est sûr. Le souci, c'est qu'un jour, à force, ils trouveront le moyen de me coincer. Il suffit qu'on me balance ou que l'on tente de me doubler. Je dois rester sur mes gardes pour éviter la garde à vue et la prison. Rien que pour ma mère, Zitoune, je n'ai pas envie qu'elle voie ça. Ici, on va dire que je suis un gros poisson dans une petite mare. J'aime bien l'image, tu sais, mais je n'ai pas envie que l'on me pêche pour autant. Et c'est là que tu interviens. Pour ce que tu m'as fait en fin d'année, j'aurais dû te planter dès le lendemain. Histoire de marquer le coup, tu vois. Mais finalement, j'ai bien réfléchi, je t'ai regardé aller et venir dans le quartier ces derniers mois. Tu es apprécié des gens, on ne peut le nier, et c'est précisément là que ça va me servir. La police ne se méfiera pas de toi, un éducateur... Je te donne le choix, Olivier... C'est très simple. Soit tu acceptes de travailler pour moi en faisant le livreur à domicile pour des commandes en centre-ville, soit je serai obligé de te tabasser jusqu'à ce que tu perdes tes dents.

Olivier baisse la tête, anéanti. Mais bien qu'il crève de peur, il tente une dernière bravade.
— Livreur à domicile ? Genre, tu crois que je vais livrer des pizzas ou des tacos à tes potes, le soir ? Je m'attendais à quelque chose de mieux pour un soi-disant baron de la drogue !

La réponse de Yassine est instantanée. Son sourire a disparu. D'un revers de la main, celle qui tient la crosse du pistolet, il assène un violent coup au visage d'Olivier, qui s'écroule par terre. Yassine éructe, les yeux exorbités et injectés de sang.
— NE JOUE PAS AVEC MOI, PETITE MERDE ! NE JOUE PAS AVEC MOI, PUTAIN ! T'ES RIEN ICI, T'ENTENDS ? T'ES RIEN ! J'VAIS TE TUER !

Yassine est fou de rage. Il relève Olivier, le réinstalle sur sa chaise. Olivier saigne. Yassine repose la question, en agitant le flingue sous ses yeux. Le jeune dealer respire profondément, essaye d'atténuer ses tremblements. En quelques secondes, il a repris le contrôle de ses émotions, comme si rien ne s'était passé. D'une voix calme, presque murmurée, il demande.
— Très bien. Je vais te redonner le choix, et si tu joues encore au malin, je te jure que je t'explose le genou comme promis. Tu pourras toujours porter

Quartier libre

plainte, il y aura dix personnes pour témoigner que c'est impossible, que j'étais avec eux. En d'autres termes, échec et mat, Zitoune.

Kader, le bras droit de Yassine, alerté par les cris, vient de faire son apparition dans la cave. Légèrement inquiet, il regarde le jeune éducateur, le visage amoché. Yassine essuie tranquillement son arme.

Olivier est sonné, le coup de crosse lui a ouvert l'arcade et il peut sentir le sang dégouliner le long de sa joue. Le goût cuivré dans la bouche, il crache pour s'en défaire, en vain. Dans sa tête, mille scénarios se bousculent, il est incapable de prendre une décision rationnelle. Yassine lui redresse la tête en l'attrapant par les cheveux, presque avec douceur. Il lui sourit.

– Alors…? Je veux ta réponse, Zitoune…

Olivier capitule, effondré. Il ne veut pas mourir dans une cave, ou finir estropié à vie. Il ravale sa fierté, son honneur.

– C'est bon… OK. De toute manière, ce n'est pas comme si j'avais le choix… Je dois livrer quoi ?

– À ton avis, abruti ? Tu ne réfléchis pas tellement, je trouve. Tu vas tout simplement écouler ma came, pochon après pochon, client après client. Shit, beuh, tout ce qu'ils demandent. Et crois-moi, il y a de la demande. Avec ta tête de premier de la classe, tu vas passer crème. On ne pourra jamais te soupçonner. Tu vas voir, la C, ça rapporte gros… Uber Shit ! T'aime le nom ? T'as compris le jeu de mots ? J'en suis plutôt fier, j'avoue.

Yassine se met à rire, doucement. À ses pupilles dilatées, Olivier comprend qu'il est totalement défoncé. Le frère d'Ismahane reprend.

— On va se revoir très rapidement. Je vais te donner un téléphone prépayé. Quand tu devras livrer la marchandise, je te dirai où elle est et te donnerai les adresses par SMS. Tu te charges de la livraison, sans poser de questions. Si tu es gentil et que tu fais bien ce que je te demande, tu vas gagner pas mal d'argent. Je suis quelqu'un de réglo, un service est un service, je paye toujours les gens qui bossent avec moi et je te laisserai même goûter un peu, tu vois, je ne suis pas si méchant. Par contre, si tu essayes de me doubler et que tu ne respectes pas notre contrat, t'es mort... Kader va te ramener au quartier... N'oublie pas, Olivier, tu en parles à n'importe qui, je te descends. T'es pisté, je te suis à la trace, rien ne m'échappe. Allez, j'ai d'autres choses à traiter, je n'ai plus de temps à te consacrer. À très vite.

Sans ménagement, Kader attrape Olivier, le détache et le sort de la cave. Yassine est resté à l'intérieur, comme si tout cela ne le concernait plus. L'acolyte s'installe au volant de la voiture, et, sans un mot, démarre. Assis sur la banquette arrière, Olivier tente de reprendre ses esprits, tout est allé si vite... Pourtant, la nuit semble déjà tombée. Sa première pensée est d'aller tout raconter au commissariat le plus proche, mais en voyant son visage dans le rétroviseur, l'arcade à moitié ouverte, il comprend qu'il est foutu, les menaces de Yassine résonnent en lui. La honte s'empare d'Olivier. Porter plainte ne servirait à rien, il ne pourra jamais prouver quoi que ce soit. C'est donc ça, sa vie à partir de maintenant. Animateur le jour, et livreur de drogue, la nuit. Si son père le voyait ! Et dire qu'il y a encore quelques heures,

Quartier libre

sa seule préoccupation était de savoir si Ismahane allait dire à toute l'école qu'elle l'avait vu embrasser Sophie.

Kader le dépose à la station de métro, en souriant comme si tout lui semblait normal, il le gratifie d'un, *à bientôt mon frère,* qui lui fait froid dans le dos. Dans le métro, Olivier pose sa tête contre la vitre, son visage lui fait mal. Les gens le regardent du coin de l'œil, mais personne ne lui pose la moindre question. Quand Olivier retrouve enfin son studio, il va directement à la salle de bains se nettoyer de tout ce sang qui lui colle à la peau. Il a une belle entaille au sourcil, l'œil à moitié fermé. Il essaye de se désinfecter du mieux qu'il peut avec les moyens du bord, il grimace à chaque geste. Il aura fière allure à l'école demain. Rassemblant ses souvenirs un peu confus, il tente de mettre de l'ordre dans ses pensées depuis son lit. Devenir une mule pour les dealers. Comme dans les films qu'il aime bien regarder. D'aussi loin qu'il se souvienne, il n'a jamais approché de près ou de loin une drogue de sa vie. Fumer des joints ne l'intéressait pas, quant à la coke, encore moins. Il a le sentiment d'avoir une épée de Damoclès au-dessus du crâne, pris au piège de la vengeance de Yassine. Pour la première fois depuis l'affaire Merah, Olivier a peur pour sa vie. Et pour celle de ses proches, de ses collègues. Il se tourne et se retourne dans les draps, sans trouver le sommeil. Sophie a essayé de le joindre plusieurs fois dans la soirée, mais il préfère ne pas répondre. Après avoir pris un cachet d'aspirine, il sombre dans un monde sans rêves, sans couleurs ni espoir.

Au petit matin, quand son réveil sonne, Olivier a l'illusion que tout ceci n'a été qu'un cauchemar, mais ça ne dure que quelques secondes. La douleur à l'arcade le réveille et le sort de sa léthargie. Il se traîne hors de son lit pour aller bosser, il évite de passer par la salle de bains pour constater à nouveau les dégâts. À quoi bon. Il sait qu'il ne ressemble pas à grand-chose.

Quand il arrive au travail, Léane qui est d'ouverture avec lui, le regarde d'un air stupéfait et inquiet.

– Mais... *que pasa*, Zitoune ? Tu t'es mangé une porte ? Tu as une de ces têtes, mon pauvre... !

– Non, t'inquiète, rien de grave, je me suis pris la porte de mon placard cette nuit, en voulant aller aux chiottes...

Léane est dubitative, mais elle ne dit rien. Elle commence à avoir l'habitude des blessures à force de travailler avec les enfants, et celle d'Olivier ne ressemble en aucun cas à une chute. Elle va chercher de la glace au congélateur dans la salle des professeurs pour la donner à Olivier. Elle se demande ce qui vient de se passer dans la vie de son binôme. Il est pâle, les traits tirés et cernés, taciturne. Mais elle n'ose pas l'interroger. S'il veut parler, il parlera de lui-même, du moins elle l'espère, tout en se promettant de garder un œil sur lui.

Quand Ismahane arrive à l'école et qu'elle croise Olivier, les deux détournent la tête sans se regarder. Chacun pour ses raisons, mais unis par le même sentiment de quelque chose qui s'apparenterait à de la honte mêlée à de la rage.

Au moment de faire l'appel de sa classe, Olivier appréhende l'arrivée de Sophie. Quand la jeune maîtresse sort dans la cour avec ses élèves et qu'elle croise le regard d'Olivier, elle tombe des nues.

– Mais ! Que s'est-il passé ? Dis-moi !

Quartier libre

— Rien de grave, vraiment... Je t'assure ! Un accident...

Olivier la rassure, tant bien que mal, tout en faisant son travail, mais Sophie ne cesse de le presser de questions qui le déstabilisent. Il sent qu'elle a envie de le prendre dans ses bras, mais c'est impossible. Au moment de raccompagner les enfants externes à la porte d'entrée, elle lui glisse à l'oreille, viens me rejoindre dans ma classe après quand tu auras un petit moment, je veux savoir, ça m'inquiète. Quand elle part, elle se retourne, mais au lieu du clin d'œil complice habituel, c'est les sourcils froncés qu'elle regarde Olivier, qui s'évertue à faire bonne figure.

Les élèves de CP dont il a la charge se massent autour de lui pour savoir ce qui s'est passé. Olivier n'a pas envie de leur mentir, mais impossible de leur dire la vérité pour autant. Alors, Olivier dit asseyez-vous, c'est une histoire extraordinaire ! Il invente, il part dans une grande histoire imaginaire où il est question d'une lutte sans merci avec des loups dans une forêt magique pour sauver une princesse. Il agite les bras, il joue l'ensemble des personnages, tous les CP sont suspendus à ses lèvres, d'autres enfants se sont ajoutés au groupe, hypnotisés par le récit d'Olivier. À la fin, tout le monde l'applaudit. Tout le monde sauf Ismahane, qui se détourne, dédaigneuse, en soufflant. Olivier fait semblant de ne pas l'entendre. Depuis son bureau, Émilie regarde la scène, le cercle d'enfants plébiscitant l'animateur. Elle est partagée entre l'envie de rire et celle de s'énerver. Mais quand, en s'approchant, elle voit les blessures sur le visage d'Olivier, elle pense au pire.

Vincent Lahouze

Tout comme Léane, elle choisit de ne pas intervenir. On verra bien comment les choses évoluent. Olivier est en nage à la fin de son improvisation. Tous les enfants lui demandent de recommencer son histoire, avec davantage de détails, plus de personnages. Alors, Olivier s'exécute, prenant son rôle d'animateur très au sérieux, et tout en se découvrant un certain don pour le théâtre d'improvisation. Les loups se transforment en ogres qui ont mangé des champignons et qui l'attachent dans une grotte où il a été assommé, il raconte comment il s'enfuit avec leur potion magique, la poudre des fées, la course-poursuite à travers la forêt, grâce à son fidèle compagnon, un cheval avec des ailes, il raconte comment les ogres le recherchent à travers le pays avec leur dragon rouge, et qu'il doit se cacher parmi les enfants pour ne pas être reconnu. Olivier, sans s'en apercevoir, raconte ce qui lui est arrivé en le transposant dans l'imaginaire des enfants, ça le libère d'un poids immense. Tout à coup, le long des grilles de l'école, une Audi rouge passe au ralenti, elle klaxonne, fait coucou aux enfants qui l'acclament. Olivier se liquéfie, devient blême, il a reconnu Yassine au volant. Ismahane, aussi. Elle dit.

– Ah mais ce n'est pas vrai, il veut me mettre la honte…

– Honte d'rien du tout, Isma ! Trop classe !

– J'avouuuue ! Elle est trop belle, sa voiture !

– Ouais ! Grave ! J'veux la même plus tard !

– Il l'a eu comment, Isma ?

– C'est le frère d'Ismahane, il est au lycée !

– Mais nan, débile ! Il a arrêté le lycée, je crois ?

– Sérieux ? T'es sûr ?? Isma, c'est vrai ?

Quartier libre

La principale intéressée refuse de répondre. Tourne le dos. Elle sait bien que son frère, qui ne travaille pas, n'a pas pu s'acheter cette voiture flambant neuve, comme ça du jour au lendemain. En plus, elle est certaine qu'il n'a même pas le permis. Malgré son jeune âge, Ismahane n'est pas stupide. Elle sait déjà que dealer peut rapporter gros. Du coin de l'œil, elle observe Olivier, qui n'a toujours pas repris de couleurs. Pourquoi a-t-il réagi ainsi en voyant son grand frère ? Elle veut lui poser la question, mais se rappelle la scène de la veille et se ravise. Marwan est collé contre le grillage, comme hypnotisé par l'Audi rouge. Yassine lui fait un petit signe de la main. Il a remarqué l'intérêt que lui porte le petit garçon, et une idée vient de lui traverser l'esprit. Il regarde Olivier et sa gueule amochée, un sourire de contentement étire ses lèvres, il ne l'a pas loupé. Il se tourne vers Kader, assis à côté de lui, en riant doucement.

– Je sais qu'il ne dira rien. Ça se sent qu'il crève de peur ! Il suffit de voir sa tête quand il a vu la voiture !

– Grave ! Tout blanc, le Zitoune !

– Par contre, là, le petit Marwan ou Walid, j'arrive jamais à les différencier les deux, je suis en train de réfléchir à quelque chose. Il y a moyen qu'on fasse quelque chose d'intéressant avec. On pourrait lui aussi l'embaucher dans notre bizness, qu'en penses-tu ? Qu'il nous serve de guetteur, dans la rue, de temps en temps. Il m'a l'air rapide, il apprendra vite.

– Ah mais ouuuuais ! Carrément, même ! Lui, je crois que c'est Marwan ! Le Walid, il est trop gentil, c'est un faible.

La fosse du Bikini est remplie de gens qui sautent, au ralenti. Le sol, un peu collant, est jonché de gobelets vides.

Boris, Pierrick et Olivier sont en sueur, emportés en rythme par la vague humaine et les pogos que seule procure la musique. Sur la scène en face d'eux, à quelques mètres, le groupe Balkan Beat Box irradie et embrase l'atmosphère depuis maintenant bientôt trois heures. Un rappel, puis deux. Une trompette sonne *Part Of The Glory*. Suivi de l'incroyable *Hermetico*, dans une clameur immense. Le public est en fusion. Olivier ne pense plus à rien, il s'oublie totalement, s'abandonne au roulis, à la communion. Il ne pense plus à Yassine et à sa proposition. À son arcade meurtrie et son œil à moitié fermé qui le lance de temps en temps. Olivier ne veut profiter que de l'instant présent, loin des galères de son quotidien, loin du quartier. Il est heureux de partager ce moment avec Pierrick et Boris, il les regarde sauter encore et encore sur place, en hurlant de toutes leurs forces. Dernières secondes remplies d'intensité et c'est la fin, déjà. Les Balkan Beat Box saluent sous les applaudissements et les cris de la foule massée à leurs pieds. Les trois amis sont trempés, grisés par ce moment de grâce. Les lumières se rallument, révélant des visages hagards, de-ci de-là, téléportés dans un ailleurs et brusquement revenus dans le présent. Les gens se sourient sans se connaître, heureux d'avoir partagé la même soirée. Boris, Pierrick et Olivier traînent des pieds pour ne pas se diriger vers la sortie, trop vite. Ils s'imprègnent de ces instants uniques. La fin d'un concert, le brouhaha qui flotte au-dessus de la fosse et de la scène, l'odeur de bière, de sueur et de quelques cigarettes allumées en cachette. Dans le sas qui les mène vers l'extérieur, les trois jeunes hommes passent par les toilettes. Ils ont la gorge sèche, la bouche pâteuse d'avoir trop dansé, chanté, bougé dans tous les sens. Face aux miroirs, ils se rafraîchissent le visage. Boris dit, en regardant celui d'Olivier. Bah mon vieux, tu t'es quand même pas loupé !

Quelques heures avant le concert, quand Olivier avait ouvert la porte de son studio à ses deux meilleurs amis, Pierrick et Boris avaient eu un mouvement de recul en voyant sa tête amochée. Face à leurs questions, Olivier n'avait pu se résoudre à leur avouer la vérité. Toujours garder la face. D'un ton dégagé, il avait simplement répondu qu'il s'était pris une rambarde de skate en voulant faire le malin et épater ses jeunes du centre, le mercredi. Boris l'avait regardé d'un œil soupçonneux. Mais genre, depuis combien de temps tu fais du skate, toi ? Olivier avait souri, en lui donnant un coup d'épaule. Eh ! Tu croyais tout connaître de moi ou quoi ? Pierrick avait changé de sujet en disant, bon on se met dans l'ambiance ? Un petit Balkan Beat Box avant de les voir, ce soir ? Merci d'avoir pensé à nous pour les places, c'est trop cool ! Olivier avait haussé les épaules, comme pour dire, c'est normal les frères, c'est normal.

Quartier libre

Dans les toilettes, Olivier fait face à son propre reflet. L'œil est violet, là où la crosse de Yassine est venue le percuter. Retour à la réalité. Il est obligé de repenser à la séquestration, aussi rapide que douloureuse, au chantage du dealer. Il soupire en s'aspergeant le visage. À la sortie, Olivier manque de percuter une jeune femme, appuyée contre le mur. Elle lui demande. Tu ne cherches pas de C, shit, MD ? J'ai de tout ! Ça te dit, mec ?

Olivier bredouille un non merci, pas intéressé, et va rejoindre Pierrick et Boris qui l'attendent dehors en fumant une cigarette. Ils regagnent le métro, dans la nuit noire, en longeant les berges du canal. Boris s'exclame.

– C'est pas mal, Toulouse, au final ! On devrait revenir plus souvent !

Février 2017

Dans son bureau du club Ados, Olivier décide de passer la vitesse supérieure. Il n'arrive pas à penser à autre chose, la dernière vision d'Ismahane franchissant le pas de sa porte le hante. Pourquoi ce suicide ? Pourquoi la veille de son anniversaire ? Et puis ce message énigmatique de Marwan sur les réseaux sociaux… Olivier enrage. Il est persuadé que l'adolescent n'est pas étranger au drame. Il faut qu'il creuse, il doit découvrir la vérité. Il le doit à Isma. Ses copines sont forcément au courant, ici les ragots courent vite. On est mercredi après-midi, et dans la salle d'à côté, il entend Tania et Narimen rire bruyamment. Il entre dans le coin des ados, elles sont affalées sur le canapé défoncé du club, penchées sur leurs portables comme à l'accoutumée, sûrement en train de regarder la dernière vidéo à la mode, le dernier potin, le dernier snap de leur crush, comment savoir ? Olivier vient s'asseoir auprès d'elles.

— Les filles, faut qu'on parle d'Isma. Vraiment.
— Ah mais encore, Olivier ? On t'a tout dit, déjà !
— Non, non… Je suis sûr que non, Tania… ! Sûr.

— Mais vazi là, pourquoi tu nous crois pas ? Ismahane est morte, elle est morte, Olivier ! Sérieux !

— On se connaît depuis longtemps tous les trois... Vous ne comprenez pas... Ou vous faites semblant de ne pas comprendre, je pense. Vous connaissiez Isma aussi bien, même plus que moi... Tania, Narimen, vous étiez avec elle depuis la maternelle ! Vous connaissiez son caractère, sa joie de vivre, vous avez sûrement dû voir quelques signes avant-coureurs ?

Narimen fond en larmes. L'atmosphère de la pièce change du tout au tout, la tension monte. Tania menace.

— Narimen, tais-toi ! Ce n'est pas nos oignons, à Olivier non plus ! Ferme-la ! Il n'a pas à savoir !

— Tania... Il a le droit, le pauvre ! Il connaissait Ismahane depuis le CM2, elle l'adorait, il peut être au courant ! On peut lui faire confiance, j'en suis sûr...

— Alors si tu fais ça... Tu ne vaux pas mieux qu'elle !

Olivier s'apprête à s'interposer pour mettre fin à l'échange qui tourne au conflit, quand Tania se lève brusquement et hurle à Narimen.

— BAH, FAIS CE QUE TU VEUX ! PUTAIN !

À bout de nerfs, elle les plante là en claquant la vieille porte en bois qui manque sortir de ses gonds sous la violence de son geste. Le bruit de ses pas en fuite résonne dans les couloirs du centre.

Olivier reste interdit. Il sait que dans quelques instants, il va enfin toucher du doigt cette vérité qui se dérobait à lui. Il s'assied auprès de Narimen, en larmes.

Quartier libre

L'adolescente tente vainement de reprendre sa respiration, entre deux sanglots.

– J'ai besoin de savoir la vérité, rien que la vérité, Narimen. J'en ai besoin, moi aussi… Que s'est-il passé ? Qu'a fait Ismahane qui l'a poussée au suicide ? Comment a-t-elle pu en arriver à penser qu'elle n'avait pas d'autre possibilité ? Pourquoi ? Je veux savoir !

Narimen secoue doucement la tête, elle prend son portable, et elle dit.

– C'est à cause d'une vidéo qu'elle a faite…

Toulouse, mai 2012

Dans la cour de récréation, Ismahane et ses amies sont cachées dans un coin, en demi-cercle contre le mur, elles gloussent depuis quelques minutes sans s'arrêter. Peu à peu, une rumeur se répand à travers l'école, la gamine a ramené un portable de chez elle et s'amuse à faire des vidéos d'elle et de ses copines qu'elle diffuse ensuite sur YouTube, Snapchat, Facebook, tout y passe. Les réseaux sociaux viennent de faire leur apparition, et quels que soient leurs règlements et limites d'âge, tous les primaires sont connectés entre eux, s'échangent des messages le soir, ont des chaînes YouTube, sont inondés par les écrans. Depuis quelques semaines, le phénomène s'intensifie. Les enfants ne parlent que de ça. Lorsque Olivier demande à un enfant ce que veut dire laïque, Kerim, fier de lui, lui répond que c'est lorsque l'on met un pouce bleu sur YouTube, on like. Olivier est partagé entre l'envie de rire et celle de s'éclater la tête contre les murs.

Dans la cour de récréation, le petit groupe de CM2 joue avec le portable qu'a apporté Ismahane. Olivier soupire, elle a le chic pour s'attirer des ennuis. En le voyant arriver, la gamine se met à courir à l'autre bout de la cour. Olivier, patient, la suit, prudemment. Finalement, il arrive à l'approcher. Acculée, elle glisse le portable dans son pantalon, à l'entrejambe, en le défiant du regard. Elle demande, sûre d'elle et vexée, devant un Olivier un peu lassé.

— Et là ? Tu vas faire quoi, maintenant ?

— Allez, Ismahane, s'il te plaît... Donne-moi ce portable.

— Nan ! Il est à moi ! J'te le donne pas, tu ne vas pas me le rendre après, il va finir dans le bureau d'Émilie !

— Écoute Isma, je sais qu'en ce moment, tu es en colère contre moi, mais tu sais aussi que tu n'as pas à rapporter des objets personnels à l'école. Encore moins un portable, c'est interdit et tu le sais. Ensuite, j'ai entendu certaines choses dans la cour, une discussion entre petites de CP et, tu m'arrêtes si je me trompe, mais j'ai cru comprendre que tu prenais des photos, des vidéos et que tu les mettais sur Internet... Et que sur ces vidéos, tu étais parfois en short et maquillée... C'est vrai ? Ismahane, s'il te plaît, je veux une réponse, c'est suffisamment important pour que je t'en parle.

Ismahane accuse le coup, elle baisse la tête en rougissant. Elle a son petit sourire en coin, à la fois gêné et fier. Elle acquiesce de la tête. Olivier s'accroupit à côté d'elle. Il la regarde avec bienveillance, mais avec un peu d'énervement, aussi. Il soupire, fatigué.

— Isma, je ne vais pas t'engueuler pour ça, je sais ce que c'est, moi aussi je faisais des vidéos de jeux vidéo sur YouTube avant, tu sais. Mais je suis un adulte, majeur et vacciné. Il faut que tu comprennes une chose, on ne sait pas qui te regarde derrière un

Quartier libre

écran. Tout le monde n'a pas les mêmes intentions ! Tu filmes quoi, par exemple ?
— De la danse, parfois j'chante dans ma salle de bains...
— C'est en public, en privé ? Tout le monde peut voir ?
— C'est en public, mais y a qu'mes copines qui voient !
— Et moi, si j'te regarde danser ou chanter, tu aimerais ?
— Bah nan ! J'aurais trop la honte !
— Eh bien, si tu es en public, dis-toi que tout le monde peut te voir, Émilie, Youssef, Léane, Nolwenn, mais pas que... Un cousin, un grand du quartier, un inconnu, on peut te reconnaître après... Je ne veux pas te faire peur, mais je veux utiliser des mots que tu comprennes bien, est-ce que tu sais ce qu'est un pédophile ?
— Bah... On l'a appris en classe, c'est un mec qui enlève les enfants avec un camion, pour leur faire du sexe et tout, faut pas accepter les bonbons et monter avec, c'est un fou ! Moi, j'accepterai rien, t'inquiète ! Si j'en vois un, je lui fais un doigt d'honneur, je cours et il ne me rattrapera pas !

Olivier sourit malgré lui, il adore son franc-parler mâtiné d'innocence. Cependant, il recouvre son sérieux en quelques secondes. Il soupire à nouveau, en regardant Ismahane droit dans les yeux.
— C'est plus compliqué que ça, mais tu as raison, on n'accepte rien d'un inconnu. En revanche, il faut aussi que vous sachiez, toi et tes copines, que ce genre de personnes qui peuvent faire du mal aux enfants sont aussi et souvent derrière leurs écrans, à chercher

des images ou des vidéos de gamines ou de gamins, dont tu fais partie. C'est parce que c'est dangereux que tu ne dois pas mettre ça sur Internet en mode public, tu comprends ?

— Ouais, nan, mais j'comprends Zitoune, mais on fait rien de sexy dans ces vidéos ! On danse juste, c'est tout, promis !

— Je te crois ! Et heureusement ! Vous n'avez même pas douze ans ! Mais même le simple fait de te filmer en train de danser dans ta salle de bains peut être dangereux... Alors, faites-moi plaisir, tes copines et toi, vous me mettez vos comptes en privé, s'il te plaît. Je ne plaisante pas, c'est vraiment important, d'accord ?

— Mais du coup, j'aurai moins de likes et de commentaires, c'est trop nul, j'suis une star, moi... !

Olivier souffle et lève les yeux au ciel, ce n'est pas gagné... Il recommence sa démonstration, cherche les mots, les exemples susceptibles de fonctionner avec sa tête de mule favorite. Il comprend sa réticence, ses rêves de gloire, mais il ne peut pas laisser passer ça, sans rien dire.

Devant son insistance et son inquiétude, Ismahane abdique, elle comprend que c'est quelque chose de grave. Et puis, elle n'avait pas pris conscience que tout le monde pouvait la voir, même des grands du quartier, des amis de son frère, son frère... Yassine ! S'il la voit danser en short et maquillée, il va la défoncer. Tout comme ses parents, d'ailleurs. Ismahane soupire, râle, tempête contre tout et n'importe quoi, mais se résout à abdiquer pour elle et ses copines, face à l'inflexibilité d'Olivier. C'est la mort dans l'âme qu'elle consent devant lui, soit à fermer ses comptes sur les différents réseaux, soit à les passer en privé pour qu'ils ne restent accessibles qu'aux personnes de son choix.

— Mais je te préviens, évite de me la faire à l'envers, Isma… l'avertit Olivier en lui rendant son portable, à présent je connais tes pseudos et tes comptes, j'irai régulièrement vérifier qu'ils ne sont pas repassés en public. Et tu peux t'énerver, râler, jouer les indignées, ça ne servira à rien…

Il la regarde rejoindre ses copines en sautillant dans la cour, il est content d'avoir pu échanger avec elle sans heurts, sans cris, sans s'énerver. Pour une fois. Surtout pour un sujet aussi grave. Il sait qu'Isma est intelligente, que sous ses airs de petite fille butée, elle comprend parfaitement les choses. Ce n'est hélas pas le cas de tout le monde.

Toulouse, février 2017

Olivier regarde Narimen, perplexe.
— Une vidéo ? Comment ça, une vidéo ?
— Bah une vidéo, quoi…
— Mais de quel genre ? Comme celles de l'époque ? Ce n'est pas grave…
— Non… Zitoune, non. On n'a plus douze ans. C'est pire…
— Montre-la-moi, je dois la voir.

À peine a-t-il prononcé ces mots, presque malgré lui, qu'il les regrette. Est-il prêt à voir cela, vraiment ? Il y a des limites à ne pas dépasser quant à l'intimité de ces jeunes.

Narimen s'enfonce de plus en plus dans le canapé, l'air totalement perdue et affolée. Elle secoue la tête, encore et encore, frénétiquement. Non, elle fait non, elle ne peut pas. Olivier ne comprend pas. Mais commence à craindre le pire. Depuis qu'il est dans le quartier, il en a vu des choses, il s'attend à tout. Il tente de la calmer.
— Mais tu ne risques rien, c'est promis…
— Tu ne comprends pas ! Ça va me tuer aussi !

– Mais de quoi tu parles, bon sang ?
– Cette vidéo, ce n'est vraiment pas bien !
– À ce point ? Narimen, je DOIS la voir.
– Mais tu veux que je crève, en fait ?
– Je ne dirai pas que c'est toi, bon sang !

La jeune adolescente pleure de plus belle, elle tremble de tous ses membres, mais elle voit bien qu'Olivier sera inflexible et qu'il ne la lâchera pas tant qu'il ne connaîtra pas la vérité. De guerre lasse, elle ouvre son portable, va dans ses vidéos enregistrées. Elle fait glisser ses doigts sur l'écran, elle cherche et finit par trouver. Olivier voit qu'elle hésite. Il lui pose une main sur l'épaule, comme pour lui dire, ne t'inquiète pas, tout va bien se passer. Narimen finit par cliquer sur la vidéo, lui donne le portable. Elle se lève, va à l'autre bout de la pièce en fermant les yeux et en se bouchant les oreilles.

Au début, Olivier ne voit rien, pas grand-chose, il fait trop sombre, ça bouge, ça tremble. Peu à peu, l'image se stabilise. Un corps en mouvement, à quatre pattes, de la chair, de la peau nue. Puis un autre corps qui rejoint le premier. Un sexe qui fait des va-et-vient dans un autre. Des bruits de soupirs, de gémissements mêlés à de la musique en fond. La vidéo semble avoir été filmée dans une petite chambre. Olivier plisse les yeux. Il finit par reconnaître le visage d'Ismahane, qui tourne la tête vers la caméra en riant. Il peut entendre sa voix saccadée dire, *Marwan t'es sérieux ? Eh, tu ne filmes pas j'espère !* Le jeune homme répond en se filmant, hilare, *nan nan t'inquiète même pas, je joue avec les filtres Snap ! C'est trop marrant !* Puis, sans ménagement, il assène plusieurs fessées à Ismahane qui se cambre de plus belle, en criant. La vidéo ne dure que 30 secondes, mais Olivier est au bord de la nausée.

Quartier libre

Voir son Isma qu'il a connu gamine faire l'amour, ou plutôt se faire abuser comme ça est au-dessus de ses forces. Ses yeux hagards rencontrent le visage de Narimen, toujours dans un coin de la salle, blanche comme un linge.

— Qui a vu cette vidéo ? parvient-il à articuler.
— Tout le monde... Il l'a envoyée à tout le monde...

Olivier s'effondre sur le canapé. Il n'arrive pas à croire ce qu'il a vu, à effacer les images volées à l'intimité d'Ismahane. Ainsi, Marwan a transféré cette sextape à tout le quartier. Pour la deuxième fois de sa vie, Olivier ressent une haine dévorante. En cet instant, il aurait envie de tuer de ses mains le responsable de la mort de sa petite Isma.

D'une voix tremblante de colère et d'émotion qu'il a du mal à contenir, il demande à Narimen.

— C'est pour cela qu'elle s'est suicidée, alors... ?

L'adolescente finit par craquer, elle s'assied à côté d'Olivier, elle déballe tout, enfin, comme une vanne ouverte et qui ne s'arrête plus. Elle raconte tout à Olivier. La découverte de la vidéo, en pleine nuit, comment elle a tourné sur tous les réseaux. Le déferlement de violence, l'escalade. Elle raconte le harcèlement qu'a vécu Ismahane, les menaces de viols, les moqueries, les insultes. Elle raconte comment personne ne l'a soutenue, comment tout le monde lui a tourné le dos, même ses meilleures amies, même elle, Narimen, par honte, par peur. Elle sanglote. Son récit est haché. Elle raconte à Olivier comment Ismahane a tenu quelques heures, quelques jours, mais que chaque fois qu'elle se connectait, elle était submergée par la honte et les commentaires dégradants, minute après minute, seconde après seconde, comme une vague de haine. Craignant que ses parents finissent par l'apprendre, Ismahane avait choisi la mort, et de sauter par la fenêtre. Olivier est abasourdi. N'étant plus sur les réseaux, il se tenait éloigné de tout ceci, il n'avait pas entendu parler de cette vidéo. Si seulement elle était venue le trouver.

Il finit par demander, dans un murmure.

— Et Marwan ?

Narimen baisse la tête. À voix basse, elle lui décrit la satisfaction du jeune adolescent au moment de la diffusion de la vidéo, félicité par les uns et les autres, ceux-là mêmes qui ont harcelé Ismahane. À l'annonce du suicide de sa petite copine, quelques jours après, il n'avait pas eu le moindre regret. Il avait simplement déclaré qu'Ismahane était une pute et qu'elle ne méritait pas de vivre. Olivier s'étrangle de rage. Il hurle.

— MAIS C'ÉTAIT CENSÉ ÊTRE SA COPINE ! POURQUOI A-T-IL FAIT CELA ? C'est quoi son problème, à ce malade, hein ? DIS-MOI !

Narimen semble vouloir s'enfoncer encore plus dans le canapé jusqu'à ne faire plus qu'un avec lui. Elle se recroqueville sous les mots d'Olivier.

Finalement, elle finit par lâcher ce dernier morceau, elle l'expulse dans un soupir.

— Pour venger Yassine... Il paraît qu'il a agi sous ses ordres.

Les paroles de Narimen viennent gifler Olivier, de plein fouet. Yassine, encore et toujours l'ombre maléfique du grand frère qui plane sur sa vie, des années après. Comment aurait-il pu le deviner ? Il pensait que c'était de l'histoire ancienne. Yassine. Il le pensait hors d'état de nuire, derrière les barreaux.

Toulouse, mai 2012

Olivier fait les cent pas dans son studio, il tourne comme un lion en cage, anxieux, une enclume d'angoisse dans le ventre. Il attend avec appréhension le message d'un numéro anonyme qui lui donnera l'adresse, l'heure et le lieu de la livraison. Entre ses mains, un petit paquet de cocaïne. Quelques heures plus tôt, à la sortie de l'école, Yassine l'attendait au volant de son Audi rouge, il lui avait ouvert la portière en souriant, comme on sourit à un vieil ami. Dans la voiture, le frère d'Ismahane avait donné la marchandise à Olivier et un portable avec une carte prépayée. Quelques paroles échangées à voix basse. Une minute plus tard, c'était terminé. Olivier était sorti du véhicule comme un automate. Un dernier regard menaçant, et Yassine avait démarré en trombe, en lui disant d'attendre son message pour livrer Caroline, le nom de code de la blanche.

Le portable d'Olivier vibre. C'est l'heure. La mort dans l'âme, il s'habille tout en noir ; dehors, la nuit est tombée. Sa première livraison est au centre-ville, non loin du Capitole, à quelques kilomètres de son appartement. Yassine lui a ordonné d'y aller à pied, toujours à pied. Sophie l'appelle, il ne répond pas, il ne veut pas être obligé de lui mentir. Capuche sur la tête, Olivier s'enfonce dans la nuit, il passe sur la place Saint-Pierre, au milieu des étudiants soûls et de l'odeur d'urine contre les remparts de la Garonne. La grande roue est illuminée. Durant quelques secondes, Olivier se penche vers l'eau sombre. Il lui serait si facile de faire tomber le paquet, qu'il lui glisse des mains lentement et que l'obscurité humide l'engloutisse. Il hésite. Mais les menaces de Yassine sont imprimées dans son crâne, la cicatrice à l'arcade est encore douloureuse. Et puis, il y a Sophie. Olivier sait que Yassine n'hésitera pas à s'en prendre à la jolie maîtresse s'il n'obéit pas. À regret, il se redresse, s'arrache à la contemplation du fleuve endormi et reprend sa route. Au bout de quelques minutes, il arrive à l'adresse indiquée. Il sonne à l'appartement 205. Des bruits de musique s'infiltrent sous la porte qui finit par s'ouvrir. Un jeune homme, à peine la vingtaine, un verre de ce qu'il devine être une vodka redbull à la main. Olivier est surpris par sa ressemblance avec l'adolescent qu'il était, il y a encore quelques mois. Le style fils de bourgeois en manque de sensations fortes. L'individu regarde Olivier d'un air méfiant.

– C'est toi, Yassine ? T'as pas une gueule d'Arabe !

Il est sur le point de claquer la porte sur lui, mais Olivier s'empresse de répondre qu'il est simplement un ami et qu'il lui livre la marchandise. Le jeune homme lui prend le paquet des mains, il l'ouvre avec un couteau, puis avec la pointe sort délicatement un peu de poudre blanchâtre qu'il renifle d'un trait. Puis, il se tourne vers l'intérieur de l'appartement, où une fête semble battre son plein, en hurlant.

– C'EST BON, LES GARS, J'AI LE MATOS !

Quartier libre

Olivier entend des cris de joie stridents, il jette un coup d'œil dans la pièce, avant que la porte ne se referme sur lui.

De retour dans son appartement, Olivier ne ressent rien. Il a fait le chemin du retour comme un robot, vide d'émotion, de réflexion, privé de tout libre arbitre. Un pantin. Il envoie un message à Yassine pour lui dire que « Caroline » est bien arrivée à la soirée. Le dealer se contente de lui répondre par un smiley et un pouce en l'air. Olivier éteint le portable.

Quelques jours passent, et toujours le même rituel, Yassine qui lui transfère la marchandise, puis l'adresse quelque part en ville. Une fois les livraisons effectuées, le compte en banque de l'animateur est crédité de quelques centaines d'euros par virements anonymes. Olivier se soumet, chaque fois, avec un dégoût pour lui-même de plus en plus fort.

Olivier a peur. De se faire dénoncer, qu'on découvre ce qu'il est obligé de faire, que le banquier l'appelle, lui pose des questions sur cet argent qui tombe du ciel. Mais Yassine l'a rassuré, tout est sous contrôle.

Dans son lit, quand il arrive à s'endormir quelques heures, Olivier est en proie à des cauchemars incessants, soumis à un dilemme immense. Peut-il arriver à assumer ce chantage sans craquer, sans tout balancer à quelqu'un ? Peut-il arriver à protéger ses proches de la vengeance de Yassine ? L'envie de tout dire le dévore, mais sa peur plus encore. Il est complice, il sait qu'il faudra qu'il paye un jour. Olivier se sent corrompu par cet argent sale, auquel il se refuse à toucher.

Vincent Lahouze

Sous ses paupières qui s'agitent, Olivier pense à Sophie, à leur relation balbutiante. Il est conscient qu'elle se doute de quelque chose. Elle sent qu'il est parfois ailleurs, inquiet. De temps en temps, elle le voit disparaître au cours de la soirée pour quelques minutes, prétextant une course urgente, pour s'acheter des clopes, voir un membre de l'équipe du CLAE en bas de l'appartement ou un peu plus loin, elle ne lui pose jamais de questions, ne lui reproche pas de ne pas lui proposer de l'accompagner, mais plusieurs fois, Olivier l'a surprise, du coin de l'œil, en train de fouiller dans son portable quand il avait le dos tourné. (Comment lui en vouloir ?) Heureusement, il a pris soin de cacher derrière un morceau de carrelage de sa minuscule salle de bains le portable que lui a donné Yassine. Plusieurs fois, l'envie de se rendre à la police du quartier lui a traversé l'esprit, de leur donner le téléphone, les numéros des clients, les adresses. Mais Olivier a le sentiment d'avoir constamment l'œil de Yassine braqué sur lui, dans son dos, en permanence. Lorsqu'il marche dans la rue, qu'il entre dans le quartier pour aller travailler ou pour rentrer chez lui, il voit l'Audi rouge, garée à proximité du métro, il sent qu'on l'observe. À l'école, Olivier est devenu taciturne et silencieux, de plus en plus pâle. Même les enfants chuchotent entre eux sur son passage et se demandent s'il est malade.

Un soir, Olivier doit aller récupérer la marchandise au détour d'une ruelle du quartier. Alors qu'il marche pour aller retrouver Yassine, il aperçoit l'un des jumeaux, immobile au coin de la rue. Il est tard, il est presque 22 heures et il n'a que onze ans, il devrait être chez lui, dans son lit, comme n'importe quel gamin de son âge. À la vue d'Olivier, l'enfant lui fait un grand signe de la main. À la manière dont il le regarde, il reconnaît Marwan, sa moue dédaigneuse. Walid est bien plus souriant. L'animateur lui demande, surpris.

— Mais qu'est-ce que tu fais dehors, à cette heure-ci ?
— T'inquiète, Zitoune ! Je me fais de la thune !

Marwan se met à rire, avec cet air insolent qu'Olivier lui connaît bien. Il continue de parler, je me fais minimum 200 euros par semaine pour surveiller si les keufs n'arrivent pas ! Eh ouais, t'as cru quoi… !

Olivier regarde l'enfant d'un air atterré, ainsi, Marwan a été enrôlé par Yassine pour faire le guetteur. Il est consterné par la bassesse du frère d'Ismahane. Ce ne sont que des enfants, et il les mêle déjà à une vie qu'ils croient avoir choisie et qui les fascine. Il s'approche de Marwan, lui demande.

— Mais pourquoi est-ce que tu fais ça ? C'est Yassine qui t'y oblige ?

Marwan crache par terre, bombe le torse de fierté. Il répond.

— Mais t'as cru quoi ? Que j'allais rester m'emmerder à l'école toute ma vie ? MDR, Zitoune ! Je me fais tellement d'oseille, tu n'as même pas idée ! Yassine, il m'oblige en rien, c'est moi qui ai eu envie de faire ça ! C'est moi qu'ai demandé. J'suis plus un gosse, moi ! J'ai de l'importance dans le tiéquar, Yassine il me fait grave confiance ! À moi, pas à mon bâtard de frère que tout le monde croit si parfait ! Tu vas faire quoi, hein ? T'es juste un anim, wallah !

Olivier secoue la tête d'un air navré, il s'approche de Marwan, qui recule aussitôt, en portant la main à sa poche. Il en sort un couteau. Il lui dit, ne bouge pas, ne bouge pas ou je te plante ! Olivier recule lentement, il lève les deux mains, essaie d'apaiser l'enfant. Marwan semble survolté.

– J'ai juste à pousser un cri et t'es mort, y a les grands qui veillent sur moi alors trace ta route, et tout se passera bien ! Vazi, recule, RECULE, j'te dis ! Tu vas attirer l'attention des flics, c'est ça que tu veux, hein ? OK !

Au moment où Marwan se jette sur Olivier, qui reste pétrifié, incapable de réaliser qu'il est menacé de mort par un gosse de onze ans qu'il côtoie tous les jours, Yassine arrive en courant. Il ordonne à Marwan de baisser son arme. La lame glisse le long de la poitrine d'Olivier. En une fraction de seconde, d'un revers de la main, Yassine balaie le bras et le couteau de l'enfant. De l'autre, il lui donne une claque qui l'envoie au sol. D'une voix calme, mais voilée de colère, il lui dit.

– Olivier bosse pour nous ! Il m'est utile en dehors du quartier, ne t'avise pas de le toucher ! Obéis simplement aux ordres, et reste à ta place ! T'as compris ? Et depuis quand t'as un couteau ? Tu marches à peine, et tu veux déjà des bottes de sept lieues. Reste à ta place. T'as le temps, encore.

Marwan se relève, vexé, profondément humilié par l'homme qu'il admire tant. Les larmes aux yeux, il se masse la joue, encore cuisante. Sans rien dire, il hoche la tête, visage fixant le sol. Yassine se tourne vers Olivier, qui a encore du mal à reprendre ses esprits.

– Et toi, Olivier, ne commence pas à poser des questions et à mettre ton nez un peu partout. C'est un vrai travail pour garder notre territoire, tu ne le sais pas toi, non ! Marwan et toi, vous bossez pour moi,

Quartier libre

vous avez intérêt à bien vous entendre. Serrez-vous la main !

Olivier regarde l'enfant, dont il s'occupe à l'école quand le jour est levé. À son grand désarroi, il se rend compte qu'il ne semble pas si différent une fois la nuit tombée, peut-être plus dur encore, plus grand aussi, comme affranchi de son statut d'enfant, affranchi des règles qui rythment la journée. Et pourtant, dans ses yeux, on sent qu'il n'est encore qu'un gosse de onze ans, perdu dans un monde dont il imite les codes sans les comprendre. Marwan range son couteau dans sa poche puis, toujours sans rien dire, il tourne les talons et disparaît au coin de la rue. Malgré son dégoût et ce que cela lui coûte, Olivier se tourne vers Yassine pour le remercier d'être intervenu. Mais avant qu'il puisse dire quoi que ce soit, celui-ci l'arrête en lui adressant un regard méprisant. Il chuchote.

– Olivier... Tu me fais vraiment pitié... Ta vie en soi ne m'intéresse pas mais tu m'es utile et tu me rapportes pas mal. Mais tu as failli te faire planter par un gosse de onze ans, sérieusement ! Il va falloir que tu apprennes à te défendre un minimum.

Il lui tend le petit paquet, il soupire.

– Encore heureux que tu saches livrer la Caro comme demandé, sinon je serais dans l'obligation de te supprimer à un moment donné... Et j'peux t'assurer que c'est compliqué de faire disparaître un corps, c'est d'une galère sans nom ! Donc, reste tranquille, continuons nos petits arrangements, et tout ira bien. À plus tard, je t'appelle.

Il part en sifflotant, les mains dans les poches, et le laisse baignant dans une sueur glacée. Brusquement,

Olivier se plie en deux et vomit dans le caniveau. C'est hagard qu'il se traîne jusqu'à chez lui, incapable de penser à autre chose qu'au couteau de Marwan, son regard, son discours de gosse de onze ans que la société a déjà perdu. C'en est trop, c'est le déclic pour Olivier, il faut qu'il agisse. Il ne peut plus subir la loi de Yassine, plus vivre dans la peur. À la sortie d'une douche glacée pour essayer de remettre de l'ordre dans ses idées, il prend son portable et compose un numéro.

Au bout du fil, Pierrick répond, d'une voix endormie…

Toulouse, juin 2012

Dans sa cellule, Yassine tourne en rond. Le pommeau du minuscule lavabo fuit, toutes les dix secondes, une goutte tombe sur le sol crasseux. Il le sait, Yassine compte le temps qui passe. *Plic. Ploc.* Toutes les dix secondes, une goutte tombe et c'est ce bruit imperceptible qui le rend fou. Compte tenu de son agressivité et de sa relative notoriété, il a été placé à l'isolement pour une durée d'un mois. Et il tourne comme un lion de cirque en cage. En cage, c'est ce qu'il est. C'est ce qu'il est. Enfermé. Privé de sa liberté. La cellule pue la sueur rance, l'ennui et le moisi. Il frappe contre les murs de toutes ses forces, au rythme des gouttes qui tombent. *Plic.* Ses phalanges sont devenues rouges. *Ploc.* Puis bleues. *Plic.* Puis noires. *Ploc.* Le bruit des gouttes lui perfore le crâne et le cerveau. On a dû l'emmener en urgence à l'infirmerie avant qu'il ne se brise les deux mains. Yassine hurle dans sa cellule minuscule. Les murs gris et tachés forment un tableau abstrait qui reflète toute la misère du monde.

Yassine crache sa haine contre Olivier, il l'imagine entre ses mains, s'il avait su ce qu'il se passerait, il l'aurait éliminé quand il en avait l'occasion. Quelle petite ordure, son erreur aura été de le sous-estimer. Lui et sa famille. Il ne les pensait pas capables de lui faire ça. Il se met à rire nerveusement. Il va se venger, il va trouver un moyen de laver son honneur. Il se le promet.

Il y a encore quelques jours, Yassine était le roi du quartier, intouchable et invincible. En quelques secondes, il s'est retrouvé dépossédé de son pouvoir, de sa vie, plaqué au sol et menotté par les flics devant tout le monde. En prison, il n'a plus aucune intimité, quelques objets personnels qu'il doit veiller à ne pas se faire voler. Ici, on ne s'appartient plus, on appartient à l'administration. Les premiers jours, Yassine a hurlé durant des heures, jusqu'à s'en casser la voix. Mais personne ne l'entend ou ne fait attention à lui. Alors, Yassine a fini par se taire, résigné. Régulièrement, un surveillant jette un œil blasé par la petite trappe, ce genre de jeune, il les connaît par cœur. Des petites frappes, des caïds sans grande envergure, de vulgaires pigeons qui se prennent pour des aigles. Le surveillant Boneti en a vu passer des centaines et des centaines, en maison d'arrêt. Mais celui-ci a tout de même un regard particulier. Boneti n'a jamais vu une telle rage sauvage danser dans les yeux sombres du jeune homme. Pas étonnant qu'il ait fini à l'isolement. Mais le surveillant est tranquille. Ce détenu finira bien par rentrer dans le rang, après quelques mois de détention. Comme tous les autres.

Durant la promenade, Yassine reste seul. Il a interdiction de se mêler aux autres détenus. À la cantine, aux ateliers, on le regarde à la dérobée, de loin, on chuchote sur son passage. La nuit, Yassine ne dort pas, il se tourne et se retourne sur son matelas, dans son drap rêche et usé. Ici, on te vole même le sommeil. Les yeux grands ouverts dans la semi-obscurité de la cellule, Yassine repense à cet instant où tout a basculé.

Toulouse, mai 2012

Olivier compose le numéro de Yassine, il est bientôt minuit. Fébrile, il entend la sonnerie s'égrener avant que le dealer finisse par décrocher. Il l'entend soupirer, énervé.

– Mais t'es pire qu'un gosse, en fait, Zitoune ! Je t'ai dit de ne pas m'appeler le premier. Qu'est-ce que tu me veux ?

– J'ai un truc à te proposer, faut qu'on se voie maintenant... Je pense que ça pourrait te plaire...

Goguenard, Yassine répond.

– Tu n'essayes pas de me draguer, là ? Tu sais, tu n'es pas trop mon genre...

– Non mais sérieusement, Yassine, j'ai pensé à quelque chose pour Caroline, j'ai un plan pour la faire entrer dans une grosse soirée au *Bikini*, y a vraiment moyen qu'elle soit populaire. On peut se voir pour en parler ?

– Eh bien... Tu commences à y prendre goût, à ce que j'vois ! Bon, je finis de manger et on se retrouve à l'endroit habituel, dans une heure. Ne sois pas en retard, je n'attendrai pas.

Et Yassine raccroche. Soupçonneux, il demande à Kader, qui a écouté toute la conversation, ce qu'il en pense.
— Bah, franchement ça se tente, en vrai ! C'est un lieu où la dope circule pas mal et où on n'a pas encore pu entrer ! On n'a rien à perdre, après tout. Jusque-là, il a été réglo !
— Oui, c'est vrai... Tu as raison ! On l'a bien soumis, autant qu'on en profite encore un peu. J'vais aller voir ce qu'il a à me dire.
— Tu veux que je t'accompagne ? demande Kader.
— Non, c'est bon, ne t'inquiète pas. On parle d'Olivier, hein, il ferait peur à qui, sérieusement ? Je te tiens au courant.

Olivier respire profondément, en sueur. Après cet appel, plus de retour en arrière possible. Il est temps de mettre son plan à exécution. Assis sur le canapé, ses deux amis Boris et Pierrick se tiennent à ses côtés.

*
* *

Après des mois de secrets et de non-dits, Olivier avait fini par craquer. Le soir où Marwan avait failli le planter, il avait enfin pris la décision de tout raconter à ses deux meilleurs amis depuis le début, sans mentir. Le Taser, la cave, le chantage, le deal. Boris avait failli exploser son téléphone de rage en apprenant la situation. JE SAVAIS QUE TU NOUS CACHAIS QUELQUE CHOSE, PUTAIN ! DU SKATE, SÉRIEUSEMENT ! Dès le week-end suivant, ils avaient débarqué à Toulouse. Et cette fois, pas pour un concert.

Quartier libre

Les trois amis avaient parlé longtemps, afin de trouver une solution. Pierrick voulait aller voir la police, Boris voulait foncer dans le tas. Olivier, quant à lui, voulait déménager, disparaître, abandonner la partie. Ils avaient fini par tomber d'accord sur un plan d'action afin de piéger Yassine. Tout d'abord, prévenir le père d'Ismahane des agissements de son fils. Au fil des mois, ils avaient fini par nouer une relation mêlée de confiance, de pudeur, de respect mutuel, comment Brahim allait-il réagir aux propos d'Olivier ?

Mais il ne pouvait faire autrement. Prenant son courage à deux mains, il avait enregistré le numéro du papa d'Ismahane écrit dans son dossier périscolaire. Le cœur battant, il avait appelé à l'heure où il le savait au travail. L'échange avait été bref, Brahim lui avait donné rendez-vous dans un petit café, à l'extérieur du quartier. En raccrochant, il avait dit à Olivier, je te crois, je sais ce que fait mon fils, on va l'arrêter, inch'Allah.

Le lendemain, Olivier était assis devant un thé à la menthe qui fumait lentement, dans un minuscule café tout sombre. Devant lui se tenait le père de Yassine. Drapé d'une djellaba foncée, il se fondait presque dans l'obscurité qui faisait ressortir l'éclat de son regard. Olivier n'aurait pas su dire si ses yeux étincelaient de rage ou de tristesse. Le jeune animateur lui avait tout raconté, il avait parlé pendant longtemps. Ismahane, Yassine, le Taser, le nez cassé, sa séquestration, son rôle dans la distribution de Caroline, le petit Marwan qui faisait le guetteur, le couteau dans sa main, il avait même raconté son histoire avec Sophie, son dégoût de lui-même avec l'argent sale. Brahim l'avait écouté sans l'interrompre, Olivier voyait le poing du patriarche se serrer lentement. À la fin, le thé était devenu froid. Il attendait une réaction du père. À sa grande stupéfaction, il avait vu une larme couler sur la joue de Brahim, rapidement effacée. En une seconde, elle n'existait plus, le chagrin avait reflué derrière les yeux sombres.

Après de longues minutes de silence, la voix grave avait résonné, presque dans un soupir, dans un murmure.

– Je ne sais pas ce que j'ai loupé avec mon fils, Olivier. Je ne comprends pas où sont mes erreurs. Je ne suis qu'un vieil homme qui a essayé de bien éduquer ses enfants. J'ai tout fait comme il faut pour qu'ils s'intègrent, pour qu'ils ne soient pas jugés comme on a été jugés quand on est arrivé en France avec mes parents. J'ai essayé de toutes mes forces, qu'Allah me soit témoin ! J'ai essayé de leur apprendre à être de bons musulmans, qu'ils ne fassent pas de problèmes avec les Français, puisqu'ils sont français, ils sont nés ici ! Mais j'ai dû échouer en tant que père. J'ai beaucoup travaillé, toujours sur les chantiers, jamais à la maison, je ne me suis pas bien occupé d'eux. Je sais que je n'ai pas beaucoup d'éducation et de culture, je sais que je ne parle pas très bien le français, que je ne sais pas bien lire et écrire, et souvent j'en ai encore honte. Je me suis battu pour que mes enfants aient un avenir, et c'est comme ça qu'on me remercie ? Yassine est mon fils, jusqu'à la mort, c'est mon fils. Mais si je dois l'enfermer jusqu'à ce qu'il revienne dans le droit chemin, je le ferai !

Sa voix s'étranglait sous le coup de la colère, mais il s'était ressaisi.

– Je n'ai pas été assez dur avec lui. Mon père me donnait de l'amour à coups de ceinture et je peux te dire que je filais droit ! Mais moi, je n'ai jamais voulu ça pour eux… Je n'ai jamais levé la main sur mes enfants, Olivier, jamais. Mais là, si j'avais Yassine en face de moi, je ne sais pas ce que je ferai. Nous allons arrêter tout ça, sa mère va en mourir de chagrin, mais il doit aller en prison, il doit payer pour ce qu'il a fait. Que Dieu me pardonne.

Brahim s'était levé, avait regardé Olivier. Il avait esquissé un sourire.

– Je ne t'aimais pas trop au début, Zitoune. Surtout que tu avais mis une claque à mon Isma, à la prunelle de mes yeux. Et puis, je t'ai vu évoluer, et tu as pris soin d'elle toute cette année. Je me rends compte que tu as une belle âme, ma fille ne parle que de toi, tu le sais, ça ? Je te dis merci pour m'avoir raconté tout ça. Je te demande pardon pour ce qu'a fait Yassine. On va s'en occuper. Je te demande juste une chose, n'en parle pas à Ismahane ni à sa mère. Ce serait trop dur pour elles. On va régler ça entre hommes. À très vite, Olivier, qu'Allah te protège.

Il lui avait serré la main, s'était touché le cœur, puis était sorti du café.

*
* *

Olivier est dans le métro, avec Boris et Pierrick. Ils vont à la rencontre de Yassine. Si tout se passe bien, d'ici quelques heures, tout sera terminé. En parallèle, il a donné le lieu de rendez-vous à Brahim. La confrontation entre le père et le fils approche. Boris trépigne d'impatience, il ne tient pas en place. Pierrick est plus calme, mais tout aussi tendu qu'Olivier. Celui-ci vérifie son portable toutes les deux secondes. Il souffle bruyamment. Minuit. Il se redresse. Il transpire.

Tapis dans l'ombre, Boris et Pierrick ne lâchent pas des yeux leur ami qui attend Yassine à leur lieu de rendez-vous habituel pour Caroline, à la lueur d'un réverbère. Le plan est simple. Pendant qu'Olivier parlera avec le dealer, Brahim appellera la police pour qu'ils viennent interpeller son fils, puis il essaiera de convaincre son aîné d'être raisonnable et de se rendre, afin de gagner du temps. Eux, ils sont là pour empêcher Yassine de s'enfuir, si jamais ça devait mal tourner. Les deux jeunes hommes ont les mains moites. Ils ne sont pas dans GTA, ils savent qu'ils sont dans la vraie vie, qu'il y a en effet un risque que ça tourne mal. Ils retiennent leur souffle, leur cœur bat à tout rompre. Soudain, une silhouette apparaît dans la nuit. Yassine. Il s'approche d'Olivier, toise l'animateur. Boris et Pierrick entendent l'écho de la voix agressive qui éclate dans la nuit.

— Bon. Qu'est-ce que tu as de si urgent à me dire que tu ne m'aies pas déjà expliqué, pour me faire venir en pleine nuit ?

— Comme je te l'ai dit, j'ai un contact pour faire entrer Caro dans une grosse soirée au Bikini, thématique années 1970, musique rock et psychédélique, j'ai une amie qui connaît bien les videurs, genre très bien, on pourra vraiment se faire énormément de blé s'ils nous laissent passer...

— Mmmm. Elle les connaît comment ? Et, toi, tu la connais d'où ? Ce n'est pas une indic, au moins ?

— Non ! C'est juste une habituée des lieux, elle est réglo, t'inquiète pas Yassine ! J'ai confiance en elle,

Quartier libre

on se connaît depuis longtemps. T'en dis quoi, de mon plan ?

Yassine hésite. Il jauge Olivier du regard, le jeune homme a l'air sincère, toujours la même gueule blafarde de chien battu. Le dealer se méfie. Il secoue la tête.

— Ce n'est pas assez clair pour moi, Olivier. J'étais curieux de t'entendre, après tout tu pouvais avoir des bonnes idées, mais là... Trop vague, trop imprécis. Tu me fais perdre mon temps !

Comme il commence à tourner des talons, Olivier tente le tout pour le tout, dans un élan désespéré.

— Non ! Attends ! J'ai un autre plan aussi ! J'ai même fait appel à mes deux meilleurs amis pour qu'ils m'aident !

Yassine s'arrête net. En quelques secondes, il est sur Olivier, sa main l'agrippe à la gorge, de l'autre il sort son flingue. Il le colle contre le visage de l'animateur, en criant.

— TU AS FAIT QUOI, LÀ ? T'AS PARLÉ DE MOI À TES POTES ? MAIS TU VEUX QUE JE TE BUTE ! ON AVAIT DIT, PAS UN SEUL MOT, TU FERMES TA GUEULE ET TU OBÉIS !

Yassine crache à la figure d'Olivier, une glaire épaisse qui s'écrase sur la joue de l'animateur. Les yeux fous, le dealer arme son pistolet. Il le pose sur la tempe d'Olivier et murmure d'une voix menaçante.

— Cette fois, je t'ai assez prévenu, Zitoune. T'es mort. Je suis sincèrement navré, mais il n'y a rien ni personne qui va pouvoir te sauver.

Alors que son doigt va pour presser la détente, il est surpris par la voix de son père, qui surgit de nulle part.

— Arrête immédiatement, mon fils ! Pose cette arme ! Tu vas le regretter ! Pense à ta mère !

Yassine se fige de stupeur. Devient livide. Son père sort de l'obscurité, à l'angle du bloc. Il s'approche de son fils, les deux mains tendues vers lui en signe d'apaisement. Brahim ne lâche pas Yassine du regard. Il reprend.

— C'est fini, Yassine. Tout ce que tu fais, c'est terminé. Qu'Allah te pardonne pour tes fautes, je vais prier pour toi. Mais c'est fini. J'ai appelé la police, elle va arriver dans quelques minutes. Écoute les sirènes qui s'approchent ! C'est fini, Yassine. Olivier m'a tout raconté, comment as-tu pu faire autant de mal ? Quelle honte sur notre famille ! Tu as sali notre honneur !

Le fils de Brahim tremble de colère. Il crache vers son père, en signe de défi. Puis, sans pouvoir contrôler sa rage, il donne soudainement un formidable coup de tête à Olivier qui s'écroule par terre, sonné. Aveuglé par la haine qui le dévore, il n'entend pas son père qui cherche à le raisonner ; il roue de coups le jeune homme, à coups de pied, à coups de poing, avec la crosse du revolver. Il frappe de toutes ses forces, plusieurs fois. On peut entendre les craquements de côtes qui se brisent. Olivier s'évanouit sous la douleur.

En voyant Yassine s'apprêter à lui porter le coup de grâce, Boris et Pierrick, d'abord sidérés, se jettent sur le dealer pour l'arrêter dans sa folie meurtrière. Brahim implore son fils, l'enserre entre ses bras d'une étonnante vigueur pour l'immobiliser. Les sirènes se rapprochent de plus en plus. Yassine se débat, repousse son père, le jette à terre, donne coup sur

Quartier libre

coup à Boris et Pierrick qui reculent sous le déferlement de violence. Il braque son arme en hurlant, RECULEZ, RECULEZ BANDE DE PUTES, VOUS NE M'AUREZ PAS ! Yassine éructe, bave de rage. Malgré la menace du flingue, Boris et Pierrick repartent à l'assaut, galvanisés par l'adrénaline et par la vision de leur meilleur ami ensanglanté, gisant sur le bitume. Ils se jettent à nouveau sur Yassine, malgré le danger. Les trois jeunes hommes roulent au sol. C'est une lutte haletante qui s'engage dans la petite ruelle, sous les yeux de Brahim. Soudain, dans la mêlée, un coup de feu part. Le bruit de la détonation déchire la nuit, le temps se fige, glacé. Silence durant quelques secondes. Puis le son revient, brusquement. Hurlements. Crissements de pneus. Gyrophares bleus qui clignotent. Flics qui descendent de la voiture. Sirènes hurlantes. Yassine plaqué au sol, les bras dans le dos. Menottes. Matraques. Insultes. Voisins qui regardent à la fenêtre. Jeunes qui snapent. Jeunes qui filment et diffusent en direct. Jets de cailloux. Brahim qui se tient la tête entre les mains. Tout tourne au ralenti. Boris est à genoux. Il crie. Le crâne d'Olivier baigne dans le sang. Et Pierrick qui ne se relève pas. Une tache sombre qui s'élargit sur son ventre...

Allongé sur un lit d'hôpital, Olivier est plongé dans un coma artificiel. Sa tête est bandée, son corps meurtri repose dans les draps blancs. À son chevet, Boris dort en boule sur un fauteuil. Seule la machine respiratoire rompt le silence de la chambre.

Cela fait deux jours que Yassine a été arrêté par la police, au cours de cette nuit mémorable. Boris ferme les yeux, les flashes qui reviennent par centaines, le bruit, l'odeur du sang mêlé à celle du bitume, les lumières bleues. Il arbore un bel œil au beurre noir, mais ce n'est rien comparé à la douleur qui l'éventre au niveau du cœur, qui l'écœure jusqu'au tréfonds de ses entrailles. La police l'a longuement interrogé sur ce qu'il savait, sur l'implication d'Olivier dans le trafic de Yassine. Boris a répondu ce qu'il savait, mais l'esprit ailleurs, l'âme en déroute. Depuis, il attend que son ami se réveille et refuse de quitter la chambre d'hôpital. Soudain, les bruits s'emballent, les bip-bip des machines deviennent stridentes, Boris se réveille, en sursaut. Il se redresse, appelle une infirmière. Olivier est en train de revenir à lui, enfin. On lui retire le tuyau de la gorge, on s'affaire autour de lui, Boris doit sortir de la chambre. Au bout d'une heure, il est autorisé à revoir Olivier. Il entre à nouveau dans la chambre, prudemment. Son meilleur ami le regarde en souriant faiblement, dans un murmure, il dit.

– On a fini par l'avoir ? Je te l'avais dit, Bobo… Où est Pierrick ? Encore occupé à draguer une infirmière, hein…

Boris le regarde, sans rien dire. Il fond en larmes, en silence.

Février 2017

Olivier fait les cent pas dans son appartement, l'esprit en ébullition. Les images de la vidéo sont incrustées à l'intérieur de ses paupières, il a beau fermer les yeux, elles sont là, marquées au fer rouge dans sa mémoire. Il entend la voix de Marwan, les gémissements d'Ismahane, les deux corps en mouvement. Quelques secondes qui ont suffi à pousser la jeune femme à se suicider. Olivier a envie de vomir. Oublier. Il voudrait n'avoir jamais vu, jamais su. Qu'Ismahane soit toujours là. Sur les murs de sa chambre, la peinture qu'elle lui avait faite en primaire est toujours accrochée. On ne voit presque plus rien, quelques tracés en filigrane, le « Je te pardonne, Zitoune » qui s'estompe et se fond dans le décor. Près du dessin effacé, Olivier a accroché une photo d'Ismahane, Tania et Walid rayonnants sur un bateau. Comme ils étaient heureux et insouciants, ce jour-là !

Ils devaient avoir quatorze ans, c'étaient en tout cas les débuts du club Ados. Olivier s'était mis en tête de donner une nouvelle vie associative aux jeunes en relançant ce club. Cela n'avait pas été simple. Il s'était d'abord heurté à l'indifférence des officiels, ceux des beaux quartiers. Mais patiemment, jour après jour, il avait relancé la fréquentation du centre, devenant son principal éducateur. Régulièrement, il se débattait avec les chiffres et la comptabilité, ce qui n'avait jamais été son point fort, comme son père n'avait cessé de lui rabâcher durant sa scolarité. Mais les subventions de la mairie avaient fini par arriver, après qu'Olivier avait rédigé bon nombre de projets pédagogiques et éducatifs.

Grâce à cet argent, Olivier avait pu, et ça dès la première année, organiser un miniséjour de trois jours et deux nuits à la mer sur un voilier, pour cinq adolescents, avec l'aide d'une monitrice spécialisée. Quand les inscriptions avaient été ouvertes, Ismahane avait, bien entendu, été la première intéressée. Tania et Nesrine lui avaient emboîté le pas, bien décidées à l'accompagner. Deux garçons avaient complété le groupe. Farid et Walid. Au moment du départ, devant le minibus qui devait les amener au voilier, alors qu'Olivier faisait l'appel, comptant ses ados, leurs sacs sur les épaules, Brahim, le père d'Ismahane avait dit à l'éducateur.

– Je te confie ma vie, Olivier, elle n'est jamais partie si longtemps de la famille, prends-en soin. J'ai confiance en toi…

Ces quelques mots avaient fait frissonner Olivier. On lui faisait confiance. À lui de s'en montrer digne. Le bus avait démarré, avec à son bord les adolescents survoltés. Seul Walid regardait tranquillement par la fenêtre. Impatient, mais sans le montrer, de voir la mer. Comme chaque camarade assis à côté de lui, il n'avait jamais eu l'occasion de partir en vacances. Et pour lui comme pour les autres, ces trois jours avaient la saveur de deux mois. Au bout de deux cents kilomètres environ, la mer Méditerranée était apparue.

Quartier libre

Les adolescents s'étaient mis à hurler de joie, trépignant sur leurs sièges.

Quelques heures après, le voilier était prêt à quitter Port-Leucate. Le programme était simple. Ils vogueraient deux jours et une nuit. Ils apprendraient les rudiments de la voile, les termes techniques et tous les gestes nécessaires pour ne pas dériver. Farid avait demandé d'un ton inquiet, et si on a le mal de mer, on fait comment ? Charlène, la monitrice spécialisée avait répondu en riant, ne stresse pas, nous sommes sur la Méditerranée, il n'y a pas beaucoup de vagues, ça devrait aller ! Et elle avait eu raison. Au bout de quelques heures, Olivier avait pu observer avec fierté ses jeunes adolescents, munis de gilets de sauvetage sur leurs maillots, aller et venir sur le voilier comme s'ils avaient fait cela toute leur vie. Il avait bien sûr fallu que l'aventure finisse à l'eau. Charlène avait jeté l'ancre pour ne pas dériver. L'eau était calme, il n'y avait aucun danger. Ismahane, avec la bénédiction de Charlène, avait sauté à l'eau depuis le petit bateau en poussant un cri guerrier, rapidement imitée par ses camarades, y compris Farid dont le mal de mer n'était plus qu'un lointain souvenir. Sous les exclamations de sa bande d'ados, Olivier s'était joint à la partie en faisant la bombe.

Quand le soleil avait fini par décliner, tout le monde était remonté sur le voilier. Ils s'étaient séchés puis avaient préparé le repas en compagnie d'Olivier. Le ciel semblait dégagé, aucun nuage à l'horizon, et c'était à la belle étoile qu'ils avaient mangé, assis sur le pont du bateau. Nesrine s'était écriée.

– Eh mais c'est fou comme on voit bien les étoiles, ici ! Je ne pensais pas qu'il y en avait autant, en vrai ! C'est beau…

Ils avaient passé le reste de la soirée allongés tous les sept, à observer les astres briller. Olivier en avait profité pour leur expliquer les origines des différentes constellations, et d'où venaient leurs noms. Les adolescents l'écoutaient en silence, bercés par le mouvement lent et presque imperceptible de la coque sur l'eau. Walid avait les yeux grands ouverts, dessinant mentalement chaque constellation décrite par Olivier. Tout à coup, on avait entendu un ronflement sonore qui avait rompu le charme. C'était Farid, qui s'était endormi sans crier gare. Sous les éclats de rire de ses camarades, il s'était réveillé brusquement et avait dit, non mais je ne dormais pas, je vous le jure ! Je méditais, c'est tout ! Pff !

Les fous rires étaient repartis de plus belle, et étaient montés peu à peu jusqu'aux étoiles.

Olivier n'oubliera jamais ces moments. Pour ne pas sombrer, il convoque tous ses bons souvenirs, les anniversaires d'Isma, sa capacité à déplacer des montagnes dès lors qu'elle se battait pour une cause...

Un jour, alors qu'ils devaient avoir quinze ans, Ismahane et Walid étaient entrés dans son bureau. Survoltée, l'adolescente parlait en faisant de grands gestes. Walid la suivait, un peu gêné. Olivier soupçonnait le garçon d'être toujours amoureux d'Ismahane depuis la primaire, mais elle ne semblait pas s'en apercevoir. Sans prendre le temps de dire bonjour, elle avait dit à Olivier : « ZITOUNE ! Faut faire quelque chose, là, c'est plus possible ! » L'éducateur attendait la suite, il connaissait son Isma par cœur, elle allait encore vouloir révolutionner le monde.

– On se baladait dans le quartier l'autre jour, et sérieusement, on s'est rendu compte qu'il y avait vraiment trop de pauvres partout, y a des gens, ils

Quartier libre

n'ont rien à manger ! Walid m'a dit qu'une de ses voisines, par exemple, elle est seule avec cinq enfants et qu'elle galère pour les nourrir chaque jour ! ET LÀ, JE VIENS DE VOIR UNE VIEILLE FAIRE LES POUBELLES ! Tu te rends compte, Zitoune ? La pauvre ! Elle doit avoir tellement honte ! Faut faire quelque chose, c'est obligé ! »

Sous le coup de l'émotion, la voix d'Ismahane s'étranglait. Olivier lui avait demandé, que veux-tu faire par exemple ? Mais c'est Walid, qui timidement avait répondu, à voix basse.

– On pourrait, si c'est possible, organiser une collecte de dons alimentaires pour les plus pauvres ? Les gens donneraient ce qu'ils peuvent et veulent ici, au centre... Et puis nous les ados, on se chargerait de distribuer équitablement et selon les besoins ? Ça pourrait être pas mal, non ?

Ismahane surenchérit, tout excitée.

– Mais grave ! C'est une trop bonne idée, ça ! En plus, ça changerait un peu l'image qu'on a de nous, en dehors des quartiers ! On va leur montrer que la solidarité et l'entraide existent ici, et que nous avons nous aussi des belles valeurs ! Allez, accepte Zitoune, dis oui, dis oui, dis oui !

Comment pouvait-il refuser ? C'était une bien belle initiative de la part de ses adolescents. Dès les jours suivants, le quartier était bardé d'affiches expliquant le projet. Ismahane, quant à elle, l'avait présenté devant chaque classe de son lycée. Et les dons avaient commencé à affluer, de plus en plus. Chaque jour, Olivier se retrouvait avec une file de personnes devant sa porte, désireuses d'offrir sans condition. Olivier ne savait plus où donner de la tête.

Il avait dû pousser les meubles pour faire davantage de place et trier les aliments par catégories, afin de faire des colis. En plus de la nourriture, il y avait aussi des produits de première nécessité, savons, rasoirs, serviettes hygiéniques, papier toilette, etc. Le vieil Hamadi, fidèle à sa réputation de grand-père protecteur du quartier, était arrivé un matin dans sa fourgonnette, devant le centre, pour offrir cinq cageots entiers remplis de fruits et légumes. La main sur le cœur, il avait dit à Olivier.

– C'est beau ce que tu fais avec nos gamins, mon ami ! Tu vois, malgré ce qui s'est passé avec l'autre, tu es resté, tu t'es accroché, et ça me fait plaisir ! Je t'avais dit quand on s'est rencontrés la première fois qu'il était beau, notre quartier ! Tiens, aide-moi à décharger les caisses ! Je te les offre de bon cœur ! C'est des actions comme ça qu'il faut dans ce quartier ! Merci, au nom de tous, t'es une belle personne !

Olivier avait rougi, terriblement ému.

Face à ses souvenirs, Olivier est envahi par un sentiment d'échec total. Malgré ses efforts, malgré tout ce qu'il avait tenté de bâtir au sein du quartier, il n'avait rien vu venir, il n'avait pas pu protéger Ismahane, pas pu empêcher la mort de Pierrick. Lui qui s'était cru utile, voire le sauveur du club Ados, ne s'était bercé que d'illusions, de mirages. Il faut qu'il appelle Boris, lui seul peut l'aider, lui seul peut le comprendre.

Mai 2012

Habillé tout de noir, Olivier se tient droit grâce à ses béquilles, malgré la douleur aux côtés, malgré l'entorse cervicale. Sa main est posée sur le cercueil de Pierrick. Collé à lui, Boris ne peut contenir ses larmes.

Après l'annonce de la mort de leur meilleur ami, Olivier avait eu une phase de déni, contemplant, sidéré, Boris effondré à son chevet. Il n'avait eu aucune réaction. Il s'attendait que Pierrick débarque dans la chambre, sa petite enceinte portative dans les mains, le générique de Pokémon à plein volume, sa marque de fabrique quand il voulait faire une entrée fracassante. Mais au bout de quelques heures infinies, il avait dû se résoudre à l'impensable. Pierrick était mort, victime d'une balle perdue. Olivier s'en voulait tellement. Il se sentait tellement responsable de la disparition de son ami. Il avait été dévoré par la colère, la colère contre lui-même, contre Yassine, contre les flics qui n'étaient pas arrivés assez vite, contre le quartier tout entier.

À sa sortie de l'hôpital, où il était resté de longues journées immobile, à supporter la visite de ses parents inquiets et refusant celles de ses collègues, il s'était muré dans son appartement et sa douleur. Il avait éteint son portable, refusant de répondre aux appels. Il n'avait accepté que la présence de Boris. Il avait même laissé Sophie de côté, trop honteux de devoir lui révéler la vérité. Il savait que la rumeur s'était déjà répandue. Puis, résigné, il avait dû se rendre à la convocation de la police, répondre aux nombreuses questions, aux accusations à peine voilées.

L'audition d'Olivier avait duré plusieurs heures. Il avait écopé d'un simple rappel à la loi, l'enquête ayant établi qu'il avait bien agi sous la contrainte de Yassine. Le jeune dealer avait été incarcéré assez rapidement et attendait de passer en jugement. Il encourait jusqu'à dix ans de prison ferme. Le cauchemar d'Olivier prenait fin, mais à quel prix !

À quelques centimètres du corps de son ami, Olivier repense à ces dernières heures, ces derniers jours. Il regarde l'église se remplir, la famille de Pierrick, des amis du lycée, du collège. Il peut sentir toute la tristesse de Boris à son côté.

Tout le monde est réuni pour dire au revoir à Pierrick une dernière fois. Sophie est venue, elle est assise au premier rang. Elle promène un regard inquiet autour d'elle, mal à l'aise. Mais elle a tenu à accompagner Olivier dans cette épreuve. Lorsqu'elle avait appris ce qui se passait, ce qu'il avait vécu depuis des mois jusqu'à cette nuit tragique, Sophie était tombée des nues. Comment Olivier avait-il pu lui cacher ça ? Mentir avec autant d'aplomb ? Mais elle n'avait pas pu lui en vouloir, pas durablement, elle avait compris que le jeune homme n'avait pas eu le choix. Olivier était persuadé qu'elle le quitterait sur-le-champ, mais non, Sophie était restée vaille que vaille. Elle avait même temporairement emménagé chez lui.

Quartier libre

La nuit, Olivier se réveillait en tremblant de tous ses membres, il revivait la scène en boucle, les coups de Yassine dans les côtes. Il entendait le coup de feu qui partait et le bruit sourd du corps de Pierrick qui s'effondrait. Sophie le prenait dans ses bras, patiemment, jusqu'à ce qu'il se rendorme pour quelques heures.

Dans le quartier, cela fait deux semaines que la vie reprend péniblement son cours. Chacun y va de son petit commentaire, les rumeurs vont bon train sur cette nuit-là, sur Yassine et le démantèlement de sa bande. À ce qu'il paraît, c'est le père qui a appelé les flics. À ce qu'il paraît, Yassine a tué plusieurs autres personnes. À ce qu'il paraît, y avait le GIGN. Tout le monde y était, tout le monde a vu ce qui s'était passé, tout le monde sait. Les jeunes du quartier ne parlent que de ça, du meurtre, du réseau qui vient de tomber, le prénom d'Olivier est sur toutes les lèvres. On ne comprend pas très bien ce qu'il faisait là, quel était son rôle.

Lorsque Marwan a appris que Yassine s'était fait coffrer, il a fait profil bas. Il est mineur, on ne lui dira rien. Le plus important pour lui est de se fondre dans le paysage et d'attendre que l'orage passe. Après tout, pour la police, il n'est qu'une victime, un dommage collatéral du système. À l'école, il évitera de croiser le regard d'Olivier, et puis, tout se passera bien. L'animateur est revenu travailler au bout de deux semaines d'arrêt maladie. Ses côtes le font encore souffrir, il a du mal à marcher, mais il étouffait, tout seul dans son appartement. Il avait besoin de reprendre le boulot, quitte à revenir dans le quartier.

Olivier sort du métro en s'appuyant sur sa béquille. C'est la première fois qu'il revient ici depuis cette nuit funeste. Sur le chemin de l'école, il passe à côté du trottoir où Pierrick s'est vidé de son sang. On peut encore voir quelques traces brunâtres incrustées dans le bitume. Est-ce son propre sang, est-ce celui de son ami ? Les deux, sûrement. Olivier réprime un frisson et une larme. La bile remonte dans sa gorge. Il détourne les yeux avant d'être obligé de faire demi-tour.

Lorsqu'il arrive à Sylvain Mauriac, l'équipe d'animation au grand complet lui saute dans les bras. Olivier ne sait plus trop où se mettre, il baisse la tête, avec toujours cette envie de pleurer qui ne le lâche pas. Quand arrive 11 h 30, l'heure de retrouver les enfants, Olivier est pris d'une bouffée d'angoisse. Comment va réagir Ismahane ? Son frère est en prison à cause de lui, désormais. Comment va réagir Marwan ? La dernière fois qu'Olivier l'a croisé, il avait senti la pointe du couteau du gamin glisser le long de sa poitrine. Difficile, pour eux trois, de faire comme si de rien n'était.

La cloche sonne, Olivier est dans la cour, appuyé contre le poteau de basket, il attend que les gosses sortent. Il n'a pas le temps d'esquisser un geste qu'une tornade brune se jette sur lui et le renverse dans l'élan, pour le serrer dans ses bras. Un cri, immense. Ismahane.

– Zitoune, tu m'as manqué !

Toulouse, février 2017

Olivier compose le numéro de Boris, un peu fébrile. Cela fait quelques mois maintenant qu'il n'a plus trop de nouvelles de son meilleur ami. Les dernières années sans Pierrick ont laissé des traces, Boris est parti vivre à l'autre bout de la France, loin, très loin pour oublier ce qui s'était passé. Durant les premiers mois après le drame, comme pour pallier son absence, il était venu vivre à Toulouse, près d'Olivier. Ce dernier s'était installé avec Sophie, dans un appartement bien plus grand. Résolument tourné vers l'avenir, il avait passé son BPJEPS[1] pour se former et avait pour ambition de reprendre la direction du club Ados du quartier, dont il était, en attendant, l'éducateur référent.

Mais à force de ressasser les souvenirs avec son meilleur ami, la tête appuyée sur les comptoirs des bars, Boris avait fini par devenir une ombre. La rancœur,

---

1. Le BPJEPS (Brevet professionnel de la Jeunesse, de l'Éducation populaire et du Sport) est un titre de niveau IV, équivalent au BAC. Il permet à son titulaire de concevoir, conduire et évaluer des projets et actions d'animation socioculturelle et/ou sportives, de façon autonome dans le cadre de projets de structure.

le chagrin et la rage mêlés d'alcool avaient eu raison de lui. Il avait passé des nuits et des nuits à refaire le monde, à se soûler et à insulter la Terre entière. Il ne comprenait pas comment Olivier pouvait rester à Toulouse, comment il pouvait continuer de travailler ici, après ce qu'il s'était passé, comment il faisait pour affronter le regard des gens entre les blocs, ceux qui soutenaient Yassine, ceux qui vivaient du trafic. Boris avait même développé un racisme décomplexé, accusant tous les musulmans de tous les maux de la Terre, à commencer par les siens. Devant la volonté inflexible d'Olivier de rester dans le quartier, Boris était parti, écœuré, peut-être aussi à la recherche d'un nouveau départ. Ils s'étaient donné quelques nouvelles de loin en loin, mais à deux, ce n'était plus pareil. Peu à peu, leur conversation WhatsApp avait fini par s'éteindre, l'ombre de Pierrick planant toujours un peu entre les lignes. Pourtant, aujourd'hui, Olivier a besoin de Boris.

Le téléphone sonne, une fois, deux fois, plusieurs fois, trop de fois, Olivier est sur le point de raccrocher, quand il entend la voix de Boris répondre.

– Ouais, allô ? Qu'est-ce que tu me veux, Olive ?

Olivier marque un temps d'arrêt, il écoute la respiration de son vieil ami. Qu'est-ce que tu me veux. S'il savait ce qu'il lui veut, Boris raccrocherait sûrement immédiatement. Olivier prend une profonde inspiration.

– Boris, j'ai besoin de toi. Yassine a de nouveau frappé. Sa sœur s'est suicidée, par sa faute et celle de Marwan… J'ai besoin que tu viennes à Toulouse, je t'expliquerai… Tu dois m'aider, Boris, s'il te plaît.

Silence. La respiration de Boris s'est faite légèrement plus rapide. Mais il ne répond pas. Olivier attend. Il reprend.

Quartier libre

— Je ne vais pas y arriver seul. Je dois les achever une fois pour toutes, lui et Marwan. Je dois le faire pour Ismahane, je dois le faire en sa mémoire, pour Pierrick, aussi. Mais tout seul, je n'ai aucune chan...

Boris explose, littéralement. Il hurle à en transpercer le tympan d'Olivier.

— Ne me parle plus de Pierrick, Olivier ! C'est de ta putain de faute s'il est mort ! C'est toi qui nous as foutus dans ta merde, et il en est mort ! Et maintenant, tu veux que je revienne, un enterrement, ça ne t'a pas suffi ? Putain ! Tu fais chier, vraiment !

Et il raccroche au nez d'Olivier, qui reste là, le téléphone à la main, à fixer le vide. Il aurait dû s'y attendre, quel con, s'insulte-t-il. Comment lui en vouloir ? La réaction de Boris est légitime. Des trois, il a toujours été celui qui prenait les choses le plus à cœur, défendant tout et n'importe quoi, se retrouvant à dire tout et son contraire. Même s'il ne l'a jamais avoué, la mort de Pierrick l'a bouleversé. Mais Olivier ne s'attendait pas qu'il l'accuse de la perte de leur meilleur ami, cependant. Boris a raison, Olivier est coupable, et cela fait des années qu'il porte le poids de cette culpabilité sur ses épaules. Cela a fini par le ronger, jour après jour. Malgré ses efforts pour aller de l'avant, son rêve d'avenir et de projets, à part son travail – et encore –, il a tout foiré ces dernières années. Sa vie avec Sophie, sa vie sociale, sa vie tout court. Olivier soupire. Il essaye de rappeler Boris, mais tombe directement sur la messagerie. Il hésite à lui laisser un message, renonce, à quoi bon ? Il sait pertinemment qu'il ne l'écoutera pas. Il aimerait aussi parler à Sophie, mais il sait que c'est impossible.

Il regarde son appartement à moitié vide. Cela fait quelques semaines qu'il vit au milieu des cartons. Sophie est partie du jour au lendemain. Elle a déménagé et emporté avec elle la moitié des meubles, et la moitié de son cœur aussi. Olivier avait fait du chemin, il se sentait prêt à devenir père, il voulait être père.

Travailler avec les enfants lui avait ouvert les yeux. À force de les côtoyer, jour après jour, d'apprendre à les connaître, cette envie s'était imposée à lui, de plus en plus forte. Après plus de cinq ans d'une relation de hauts et de bas avec la jeune institutrice, il s'était imaginé qu'ils passeraient ce cap ensemble. Il avait eu tort. Sophie ne se sentait pas capable d'être mère. Il y avait cru, pourtant. De temps en temps, ils évoquaient de futurs prénoms possibles pour une fille, un garçon. Parfois, Sophie s'arrêtait brusquement devant un magasin pour bébés, elle fixait la vitrine en souriant. L'appartement dans lequel ils avaient emménagé aurait pu accueillir des enfants…

Si la mort de Pierrick les avait rapprochés, il n'est jamais bon de commencer une histoire d'amour par un deuil. Surtout dans des circonstances comme celles-là… Il avait fini par le comprendre à ses dépens.

Olivier voudrait tellement être père. Tenir des petits doigts entre ses mains. Durant quelques secondes, il avait cru caresser ce rêve qui s'était révélé n'être que ça. Pas le bon moment, pas la bonne année. Pas la bonne vie, sûrement.

Olivier s'était menti à lui-même. Persuadé d'aller bien, il avait refusé toute aide, n'était allé voir aucun professionnel de la santé pour se faire suivre, pour se délester du poids qui lui écrasait l'âme. Pire encore, il avait – inconsciemment – laissé Sophie à l'écart de sa vie, le regard encore et toujours trop tourné vers lui-même ; il ne s'était pas préoccupé d'elle, qui partageait son quotidien. Il l'aimait pourtant. Tellement. Mais si maladroitement que la romance ne pouvait que trébucher et se briser.

La mort de Pierrick avait irrémédiablement changé Olivier. Il s'était plongé corps et âme dans le travail, mettant toute son énergie à la reconstruction du club Ados. Mais dans le même temps, il avait érigé des barricades autour de son cœur sans même s'en rendre compte. Lassée de cette situation, Sophie avait lâché, un mardi matin.

Je ne peux plus, Olivier.

Dans la cuisine, Sophie s'était mise à pleurer. Son café était devenu froid. Olivier avait fermé les yeux. Quand il avait ouvert les paupières, Sophie n'était plus là. Elle avait claqué doucement la porte, et c'était tout son cœur qui s'était fissuré sous la violence du choc. Sophie était partie, et quelques semaines après, elle plaquait tout, son travail, sa famille, ses chats, pour aller vivre en Australie. Olivier ne lui en avait jamais voulu. Il avait naturellement pris soin de ses animaux, qui étaient devenus les leurs, les choyant comme il n'avait pas su le faire pour elle.

Quartier libre

Olivier se souvient de la première fois qu'il avait invité Sophie au restaurant. Cela faisait déjà quelques jours qu'ils se fréquentaient, mais il était trop timide pour lui proposer de sortir un soir. Le serveur leur avait tendu la carte. Elle ne l'avait même pas vue. Ils se dévoraient des yeux. Enfin, pleinement. Pas entre deux portes, dans le couloir de l'école, pas quelques secondes au moment de faire l'appel. Dans le restaurant, Sophie le regardait en souriant, elle se mordait régulièrement la lèvre, mi par timidité, mi par provocation, tout en passant sa main toutes les deux secondes et demie dans ses cheveux. Elle penchait légèrement la tête quand elle lui parlait, et c'était tout leur être qui vacillait. Elle portait une petite robe vert pâle qui donnait envie à Olivier d'aller se rouler dans l'herbe avec elle. Il se trouvait si pathétique. Dire que quelques semaines plus tôt, il ne connaissait pas son existence. Et puis, elle avait fait son apparition dans la cour, et le temps s'était arrêté. Olivier ne sait plus ce qu'elle portait, ce jour-là, à l'école. Si c'était sa robe à fleurs, son chemisier avec des papillons ou sa salopette bleue, mais elle portait les plus beaux yeux du monde.

Le serveur leur avait demandé s'ils avaient choisi. Olivier et Sophie avaient éclaté de rire ensemble. Non, ils n'avaient pas choisi, mais qu'importe. Ventre vide, cœur plein. Ils avaient pris une salade, presque au hasard. Ils savaient, au fond d'eux, que le dessert aurait lieu plus tard. Olivier sentait son pied nu remontant le long de sa cuisse, sous la table. Elle agitait ses mains pleines de bagues en riant. Son parfum qui l'enivrait. Il lui avait dit, presque maladroitement, en chuchotant, tout rouge, tu es belle, que t'es belle. Elle avait souri et Olivier n'avait jamais vu un tel sourire. Il absorbait la pièce, il engloutissait son monde.

C'était un croissant de lune, un morceau de soleil. Elle avait souri et Olivier était tombé amoureux, le cœur en apesanteur. Elle lui avait demandé, d'un air sérieux.

– Je me posais la question : peut-être que les papillons volent pour essayer de toucher le ciel. T'as déjà rêvé que tu volais ?

Sophie lui avait pris la main, elle avait parcouru chaque ligne de sa paume, elle lui avait raconté leur vie future, et Olivier l'avait crue : tout ce qu'ils vivraient, leurs rires, leurs larmes, leurs soupirs. Elle lui avait lu leur avenir et elle avait dit en levant son verre « À notre futur ». Puis elle avait demandé, à nouveau taquine.

– Et les abeilles ? Tu crois qu'elles font du miel parce qu'elles ne peuvent pas faire de caramel ?

Et elle s'était penchée sur le jeune homme sans attendre de réponse, elle l'avait embrassé. Olivier n'avait pas su quoi répondre à ces drôles de questions à la Prévert, mais il avait senti que dans sa poitrine venait de se loger un essaim, une ruche immense dont Sophie deviendrait la reine. Ses lèvres avaient un goût de pomme acidulée. Ils s'embrassaient sans se soucier des autres. Puis, ils étaient sortis du restaurant en hâte, fiévreux. Olivier s'était promis de la ramener chaque année ici. Il avait su que ça leur porterait bonheur. Il le savait.

Durant quelques heures, Olivier avait oublié l'école, oublié la difficulté de travailler dans le quartier. Sophie l'avait traîné hors de sa tanière en l'obligeant à s'exposer au monde. Après le restaurant, ils étaient allés dans un bar où le bruit était assourdissant, elle lui parlait à l'oreille et sa voix venait couvrir tout le reste. Après quelques verres, ils étaient sortis et avaient

Quartier libre

marché pendant des heures, au hasard de la vie et des rues toulousaines. Sophie regardait les étoiles, assise sur les berges de la Daurade, puis elle avait longuement regardé Olivier. Elle avait dit.

– Tu brilles autant qu'elles et tu ne le sais pas. Peut-être que tu es mort depuis des siècles, toi aussi ?

Sophie n'attendait pas de réponse, elle s'était assise sur les genoux d'Olivier et s'était mise à danser. Il n'était peut-être qu'une étoile morte, mais dans son ventre, c'était le Big-Bang qui venait de se créer. Et il durerait cinq ans.

Sophie portait toujours des petites culottes en coton qui ne laissent pas de traces sur la peau. Elle lui disait, pourquoi s'emmerder à s'acheter de la lingerie fine qui finira déchirée par tes dents ? Elle avait raison. Quand Sophie se déshabillait, Olivier devenait un petit chien fou devant son plus beau jouet, il mordait, il léchait, il bavait sur son corps. Elle le rendait fou, lui qui avait si peu d'expérience, il avait tout à découvrir. Sophie portait des culottes Petit Bateau, une pour chaque jour de la semaine. La culotte du vendredi était sa préférée. Elle avait une minuscule tache de sang qui ne partait pas. C'était son repère dans le tissu blanc. Mais Sophie était du genre étourdie, à ne pas se soucier du temps. Il n'était pas rare qu'entre ses cuisses, le mercredi devienne un lundi et le dimanche un jeudi, que le mardi se transforme en vendredi, que le samedi reste dans le tiroir quand elle décidait de sortir nue sous sa robe un dimanche. Avec Sophie, Olivier perdait la notion du temps, de l'espace et des lieux. Quand ils faisaient l'amour, il naviguait entre ses bras, capitaine de son âme, simple matelot de son cœur. Avec sa langue, il dessinait des traversées sur sa peau, il longeait ses côtes, les courbes de son paysage. Sophie avait l'orgasme facile, mais ne disait jamais « je t'aime ». Elle lui disait pourtant des tas de choses, elle lui racontait ses films préférés, comment s'était passée sa journée dans la classe, son enfance à la montagne, la mort de son chien quand elle avait huit ans, ses rêves les plus secrets, les posters qu'elle mettait aux murs de sa chambre d'ado, ses premières cuites, sa première fois quand elle avait dit non mais que le mec avait entendu oui, Sophie lui disait tant de choses... Mais pas une seule fois un « Je t'aime ». Parfois, Olivier le lui disait. Elle lui souriait en penchant la tête sur le côté et elle posait sa main sur sa hanche, avant de l'embrasser dans le cou. Mais elle ne répondait pas. Un soir, Olivier y avait réellement cru. Ils étaient dans leur lit, Sophie finissait de corriger une copie. Comme toujours, elle avait confondu son bureau avec les draps et elle s'étalait, Olivier disparaissant sous les feuilles et les photocopies. Au bout d'un moment, Sophie s'était tournée vers Olivier, et elle lui avait dit, comme ça, sans préambule, « Je t'aime ». Olivier était resté muet. Il avait bafouillé un, « Moi aussi, je t'aime ». Mais Sophie l'avait regardé, surprise. Puis, elle avait éclaté de rire.

– Mais non... J'ai dit, j'éteins. Que tu es mignon !

Puis, elle avait appuyé sur l'interrupteur de la lampe de chevet. Dans le noir, Olivier était resté les yeux grands ouverts, à se demander pourquoi Sophie ne lui ouvrait pas son cœur comme elle lui offrait son corps. Parce qu'elle était du genre à faire l'amour un peu partout, un peu n'importe quand. Et elle lui disait en riant : mais pas avec n'importe qui. Elle lui prenait

Quartier libre

la main et l'entraînait dans une ruelle ou dans une cabine d'essayage, au bord du canal ou au fond d'une salle de cinéma, dans sa voiture achetée d'occasion ou dans sa salle de bains, qu'importe. La Terre entière était leur lit. Et abandonné entre ses bras, Olivier savait que le monde lui appartenait et qu'il appartenait à Sophie. Après avoir joui, elle allumait en sueur une cigarette du bout des lèvres, et elle faisait tomber de la cendre sur sa poitrine. Il aimait souffler dessus pour les disperser. Sophie lui posait toujours la même question. Toujours.

– Es-tu heureux ?

Olivier embrassait alors la pointe de ses seins, de manière presque pudique, presque religieusement. Puis son ventre. Et il posait sa tête contre son nombril. Il écoutait le sang battre dans ses veines. Oui, il était heureux. Sophie disait alors.

– Quand tu es heureux, tu as le cœur dans le ventre, puis dans la tête, puis au bord des lèvres. C'est beau.

Ces moments étaient devenus de plus en plus rares. Olivier, de plus en plus transparent, comme étranger à leur histoire. Elle avait fini par partir. C'était un mardi, et depuis, Olivier avait froid. Il avait bien essayé de se réchauffer contre d'autres peaux. Des colorées, des translucides, des chaleureuses, des torrides, des incandescentes. Elles avaient eu de jolis prénoms, de grands yeux, des bouches ouvertes, des sourires lumineux. Olivier avait joui mais il n'avait pas aimé. Pas comme avec Sophie. Il avait développé un tel besoin de reconnaissance, que c'est à ça qu'on le reconnaissait. Cruelle ironie. Au réveil, il ne voulait jamais rester pour le petit déjeuner. Jamais. Pourtant, il avait essayé, de toutes ses forces. Sans succès. Olivier avait cessé de vivre un mardi matin. Maintenant, il respirait par habitude. Et c'est la mine sombre qu'il marchait entre les tours du quartier. Le vieil Hamadi avait bien remarqué la mélancolie du jeune homme, et il essayait régulièrement de lui changer les idées en l'invitant à prendre son fameux thé à la marocaine. À la moindre occasion, il lui remplissait les poches de gâteaux, en disant, mange mon fils, mange ! Tu es en train de trop maigrir, Zitoune ! Je vais te présenter des jeunes femmes célibataires ! Mais Olivier n'en avait que faire, et souvent il répondait en riant tristement, peut-être que si je tombe amoureux de mon anxiété, elle finira par me quitter aussi ?

Depuis l'arrestation de Yassine, il souffrait régulièrement de crises d'angoisse qui le tétanisaient, l'obligeaient à s'isoler, le cœur battant, les yeux dans le vague. Et Sophie qui n'était plus là pour le serrer dans ses bras.

Curieusement, c'est dans ces moments-là, où il était au plus bas, que les personnes le félicitaient pour tout ce qu'il faisait dans le quartier. Ainsi, sans prévenir, un mercredi matin, il avait reçu la visite de Vincent Léonard, son ancien coordinateur à Garonne Animation 31 dans son bureau du club Ados. L'homme n'avait pas changé, toujours cette même lueur amusée au fond des yeux, ce léger sourire aux coins des lèvres. Sans laisser le temps à Olivier de se lever de son siège, il avait dit.

– Mon cher Olivier ! Ah, Monsieur Gineste ! Comme c'est étrange de vous voir derrière un bureau ! Je vous revois encore tout tremblant, au moment de l'entretien, il y a quoi, cinq, six ans ? Je ne donnais pas cher de votre peau et pourtant, au fond de moi, j'étais convaincu que vous aviez votre place ! J'ai bien fait d'écouter mon instinct ! L'avenir m'a donné raison, mon cher Olivier ! Vous êtes diablement efficace ! À un point tel que des fois, je me demande si vous ne prendrez pas bientôt ma place ! Il s'était mis à rire. Avait rajouté devant un Olivier plus qu'écarlate, quand je vois ce que vous avez réussi à entreprendre dans ce quartier, ressusciter ce club Ados n'était pas une mince affaire ! Toutes mes félicitations, vraiment. À l'occasion, on dînera ensemble, vous, votre père et moi ! Je suis sûr qu'il doit être fier de vous.

Le téléphone à la main, Olivier est toujours perdu dans ses souvenirs. Il s'en foutait pas mal, qu'on soit fier de lui, le coordinateur, ses parents – qui en effet, depuis qu'il était devenu directeur du club Ados, lui accordaient enfin du crédit –, Olivier n'en avait cure. La seule personne dont il aurait voulu voir de la fierté dans ses yeux était partie.

Sophie portait des chemisiers à fleurs et parfois, quand elle marchait dans la cour de récréation, elle devenait un bouquet vivant. Tout le monde se retournait sur son passage, homme, femme, enfants, chien, chat, oiseaux. Même les ombres. Même les reflets. Tout le monde. Oui. Sophie ne lui avait jamais dit « Je t'aime », mais Olivier avait vu ces mots danser au fond de ses grands yeux, souvent. Elle n'avait pas le prénom le plus long du monde, mais elle prenait tant de place entre ses lèvres. Sophie, trop libre pour s'engager. Trop fière pour s'attacher à quelqu'un. Trop ivre d'aventures, de voyages, de départs vers un ailleurs qui ne voyait pas d'horizon. Sophie et ses éclats de rire. Son nez qui se plissait. Son grand sourire qu'Olivier aimait remplir de sa présence. Sophie ne lui avait jamais dit « Je t'aime », mais maintenant qu'Olivier repense à elle, alors qu'elle vit à l'autre bout du monde, il se rend compte qu'il n'a jamais été aussi bien aimé de toute sa vie. Son premier amour, son premier chagrin. Comment aurait-il pu imaginer qu'une telle idylle pousserait au milieu du béton ? C'était digne d'un roman de gare, une romance entre un animateur et une maîtresse, est-ce que cela arrivait dans la vie ? Sophie aimait ses blagues nulles au réveil, quand Olivier n'avait pas assez dormi. Quand elle le laissait partir le soir, ou en pleine nuit, sans savoir où il allait. À sa façon, elle l'aimait. Quand elle le chevauchait, quand ils s'engueulaient, quand elle partait en claquant la porte, quand elle revenait en lui parlant philosophie, musique comme si de rien n'était. Quand elle lui récitait une comptine en anglais pour ses élèves, et qu'elle énumérait les parties de son corps en riant. *Head, shoulders, knees ands toes, knees and toes*. Et Olivier la regardait faire, sa jolie institutrice. Sophie, au petit matin et ses yeux embués de sommeil devant son bol de Miel Pops. La cuisine résonnait des cric-crac qu'elle faisait en les mangeant, et pour Olivier, c'était son plus beau réveil.

Sophie et son reflet dans le miroir de la salle de bains, l'ombre de ses seins qu'elle aimait lui envoyer par photo quand il travaillait, elle savait comment le déconcentrer alors qu'il était en pleine activité avec les enfants. Désormais, Sophie vit à des milliers de kilomètres de lui. Elle est partie, et lui, il est resté. Ça tourne en boucle, constamment. Coincé entre les quatre murs de son appartement vide. Olivier a longtemps tourné en rond pour envoyer son chagrin en orbite. Mais la pesanteur du quotidien est trop

Quartier libre

forte. Sophie était son satellite. Son repère, sa boussole. Son plus beau désastre. À l'autre bout de son monde, Sophie respire, tandis qu'Olivier étouffe loin d'elle.

Il aimerait lui parler de son quotidien, lui apprendre qu'Ismahane est morte, lui raconter Marwan, lui dire que Yassine est encore là. Mais elle l'a supprimé de ses amis, même pas bloqué, juste supprimé. Ses cheveux brillent au soleil, elle sourit sur les photos qu'elle poste sur les réseaux sociaux. Olivier ne peut s'empêcher d'aller voir de temps en temps. Parfois, il voit passer une photo, une story, elle continue de porter des chemises à fleurs en souriant, comme un bouquet vivant. Elle ressemble à une Voie lactée, Sophie. Olivier ne sait pas si elle pleure comme il pleure, souvent. Et il ne le saura jamais. On ne pleure pas sur les réseaux. On ne pleure pas, on triche. Smiley triste. Smiley petite larme. Et c'est tout. La nuit, Olivier laisse sa porte d'entrée ouverte. Au cas où elle reviendrait subitement. La nuit, il entend le bruit de son absence. Constamment. Il a beau se boucher les oreilles, ça résonne si fort partout, tout le temps. Et puis, parfois, il entend son petit enfant fantôme qu'ils n'auront jamais, qui hurle. Olivier se réveille en sueur. En panique. Durant quelques secondes, il devient un père inquiet. L'instant d'après, Olivier redevient un jeune adulte triste. La réalité est si décevante, parfois. Olivier redoute la nuit. Depuis le suicide d'Ismahane, elle vient aussi lui rendre visite quand il ferme les yeux. Elle se pose à côté de son lit en lui disant, j'étais obligée tu sais, j'étais obligée, ne m'en veux pas, Zitoune, ne m'en veux pas. Non, bien sûr qu'il ne lui en veut pas, mais la Lune est devenue son ennemie. Olivier se noie dans le café pour ne pas dormir, pour ne pas les entendre. Sophie lui manque, sa main dans ses cheveux pour l'endormir, ses caresses du bout des doigts et des ongles, quand elle traçait des lettres d'amour sur son dos et qu'il essayait de les deviner. Mais Morphée est un bel adversaire. Lorsque Olivier ferme les yeux quelques instants, son enfant fantôme pleure en mangeant des Miel Pops, lui aussi. Il se demande si Sophie l'entend depuis son île paradisiaque, Ismahane le regarde assise sur le bord du lit avec ses grands yeux, comme pour lui demander de lui pardonner son geste. Un jour, Olivier les entendra de plus en plus faiblement, puis plus du tout. Ce jour-là, cette nuit-là, Olivier sait qu'il sera encore plus triste.

Les flash-backs qui se succèdent. Sophie qui referme la porte sur leur histoire. Olivier qui reste assis dans cette cuisine. Qui fracasse le bol contre le mur. Les éclats qui volent. Olivier n'a pas balayé les dégâts pendant des semaines. Sophie qui part. Les larmes qui tombent. La musique qui tourne en boucle. La cuillère qui reste dans sa main. Olivier ne rachètera plus jamais de Miel Pops. Plus jamais. Ce n'était pas pour lui, c'était pour elle. Ce cric-crac assourdissant quand elle en mangeait, en lisant *Le Monde diplo*. Olivier ne l'entendrait plus jamais. Enfin, c'est ce qu'il croyait. Sophie était partie. Comme elle était venue. Sur la pointe des pieds. Sophie avait pris un avion pour l'autre bout du monde. Faire son deuil de leur relation à sa façon. Elle avait pointé son doigt sur la carte au hasard, elle avait fait tourner le monde de plus en plus vite. Et elle avait appuyé. Depuis, elle vivait en Australie. Et Olivier ne vit nulle part. Il est resté ici, dans le quartier. Tout seul. Avec ce petit enfant fantôme assis sur son épaule qui mange des

Quartier libre

Miel Pops. Ça fait cric-crac dans son cerveau en permanence. Mais il aime tellement ça. Comme Sophie. Alors, Olivier continue d'en acheter.

Il en est là, dans sa cuisine, toujours son portable à la main, à fixer le vide et à remonter le temps. Plus de cinq années ont défilé en quelques secondes devant ses yeux. Quand, soudain, son téléphone sonne. Boris. Le cœur battant, Olivier décroche. Il entend la voix lasse de son meilleur ami.

– Tu me soûles… Mais je ne peux pas te laisser dans cette galère tout seul, hein… Raconte-moi ce qu'il s'est passé.
Olivier a les larmes aux yeux. Ce sont les vannes contenues depuis des semaines qui lâchent, il s'assied, les jambes coupées par la fatigue et l'émotion. Il répond.
– J'espère que tu as du temps devant toi, ça risque d'être long…

Février 2017

Allongé sur le matelas de sa cellule, Yassine fixe le plafond. Cela va faire bientôt cinq ans qu'il est enfermé. Après quelques semaines en isolement, il avait pu être réintégré aux autres détenus, sans qu'on craigne ni pour leurs vies ni pour la sienne.

La silhouette du jeune homme s'est épaissie, il a pris de l'âge et du muscle. Il a pris l'habitude de se rendre chaque matin à la petite salle de musculation sans âge de la prison. En apparence, il est silencieux, tranquille. Mais derrière ses yeux, sa folie danse. Entre eux, les surveillants pénitenciers sont unanimes, Yassine les met mal à l'aise. Pourtant, l'ex-dealer est poli, courtois, n'a jamais un mot plus haut que l'autre. Il participe même à certaines activités, au jardinage, aux ateliers du club lecture, d'écriture. C'est un détenu modèle qui ne pose aucun problème. En apparence.

Mais chaque nuit, Yassine hurle dans son sommeil. C'est plus fort que lui, les cauchemars et son passé l'assaillent. Il se réveille, trempé de sueur, le cœur en feu. Dans sa cellule, comme pour se protéger de ses démons, il a dessiné à la craie sur le mur gris une fenêtre, et un croissant de lune en direction de

La Mecque. Régulièrement, il prie, fiévreusement, les lèvres closes. Les autres détenus l'évitent, limitent leurs contacts. Bien qu'eux-mêmes ne soient pas des enfants de chœur, Yacine les met eux aussi mal à l'aise. Quelque chose chez lui fascine et répugne en même temps. La faute à la lutte intérieure qui le consume ?

Depuis le placement en isolement de Yassine, le fantôme de Pierrick ne l'a plus quitté. Où qu'il soit, quoi qu'il fasse, il n'est jamais seul. Le mort le nargue tout le temps. Il peut entendre sa voix lui vriller le crâne, impossible de s'y soustraire.

Pour l'homicide involontaire du meilleur ami d'Olivier, le trafic de drogue et ses divers chantages, le frère d'Ismahane a pris dix ans. Il évite la salle télé, les rares journaux qui sont en libre accès, par fierté sûrement, Yassine ne veut rien savoir de la vie extérieure, encore moins du quartier. La prison est située en périphérie de la ville, bien loin du quartier, bien loin des trafics. En cinq ans, la seule personne qui soit venue le voir au parloir est sa mère.

Chaque mois, elle prend le métro, plus le bus, un trajet de plus d'une heure. Le chemin est long. Elle a vieilli, l'arrestation de son fils l'a fragilisée, sa silhouette menue a comme rapetissé, comme si elle s'effaçait peu à peu. Quand elle parle à son aîné, elle n'ose pas le regarder dans les yeux. Elle se contente de lui raconter des banalités, de lui apporter de quoi manger, des plats qu'elle cuisine. Elle lui donne quelques nouvelles de la famille, des amis, des voisins. Mais c'est tout. Yassine ne pose jamais de questions, de toute manière. Un jour, pourtant, elle lui dit d'une voix fatiguée.

– Tu vas me faire mourir de chagrin, mon fils.

Pour la première fois, Yassine éprouve au fond de lui un sentiment qui ressemble à de la honte. Mais il

Quartier libre

ne répond rien, trop fier, trop orgueilleux, trop loin. Il réprime cette émotion. Mais s'il pouvait parler, faire tomber le masque arrogant du dealer qui lui colle à la peau depuis tant d'années, il dirait sûrement.

«Je t'interdis de mourir un jour, maman. Toi, t'as déjà eu une vie sans moi, et après, je suis né. Mais moi, je t'ai dans la mienne depuis toujours, je ne pourrais pas supporter qu'un jour tu disparaisses.»

Oui, il dirait sûrement quelque chose comme ça, mais il se contente de regarder sa mère avec un visage imperturbable. Sa mère et ses rides, quelques mèches de cheveux blancs s'échappant de son voile. De manière presque tendre, il les lui remet en place, puis l'embrasse sur le front, tendrement, comme quand il était enfant.

Son père et sa sœur ne sont jamais venus le voir. À ses yeux, ils sont morts. Kader a bien essayé de venir, lui aussi, mais Yassine a toujours refusé ses visites au parloir, trop orgueilleux pour lui révéler sa faiblesse.

Jusqu'au jour où, lors de sa promenade quotidienne qui consiste à faire des tours de cour durant trente minutes sous la surveillance d'un maton, Yassine reconnaît, de l'autre côté des grilles, une silhouette familière encadrée par deux uniformes, menottes aux poignets. Une petite frappe sans envergure du quartier, mais grande gueule. Lorsqu'il reconnaît Yassine, il se met à crier.

– Yass! Oh, Yass! Kader veut te parler! Il a des choses à te dire! Faut que tu le voies!

Il n'a pas le temps d'en dire davantage qu'il est entraîné à l'intérieur des bâtiments, laissant un Yassine interdit. Parler à Kader... Il réfléchit aux enjeux. Pourquoi faire? Pourquoi pas? Après quelques jours à tergiverser, Yassine fait une demande de visite. Sa première.

Le Kader qui se présente au parloir a vieilli, pris du poids, lui aussi. Yassine a du mal à reconnaître son ancien bras droit dans cet homme empâté qui s'agite et s'émotionne.

– Tu acceptes enfin de me parler ! Enfin !

Yassine feint la nonchalance, pour ne pas se laisser guider par l'excitation, il répond, laconique.

– J'étais occupé.

– Yassine, sérieusement... J'ai des choses à te révéler au sujet de ton arrestation. Je crois savoir qui est derrière tout ça !

Yassine tend l'oreille, son expression stoïque reste la même, mais intérieurement, il se tient aux aguets, prêt à bondir.

– Ah oui ? Tu ne m'apprends rien. Cette balance d'Olivier et mon père. Tu parles d'une révélation.

– Écoute-moi... pas que... On m'a dit que c'est ta sœur qui a bavé à ton père en premier, et vu comme elle a toujours été proche d'Olivier, ça se tient, non ? Et on ne peut pas dire qu'Olivier avait le profil du mec courageux qui se rachète une morale tout seul ?

Yassine reste silencieux. Bien sûr qu'il avait déjà pensé à cette hypothèse, mais il n'avait jamais voulu s'attarder dessus. Ismahane. Olivier. Tout devient limpide. Brusquement, il semble se réveiller de sa catatonie. Il veut soudain savoir ce qu'est devenu l'animateur qui a causé sa perte. Il demande, l'air de rien, et Zitoune, il est toujours là ?

Kader hoche la tête, presque dégoûté.

– Tu parles qu'il est toujours là. C'est même devenu un héros aux yeux des gens du quartier. C'est abusé, tu n'imagines même pas. Il est devenu ami avec

Quartier libre

tous les commerçants, limite il va tenir un stand au marché ! Il est responsable du club Ados en plus, il l'a tout remis à neuf, les familles l'adorent.

Yassine accuse le coup, mais ne laisse rien transparaître. Au fond de lui, il est même admiratif de la force de caractère d'Olivier, à moins que ce soit de l'inconscience pure et dure. Il chuchote, obligeant Kader à se pencher.

— Et le petit Marwan, qu'est-ce qu'il devient ? Tu continues de le faire guetter ? J'imagine que le trafic n'a pas cessé en mon absence ?

— Oh non, rassure-toi ! De ce côté-là, on continue d'assurer, on prend encore plus de précautions, c'est tout... Marwan a bien grandi, c'est plus un gosse ! Il va sur ses dix-sept ans, on lui confie des missions bien plus importantes. Yassine réfléchit à toute vitesse. Soudain, l'idée surgit, lumineuse et sournoise. Il se penche vers Kader, un sourire mauvais aux lèvres.

— Dis-moi... D'après ce que je me rappelle, Marwan avait un faible pour ma sœur, non ? Tu sais si c'est toujours le cas, par hasard ?

— Je ne sais pas, il chope pas mal en boîte... mais y a moyen qu'il soit toujours en kiff sur elle, ouais ! Mais il n'oserait pas la draguer, il te vénère trop. Personne ne la drague, d'ailleurs !

— OK, alors approche ton oreille et écoute-moi bien, je ne vais pas me répéter, je dois faire vite avant que le surveillant me dise de m'écarter de toi.

Durant quelques brèves minutes, Yassine parle à l'oreille de Kader, dont le visage se décompose un peu, mal à l'aise. On peut lire la crainte et le dégoût dans ses yeux. Il a un mouvement de recul.

— Tu... tu es sûr de toi, Yassine ? Ta propre sœur ? C'est chaud quand même...

— Oui, je suis sûr. Ce n'est plus la famille à mes yeux, elle n'est rien. Donc, dès que tu sors, transmets ce message à Marwan, dis-lui que c'est un ordre, dis-lui que je compte sur lui pour me venger, pour laver mon honneur.

Puis Yassine se met à rire brusquement. D'un rire sans joie, froid, qui glace le sang de Kader. Le surveillant Boneti, qui encadre le parloir, intervient.

— Allez, Betterki, c'est l'heure, on retourne en cellule !

Il pousse Yassine vers la sortie, qui se tourne une dernière fois vers Kader. Il le fusille du regard.

— Transmets le message, Kader. Je le saurai si tu ne le fais pas, crois-moi. Elle a besoin d'une bonne leçon, de savoir qui commande ici. On se reverra bientôt.

Et il sort de la pièce en souriant. Kader reste seul dans le parloir, perdu dans ses pensées. Il sent une goutte de sueur perler le long de son front. Son ancien boss et ami est fou. Ce regard, il ne lui avait encore jamais vu ce regard. Mais il ne peut lui désobéir, il tient à sa vie.

Dès qu'il est sorti de la prison, et malgré ses réticences, il s'exécute et donne rendez-vous à Marwan.

Février 2017

Le gamin qui faisait le guetteur contre quelques billets est devenu un adolescent dégingandé, qui promène la nuit sa carcasse désarticulée au gré des clients. Cheveux longs qui lui mangent les yeux quand il ne se les attache pas en queue-de-cheval, grands yeux sombres, Marwan a perdu les rondeurs de son enfance pour se tailler un visage fin à la limite de la maigreur. Marwan ne dort pas beaucoup. En l'absence de Yassine, il a pris du galon, est peu à peu monté en grade, a appris à rester discret. Il a compris comment se fondre dans la masse. En cinq ans, Marwan a grandi, compris tous les enjeux, fait siennes les règles qui lui échappaient. De simple spectateur, il est devenu acteur, figure incontournable de la vie du quartier. Dans la chambre d'à côté, Walid étudie. Il a pour ambition d'embrasser une carrière de journaliste et veut se donner les moyens pour y parvenir. Au fil des années, les deux frères ont quasiment cessé de se parler. Quand ils se croisent dans les couloirs de l'appartement familial, soit ils s'ignorent, soit ils s'insultent, leurs échanges sont aussi brefs que douloureux. Mais si leurs différences de caractère se sont encore creusées, les deux frères continuent de partager, voire de cultiver cette extraordinaire ressemblance physique propre à certains jumeaux. Dans le quartier, il n'est pas rare qu'on continue de les confondre. Walid hausse les épaules et ne répond pas quand on l'appelle Marwan. Au fond de lui, pourtant, il ressent une pointe de fierté qu'il réprime aussitôt avec dégoût.

Pour lui, cette gémellité est une malédiction. Quoi qu'il fasse, il est et restera lié à Marwan. L'un ne va pas sans l'autre. Walid a beau craindre son frère, il a beau le haïr de toutes ses forces, au fond de lui il ne peut s'empêcher aussi de l'admirer, de le chercher autant que de le fuir. À cause de ça, Walid s'interdit d'avoir ses propres goûts, et quand il s'y autorise c'est dans le secret le plus absolu. Il s'oblige, comme aimanté par une puissance magnétique, à aimer la musique de son frère, à porter les mêmes vêtements, à conserver ce lien unique envers et contre tout. Et puis, il y a l'argent. Lorsque Walid avait découvert combien il devrait payer pour son école de journalisme, il avait fondu en larmes. C'était bien trop cher, ses parents ne pourraient pas l'aider, il n'avait pas de bourse et même en travaillant au McDo tous les soirs, il ne réunirait jamais la somme demandée. Un soir, alors qu'il était sur le point de renoncer à ses rêves, Marwan était entré dans sa chambre sans frapper. Tout sourire, il avait dit.

– Bon, écoute Walid... J'ai un deal à te proposer. Tes études pour être journaliste, là. Je vais te les payer. T'avancer la thune, genre.

Walid n'en avait pas cru ses oreilles. Abasourdi, il avait regardé son frère jumeau, tranquillement assis sur son lit. Presque timidement, il avait fini par demander.

Quartier libre

— Pourquoi tu accepterais de m'aider ? C'est quoi l'embrouille, Marwan ? Ne me dis pas que tu n'as rien en tête, j'en veux pas de ton argent sale, je sais d'où il vient...

Marwan s'était mis à rire. Brusquement, il avait attrapé le visage de son frère entre ses mains.

— Wawa, je sais que tu veux cet argent, alors arrête de faire ton difficile, hein ! En échange, je ne te demande pas grand-chose, en vrai ! Toi qui veux tellement être comme moi, ton rêve se réalise, frangin. J'ai besoin que tu prennes ma place de temps en temps. Les clients penseront que c'est moi, ils payeront. Moi, ça me laissera le temps de gérer le bizness ailleurs. Deux fois plus de Marwan, deux fois plus d'argent. Pas con, hein ?

Walid s'était dégagé de l'étreinte de son frère, dégoûté. Son premier réflexe avait été de lui cracher au visage. Mais l'idée d'avoir cet argent, de pouvoir intégrer l'école de journalisme qu'il voulait... La mort dans l'âme, il avait accepté.

Lorsque Marwan reçoit le message de Kader, ils se donnent rendez-vous dans un café. Un minuscule bistrot, à l'entrée du quartier, à l'abri des regards et des rumeurs. Attablés devant un verre de Coca, les deux hommes se toisent en silence. Kader prend des airs de conspirateur, chuchote à Marwan.

— Je suis allé voir Yassine en prison. Et il m'a donné une mission pour toi. Écoute bien chaque mot, je ne le dirai pas deux fois. Il n'y a que toi qui puisses mener cette opération, tu vas comprendre pourquoi...

L'adolescent hausse les sourcils, légèrement surpris, mais reprend aussitôt un visage impavide. Il attend la suite. Dans son ventre, l'excitation est montée. Une mission de Yassine. Tout ce temps à rester dans l'ombre des autres, il n'attendait que ça, enfin on lui accorde de l'importance. Attentif, il écoute les consignes de Kader. À la fin, il se redresse, impassible. Seuls ses yeux brillent un peu plus, trahissant son excitation. Quel honneur. Voilà qu'on lui donne l'occasion de faire vraiment ses preuves et de passer dans la cour des grands. Il ne pouvait pas rêver mieux. Il pense à Ismahane en souriant.

La gamine effrontée a laissé place à une adolescente qui n'a toujours pas sa langue dans sa poche. L'arrestation de Yassine cinq ans auparavant l'a transformée, libérée de la peur de se savoir constamment épiée.

Souvent elle pense à son grand frère. Elle n'éprouve ni haine ni amour pour lui, toutefois elle a systématiquement refusé d'aller le voir au parloir. Elle n'a plus rien à lui dire. Quand elle y réfléchit, elle n'a presque jamais eu de relation fraternelle avec lui. Ils ont presque dix ans d'écart, au fond, ils n'ont jamais été proches. Mais il lui est arrivé d'être protecteur, parfois. Gentil aussi. Ismahane ne sait plus à quel moment leurs vies se sont irrémédiablement séparées. Assise sur son lit, elle se souvient de temps si anciens qu'elle se demande s'ils ne sont pas des mirages. Yassine, son grand frère. Elle se souvient de sa première journée à la maternelle du quartier. Elle devait avoir à peine trois ans. Toute petite, si petite comparée aux autres. Elle s'était assise sur la balançoire de la cour d'école, personne n'avait voulu la pousser. À 16 heures, elle avait comme convenu attendu qu'on vienne la chercher. Et puis, sans crier gare, un enfant de grande section s'était approché d'elle. Comment tu t'appelles. T'es algérienne ou marocaine. Réponds. RÉPONDS. Le ton si agressif. Ismahane n'avait pas répondu. Alors l'enfant avait pris une poignée de sable dans sa main. Il avait dit, réponds où je te balance ça dans les yeux. Il avait armé son bras, Ismahane avait fermé les yeux. Un bruit sourd, un cri. Quand elle avait ouvert les paupières, l'enfant était par terre en train de pleurer. Yassine, tranquillement assis sur son dos. Le jeune adolescent de treize ans avait menacé, si tu touches à ma sœur, t'es mort, c'est clair ? L'enfant avait hoché la tête frénétiquement, les joues barbouillées de larmes et de morve. Depuis ce jour, Ismahane n'avait plus eu un seul ennui à l'école maternelle. Plus un seul. Yassine commençait déjà à être connu, du collège au quartier tout entier. On connaissait son caractère imprévisible, parfois violent. Mais son charisme effaçait tout. Il lui suffisait de battre des cils, et tout lui souriait. Très vite, son succès lui était monté à la tête. Les filles étaient folles de Yassine, les garçons aussi. C'était un leader né, d'une intelligence au phrasé remarquable. Bien loin des clichés éculés, Yassine ne jurait pas, n'insultait pas, ne s'en remettait pas constamment à la religion pour légitimer ses choix. La force du verbe, les punchlines étaient ses armes favorites. Tout le monde s'accordait à dire qu'un avenir brillant l'attendait. Mais peu à peu, il avait senti grandir en lui ce sentiment d'injustice, de par son nom, ses origines, il savait qu'il partirait toujours avec une longueur de retard. Yassine avait beau faire du mieux qu'il pouvait, le fossé des inégalités se creusait de jour en jour. Alors, à la sortie du collège, il avait commencé à traîner avec des plus grands, des déscolarisés, ceux qui vivent en bas des blocs à longueur de journée. Volontairement, porté par sa nouvelle fougue

Quartier libre

adolescente, il avait quitté le rang des premiers pour rejoindre les déclassés, les laissés-pour-compte. Tout comme Marwan face à lui, il était fasciné par la liberté insolente et transgressive de ces jeunes hommes qui lui portaient de l'intérêt, fascinés pour leur part par sa culture, sa repartie. Peu à peu, Yassine était rentré de plus en plus tard chez lui. Avait cessé d'aller en cours. Il n'avait plus répondu aux appels de sa mère, inquiète. Il se couchait à l'heure à laquelle Ismahane se levait pour aller à l'école.

Ils se croisaient presque par hasard dans leur appartement, sans rien se dire, presque étonnés de se trouver là ensemble. Pour Ismahane, Yassine était devenu un étranger qui venait parfois la chercher à l'école quand il n'oubliait pas, ce qui arrivait une fois sur deux, malheureusement. Il avait bien mieux à faire. Peu à peu, ses rêves d'évoluer en dehors de la cité s'étaient éloignés. Et de façon naturelle, Yassine était devenu le plus jeune dealer du quartier. Le plus doué, aussi. Mais il avait été trop gourmand, à trop défier le soleil, Yassine s'y était brûlé les ailes et avait précipité sa chute. Une chute dont le principal artisan avait été Olivier…

Quand Ismahane pense à Zitoune, elle sourit tristement. Du haut de ses onze ans, jamais elle n'aurait pu imaginer ce que vivait son animateur préféré. Elle repense à ses blessures au visage, ses traits tirés durant l'année. Comment aurait-elle pu se douter qu'il était à la merci de son grand frère ? Et puis, finalement, il avait fini par trouver le courage de se rebeller, d'oser en parler à son père. Et Yassine avait fini en prison après cette nuit dont tout le monde parlait encore, des années après. Quand elle pense à son frère, elle a une grimace de dégoût. Elle ne peut oublier qu'il a tué, même si c'était un accident, l'un des meilleurs amis d'Olivier. Son animateur n'avait plus jamais été pareil, par la suite. Il était devenu triste à faire pleurer les pierres. Ismahane aurait parié qu'Olivier serait parti de l'école et du quartier, mais non seulement il était resté, il s'y était imposé, y avait construit sa vie. Il avait même eu l'idée folle de relancer le club Ados abandonné de tous, et en premier lieu de la mairie. D'abord méfiants, moqueurs, voire méprisants, les adolescents s'y étaient sentis bien et y avaient pris leurs quartiers chaque mercredi après le collège, après le lycée. C'était leur lieu à eux, ils s'y sentaient en sécurité. Tout ça grâce à Olivier.

Ismahane vient souvent voir Olivier dans son bureau, à vrai dire il ne se passe pas une semaine sans qu'elle fasse son apparition, un sourire jusqu'aux oreilles, pour lui raconter le dernier potin, la dernière péripétie qui lui est arrivée au lycée. Elle sait qu'Olivier ne la juge jamais, et qu'il est toujours de bon conseil, heureux de la voir aussi malgré le voile de tristesse qu'elle voit recouvrir ses yeux bien trop souvent. Elle ferait tout pour le lui arracher, pour retrouver les yeux rieurs d'Olivier.

Demain, Ismahane ira le voir, elle a tant à lui raconter, depuis la semaine dernière. Son père qui voudrait qu'elle se cache les cheveux, maintenant qu'elle est devenue une femme. Et puis surtout Marwan. Rien que de repenser à l'adolescent, Ismahane rougit violemment. Elle a hâte de raconter à Zitoune qu'elle est amoureuse, qu'elle comprend enfin ce que ça veut dire, tout ça, les papillons dans le ventre et tout le bordel dans les yeux, le cerveau et le bout des doigts. Elle sait qu'Olivier va mal réagir, qu'il ne porte pas Marwan dans son cœur, mais quand il verra combien le jeune adolescent a changé et qu'il

Quartier libre

n'est plus ce gamin arrogant et dangereux d'autrefois, elle est persuadée qu'il sera heureux pour elle.

Dans quelques jours, Ismahane aura seize ans, et avant-hier, elle a fait l'amour pour la première fois. Elle sait que c'est interdit, qu'elle devait attendre le mariage, comme disent la plupart des gens autour d'elle, mais qu'ils aillent au diable, tous, avec leurs préceptes, leurs interdits. Ismahane n'en peut plus que des hommes décrépits lui disent comment vivre. Quelle hypocrisie. Tous les adolescents de son âge se vantent de ne plus être puceaux, « de soulever de la meuf » après une nuit en boîte, tous sans exception veulent coucher, ne pensent qu'à ça, constamment. C'est à celui qui en aura le plus, qui aura son plus gros tableau de chasse. C'est une honte pour un mec s'il est encore novice, mais les jeunes femmes, elles, devraient rester vierges ? Ismahane n'y comprend rien. Quand elle surfe sur le Net, et qu'elle pense à ces pseudos musulmans pratiquants, qui veulent voiler leurs femmes à tout prix mais qui partagent des photos de femmes dénudées, Ismahane se demande quel est le concept. Elle a fait l'amour par envie, par choix, par défi aussi, mais surtout par amour, et c'est là tout ce qui compte pour elle. Elle ne regrette rien, c'est arrivé comme ça, sans qu'elle le planifie. Marwan est venu chez elle, personne n'était à l'appartement. Ils ont regardé la télé, tous les deux enfouis sous le plaid, avachis sur son lit, à mater des conneries sans intérêt pour retarder le moment fatidique. Et puis, doucement, les doigts s'étaient cherchés sous le tissu. Les caresses maladroites sous le tee-shirt, dans le jean. Marwan lui avait dit, c'est ma première fois aussi, tu sais. Les bouches s'étaient rencontrées, la respiration qui s'accélère. Ismahane avait éteint la lumière, elle voulait ressentir chaque sensation dans le noir. C'était doux, tendre, elle n'avait pas eu mal. Sauf quand son père l'avait appris, par hasard. Alors que Brahim jetait quelque chose dans la poubelle de la cuisine, il avait trouvé l'emballage de préservatif. Une grande lassitude l'avait envahi. Ce n'était certainement pas lui ou sa femme, Yassine était en prison. Il ne restait qu'Ismahane. Il avait attendu qu'elle rentre du lycée, assis dans le salon. Quand elle était rentrée, les yeux braqués sur son portable, comme à son habitude, elle s'était heurtée au silence de son père. Il l'avait regardé, presque avec déception. Il avait simplement dit, l'emballage de la capote entre ses doigts.

– Je pensais que tu n'étais pas comme ton frère. Désormais, tu vas porter le voile et je vais te trouver un mari rapidement, qui acceptera de te prendre comme tu es.

Brahim avait des principes, sous le coup de la colère, il pouvait se montrer intransigeant, quitte à discuter après. Il n'avait même pas cherché à savoir qui était le garçon. Seul « l'avenir » de sa fille lui importait. Ismahane avait baissé la tête, furieuse contre elle-même et son manque de discrétion. Il ne servait à rien de lui parler pour le moment. Sans rien répondre, elle était partie dans sa chambre en claquant la porte. Quelle conne, mais quelle conne. Elle avait envoyé un message à Marwan en panique, mon père sait! On fait quoi? Il avait simplement répondu, *t'inquiète pas ma puce, juré qu'un jour, je t'épouserai! Smiley cœur, smiley bague.* Ismahane avait été rassurée, un peu. Jamais elle n'aurait imaginé que Marwan puisse changer à ce point. Walid avait sûrement fini par déteindre sur lui, à la longue. Quand elle repense à Marwan, au gamin qu'il était, à l'école primaire, à cette colère, cette haine en lui.

Quartier libre

Ils ne s'étaient plus parlé depuis la primaire, depuis que Yassine avait été arrêté et qu'elle avait appris que Marwan faisait le guetteur pour son frère. Et puis... Quelques jours plus tôt, elle l'avait croisé par hasard au centre commercial. Ou plutôt, il lui était rentré dedans, au détour d'un rayon. Un peu comme dans les films romantiques dont elle se moquait. Ismahane avait fait tomber ses courses, et Marwan les avait ramassées en s'excusant. Face à sa gentillesse et sa prévenance, l'espace d'un instant, elle avait cru avoir affaire à Walid, avec lequel elle était restée amie, mais pas de doute possible, c'était bien Marwan qui se tenait devant elle, à moitié gêné, en train de se tortiller, à danser d'un pied sur l'autre. Elle l'avait dévisagé, surprise.

– Marwan, c'est toi ? Sérieux, j'ai cru que c'était Walid ! Tu deviens quoi, depuis le temps ?

– Bah toi aussi, Ismahane, je ne t'aurais pas reconnue, j'avoue ! Bah, écoute, moi tranquille, j'fais ma vie, mais bon, c'est la galère un peu, tu connais, pour trouver un boulot !

– T'es toujours dans tes plans chelous ? demande Ismahane d'un ton soupçonneux.

– Nan, nan, c'était avant tout ça, j'étais trop con, tu sais ! Je suis en apprentissage, en mécanique, c'est cool, j'aime bien, ça me plaît ! Bon, je dois partir, mais file-moi ton snap, si t'as ! Ismahane le lui avait donné, même pas besoin de s'échanger les numéros. Désormais, pour se draguer, on s'échangeait les comptes Instagram et Snapchat. Elle était rentrée chez elle, troublée par sa rencontre avec son ancien camarade. Quelques heures après, ils étaient en grande conversation. Ils avaient parlé toute la nuit. Quand le soleil s'était levé, Ismahane était amoureuse. Quelques jours après, Marwan était dans sa chambre, en elle.

Malgré la colère froide de son père, Ismahane avait continué de voir Marwan en cachette. Sa mère avait fait comme si de rien n'était. Ismahane se demandait si son père lui en avait parlé. Pour éviter d'envenimer les choses et pour amadouer un peu son père, elle s'était résolue à porter le voile quand elle sortait, mais le retirait à la moindre occasion.

Ismahane regarde son portable, qui vient de vibrer. Marwan vient de lui écrire sur Snapchat, il lui propose de passer la soirée et la nuit chez lui, en fin de semaine. L'adolescente est contente, leurs moments à eux sont rares, alors ils n'en sont que plus précieux. Pour éviter d'être vus dans le quartier, les deux amoureux se donnent parfois rendez-vous dans une salle de cinéma du centre-ville. Durant deux heures, dans le noir, ils se retrouvent, à l'abri des regards indiscrets. Ismahane parle de Marwan à ses copines, constamment. Leurs conversations ne tournent qu'autour de ça, elles n'en peuvent plus. Mais bon, ce sont de bonnes copines, alors elles font bonne figure en levant de temps en temps les yeux au ciel.

Le lendemain, Ismahane passe voir Olivier, comme prévu. Sa réaction est celle qu'elle attendait. À la fois inquiet et en colère. Sacré Zitoune. Elle peut comprendre, il ne veut que son bonheur, mais elle sait qu'il se trompe. Elle est heureuse, amoureuse, c'est tout ce qui compte. Pour le voile, elle finira bien par le brûler, elle se connaît. Son père ne l'enverra pas en prison pour cela. Elle le connaît aussi. La fin de semaine arrive, elle va enfin revoir Marwan.

Le jeune homme écrit à Kader. Juste quelques mots. *Je passe à l'action ce soir.* Pour le moment, tout se déroule comme prévu. Allongé sur son lit, Marwan est perdu dans ses pensées. Ismahane ne se doute de rien, elle est même tombée amoureuse de lui. Il y a encore un an, Marwan aurait bondi de joie, mais aujourd'hui, ça ne lui fait plus rien. Il n'a plus de cœur, à part pour la rue, sa mère et l'argent. Pourtant, il l'a toujours kiffée, Ismahane. Mais c'est la sœur de Yassine. On ne peut pas draguer la sœur du boss. Sauf si c'est lui qui l'ordonne, bien sûr. Il s'interdit de ressentir quoi que ce soit, il ne doit pas faillir à sa mission. Walid est au courant qu'il sort avec Ismahane, il peut sentir sa jalousie transpirer par tous les pores de sa peau quand ils se croisent. S'il savait. Marwan a tout fait comme il faut, Yassine serait fier de lui. Il se félicite intérieurement de son jeu d'acteur. La rencontre, « par accident », les longues discussions par Snap, tard dans la nuit, les premiers verres et puis la première fois pour Ismahane. Marwan ne s'attendait pas que l'adolescente craque aussi vite. Bien sûr, il avait menti, lui n'était plus vierge, mais il avait joué la comédie du débutant à la perfection. Il avait pris le soin de placer l'emballage du préservatif en évidence, sur le haut de la poubelle. Histoire de… Et ça n'avait pas loupé. Le père d'Ismahane était tombé dessus. Il savait qu'elle ne le balancerait jamais. Oui, vraiment, tout se déroule comme prévu. Et petite cerise surprise sur le gâteau, Ismahane est plutôt agréable au lit. Sa mission n'en est que plus agréable à mener.

Ce soir, Marwan va porter le coup de grâce. Pour Yassine, pour son honneur, par vengeance. Il se fout bien des conséquences. Tout est prêt, il sait ce qu'il a à faire. Marwan sourit devant son miroir, il se prépare. Il passe sa main dans ses cheveux et se met à rire, silencieusement. Elle va passer une soirée qu'elle n'est pas prête d'oublier, il le jure sur sa propre vie. Son reflet murmure. Et surtout, *bon anniversaire, Ismahane*. Oh ! oui, il a hâte.

Il est 20 heures, l'Interphone sonne. Elle est là. Quelques minutes après, Ismahane sonne à sa porte, elle a retiré son voile dans l'ascenseur et ses longs cheveux noirs tombent en cascade sur ses épaules. Robe noire, talons, rouge à lèvres, elle s'est faite belle. Marwan l'embrasse, la complimente, puis l'invite à entrer. Si Ismahane savait ce qui l'attend, elle ferait demi-tour en courant, sans se retourner. Mais Marwan referme la porte et prend bien soin de mettre le verrou, il ne faudrait pas qu'on les dérange.

Quelques heures plus tard, Ismahane dort, le corps nu contre celui de Marwan. Elle semble sereine, apaisée, lovée contre la chaleur de celui qu'elle aime. Marwan ne dort pas. Il regarde en boucle la vidéo qu'il a prise, un peu plus tôt dans la soirée. Elle ne dure que quelques secondes, mais cela devrait être suffisant. Il hésite à l'envoyer. Il sait que dans quelques secondes, il n'y aura plus moyen de faire machine arrière, il connaît les réseaux, il sait ce que c'est. Son pouce effleure le bouton *envoyer à tous ses contacts* et il en a beaucoup. La moitié du quartier est dans son téléphone, numéros de dealers, numéros de clients, il a de tout. Marwan continue de regarder la vidéo. Il n'éprouve rien. Aucun remords, aucune culpabilité. Il regarde le corps d'Ismahane qui se cambre contre le sien, son visage haletant qui se découpe dans la pénombre, on la reconnaît bien. Il n'a pas eu le temps de filmer davantage mais ce n'est pas grave, ça fera l'affaire. La vidéo est téléchargée, prête à être envoyée à travers les blocs et les tours. Ismahane bouge dans son sommeil, elle se tourne contre lui, pose sa bouche sur son torse. Endormie, elle lui chuchote un « je t'aime », puis se rendort aussitôt. Marwan caresse ses cheveux, il appuie sur le bouton. La vidéo part, plus rien ne pourra l'arrêter, désormais. Elle sera visionnée sur tous les réseaux sociaux, téléchargée, démultipliée à l'infini.

La vidéo ne lui appartient plus. Il dit.

– Ouais, j't'aime aussi, Isma…

Quand Ismahane se réveille, elle est seule dans la chambre de Marwan, il a déjà dû partir travailler ou alors il avait sûrement un rendez-vous. Qu'importe, elle s'étire dans les draps, elle se sent bien. Dans trois jours, c'est son anniversaire, elle va avoir seize ans, enfin. Comme c'est étrange de grandir, elle se souvient comme si c'était hier de ses années en primaire, où elle passait sa vie à courir dans la cour de récréation, à danser et à chanter avec ses copines. Comme le temps passe si vite. Elle va avoir seize ans, et elle n'est plus vierge. Elle sait qu'elle n'est pas la seule dans le quartier, la plupart de ses copines aussi. Mais beaucoup font semblant pour ne pas être jugées par les autres. Ismahane sait qu'elle a fait de la peine à son père mais c'est son corps, pas le sien, personne n'aura à lui dire ce qu'elle doit en faire. Elle se saisit de son portable, il n'a plus de batterie.

Sur le chemin jusqu'à son appartement, Ismahane ne se sent pas très bien. Elle ne saurait pas dire ce qu'il se passe exactement, mais une atmosphère étrange flotte autour d'elle. Elle sent, elle entend qu'on chuchote à son passage. Quelques filles l'ont montrée du doigt, de l'autre côté du trottoir. Un mec à vélo a essayé de la prendre en photo avant de s'enfuir en riant. Un adolescent de son âge à qui elle n'a jamais parlé s'approche d'elle par-derrière, elle n'a pas le temps de dire quoi que ce soit qu'il l'insulte, la traite de vieille pute, et il repart. Ismahane se demande si c'est à cause de sa tenue. Oui, elle porte une robe noire, des talons, mais elle n'a rien de provocant, selon elle. Et puis, elle a son voile…

Arrivée chez elle, Ismahane branche son portable. Au bout de quelques minutes, il se rallume. Prise d'un mauvais pressentiment, elle rentre son code **PIN** à la hâte pour le déverrouiller. Et brusquement, c'est la déferlante. En quelques secondes, elle a reçu plus de notifications sur ses réseaux qu'en un an. Appels manqués, textos de numéros inconnus, messages privés Instagram, Twitter, snaps. Ismahane est submergée, son portable ne fait que vibrer, constamment. Que se passe-t-il ? Qu'a-t-elle loupé de si important entre hier et aujourd'hui ? Elle clique au hasard sur une notification. GROSSE CHIENNE. Les mots s'étalent

Quartier libre

sur son écran, comme ça, comme si on venait de lui cracher à la figure, gratuitement. PUTE. Ismahane a du mal à comprendre ce qu'elle vient de lire. Elle en ouvre une autre. ET TU SUCES AUSSI ? Seconde après seconde, Ismahane croule sous les insultes. SUICIDE-TOI. Elle les lit tous, un par un. C'est un cauchemar, elle va se réveiller, c'est forcément un mauvais rêve. PUTE. SALOPE. MEURS. T'AS PAS HONTE. Au milieu de cet océan de haine, Ismahane surnage. Elle s'accroche à son portable comme à une bouée de sauvetage. Nesrine, Narimen et Tania lui ont écrit, aussi.

Ça va, Isma ? On est avec toi. Franchement, meuf, qu'est-ce que tu as foutu ? Réponds, t'es où ?

Et Ismahane apprend la nouvelle. De plein fouet, dans les dents. Une vidéo d'elle en train de faire l'amour avec Marwan tourne un peu partout sur les réseaux, avec son numéro, son Instagram, son Snap. Elle ne peut pas y croire. Ismahane se voit sur l'écran, en train de rire et de gémir en même temps. Elle regarde son fil d'actualité, on ne parle que de ça, sur chaque conversation, on la traite de PUTE, de fille facile, de traînée. De temps en temps, elle lit un commentaire qui prend timidement sa défense mais ce n'est rien comparé à toutes les insultes qu'elle ramasse. Elle essaye d'appeler Marwan, elle ne peut croire qu'il a fait ça intentionnellement. C'est une erreur, c'est forcément une erreur. Mais il ne répond pas. Ses appels sonnent dans le vide. On parle de Yassine aussi, certains écrivent qu'elle devrait être en prison à sa place. Sur Twitter, sa vidéo devient virale, entre ceux qui se moquent d'elle et les féministes qui la défendent, tout le monde a son mot à dire. Ismahane vit un cauchemar. Chaque fois qu'elle réactualise ses applications, elle reçoit des dizaines de messages, encore et encore. On la menace de viol, on veut la faire tourner dans les caves, on lui envoie des photos, des montages sur Internet, on félicite Marwan, on le porte aux nues, ça donne du BIEN JOUÉ, AHAHA TU L'AS BIEN NIQUÉE MON FRÈRE. Ismahane en a la nausée. Il y a une explication, il y a forcément une explication. Elle se répète cela en boucle, en larmes. Marwan a dû se faire voler son portable, oui voilà, ça ne peut qu'être ça, il s'est fait voler son portable, il a enregistré par accident quand il jouait avec les filtres, ça ne peut être que ça, la vidéo était dedans et la personne l'a mise en ligne. Il ne peut s'agir que de cela. Mais à un moment, sous une publication d'un adolescent qu'elle connaît de vue et qui la traite de GROSSE TCHOIN, son cœur s'arrête de battre. Marwan a liké et a commenté avec un smiley clin d'œil. Elle s'écroule. Elle se sent trahie, par Marwan et par le monde entier. Elle sait qu'elle devrait désactiver tous ses comptes, toutes ses applications, éteindre son portable, le jeter, le brûler. Mais c'est plus fort qu'elle, elle est comme hypnotisée. Elle lit chaque commentaire, chaque message, chaque insulte à la recherche du moindre indice. En larmes, Ismahane ne peut détourner son regard de l'écran. Elle sent qu'elle va vomir, elle court aux toilettes pour vider toute sa tristesse et sa rancœur. Quand elle repense au corps de Marwan fouillant le sien, elle est prise d'un irrépressible dégoût. Ismahane va sous la douche, elle y reste durant des heures. Sous l'eau, elle frotte sa peau, encore et encore, jusqu'à se faire saigner. Elle aimerait être propre, mais elle sait que c'est toute son âme qui est désormais salie. Elle pense à ses parents.

Quartier libre

Ce n'est qu'une question de temps avant qu'ils ne soient mis au courant. Elle pense à sa mère, déjà trop affaiblie par l'incarcération de Yassine, à son père qui n'aura pas d'autre choix que de l'envoyer au pays. Elle pense à la honte qui va s'abattre sur la famille. Un frère dealer. Une fille qui tourne des vidéos pornographiques. Ils n'auront pas d'autre choix que de déménager. Et Olivier, que va dire son Zitoune, elle peut déjà entendre la déception et la colère dans sa voix. Verra-t-il la vidéo, que va-t-il ressentir ?

Ismahane reste cloîtrée dans sa chambre, elle ne peut pas en sortir, c'est impossible. Son portable continue de vibrer devant l'adolescente impuissante. Et c'est tout son monde qui s'écroule. Les heures suivantes se suivent et se ressemblent, Ismahane est lynchée, jetée en pâture sur la place publique et jugée par une foule d'anonymes qu'elle ne connaît pas. Marwan qui ne répond pas. Narimen et Tania qui ne répondent pas. Cela dure deux jours. Les parents d'Ismahane sont inquiets de ne pas voir leur fille sortir de sa chambre, ne pas vouloir manger, elle prétexte qu'elle est malade, qu'elle est fatiguée, qu'elle souhaite se reposer. Et sur son écran d'ordinateur, sur son écran de portable, le verdict sans appel qui tombe, comme un couperet, toutes les minutes. COUPABLE. Ismahane est coupable d'avoir cédé à ses désirs. Coupable d'être une femme. Coupable d'avoir fait confiance à un homme. Coupable d'avoir cru en l'amour. Ismahane en devient folle de douleur, c'est trop pour elle, c'est trop pour ses épaules d'adolescente de bientôt seize ans. La nuit tombe et Ismahane vient de prendre sa décision.

Elle n'a pas le choix, elle ne peut pas vivre ainsi. Elle attend que ses parents soient partis se coucher, allongée sur le lit. Ismahane est sereine. À cet instant précis, elle n'a pas peur. Dans la religion, en général, se suicider est considéré comme interdit, comme un acte de lâcheté. Elle n'y avait encore jamais réfléchi mais à présent, elle trouve que le courage ou la lâcheté n'ont rien à voir dans cette décision, dans ce choix. C'est ce qui s'impose quand il n'y a plus rien d'autre, que la souffrance a pris toute la place.

Ismahane décidera jusqu'au bout de qui elle était, de qui elle est, et de qui elle sera. Une adolescente libre.

Elle se lève sans faire de bruit, ouvre la fenêtre de sa chambre. Elle grimpe sur une chaise, s'agrippe aux montants de la fenêtre. Elle est triste à l'idée de faire encore plus de peine à ses parents. Le chagrin de sa mère, et celui de son père. Elle n'aurait pas pu rêver mieux comme papa. Toujours là pour elle, à répondre à la moindre de ses questions, de ses interrogations. Lui qui a toujours tout fait pour la rassurer face à la dureté du monde. Elle se souvient avec émotion, et sans vraiment comprendre pourquoi, leur voyage à Paris, tous les quatre. Tout était plus simple alors.

C'était sa première fois à la capitale, elle ne devait pas avoir six ans. Même Yassine était venu en traînant des pieds, mais il était venu. Dans le métro, Ismahane avait vu entrer cet homme, un SDF.

Il faisait si jeune et si vieux à la fois. Le clochard avait pris la parole, d'une voix forte mais usée, aussi. Un discours qu'il devait connaître par cœur, à force de le répéter. Il avait dit, au milieu des gens qui baissaient la tête et ne voulaient surtout pas l'écouter.

— Bonjour à toutes et à tous, je m'appelle Jérôme, j'ai trente-deux ans et je viens de sortir de prison depuis quelques jours. Je ne fume pas. Je ne bois pas. Je ne me drogue pas. Je veux simplement retrouver

Quartier libre

ma dignité et ma place au sein de la société ! Pour cela, je vends des petits porte-clés à deux euros l'unité, si jamais vous voulez m'aider, Messieurs, Mesdames, n'hésitez pas. Des petits porte-clés à deux euros, à la gloire de Paris...

Ismahane était fascinée par les paroles du SDF, elle l'avait regardé déambuler dans la rame, son ventre s'était noué quand elle avait vu que presque tout le monde détournait le regard au passage de Jérôme près d'eux. Mais deux femmes avaient levé la main et lui avaient acheté un porte-clés. Jérôme était sorti à la station suivante, avec quatre euros en poche, avant d'arriver jusqu'à eux.

Le midi, ils étaient allés dans un restaurant et l'image de Jérôme ne quittait pas la gamine. Elle avait picoré dans son assiette, incapable de penser à autre chose. Au moment du dessert, elle s'était mise à pleurer. Son père l'avait prise sur les genoux. Il lui avait demandé.

– Mais qu'est-ce qu'il t'arrive, Isma ?

Alors, elle avait tout dit, qu'elle était triste d'avoir vu ce monsieur, qu'elle se demandait comment il faisait pour vivre. Trop de questions se bousculaient entre ses lèvres et l'empêchaient de parler. Brahim avait reposé son café, il avait souri. Puis, de son sac, il avait sorti un stylo et avait commencé à griffonner sur la nappe en papier. Tout en écrivant, il avait dit à Ismahane, qui ouvrait de grands yeux.

– Regarde bien, mon cœur... On va calculer tout ça... ! Donc, ce Jérôme, on va imaginer qu'il prend le métro toute la journée, dans chaque rame, il va vendre environ deux porte-clés à deux euros chaque fois, regarde bien Ismahane ! On va calculer le nombre de rames qu'il peut faire par jour, puis on va multiplier ça sur une année et puis… Et pendant qu'il parlait, il s'embrouillait dans ses calculs, la nappe en papier était remplie d'additions, de multiplications et à la fin, Ismahane était impressionnée. Jérôme gagnait bien sa vie, il n'était plus pauvre.

À la fin de son exposé, Brahim avait serré sa fille dans ses bras, il lui avait demandé.
 – Alors, ça va mieux ? Tu vois, tu n'as pas à t'inquiéter, cet homme gagne même plus que ton père ! Allez, finis-moi cette glace ou c'est moi qui la mange !

Ismahane avait éclaté de rire, s'était essuyé les yeux, rassurée.

Debout en équilibre sur le rebord de sa fenêtre, la chambre plongée dans le noir, Ismahane pleure en repensant à cette histoire. À cet instant précis, elle hésite à sauter. Elle se rend compte maintenant, à cet instant précis, combien son père était un merveilleux menteur. Comment avait-elle pu croire qu'un SDF gagnait bien sa vie seulement en vendant des porte-clés à deux euros. C'était sûrement cela, le rôle d'un père, de masquer parfois la réalité sale à ses enfants. Et ils le remerciaient comment ? Elle ne veut pas imaginer la réaction de son père face à la vidéo de sa fille. À la seule pensée de ces images qui tournent, ses ultimes résistances s'effondrent. Ismahane prend une grande respiration, elle jette un coup d'œil en bas, elle se sent happée par le vide. Elle voit le trottoir faiblement éclairé par un lampadaire, installé à quelques mètres. Il ne lui reste que quelques secondes à vivre. Une dernière fois, elle ferme les yeux, elle murmure, Qu'Allah me pardonne.

Puis, sans faire un bruit, tout doucement, Ismahane saute.

Toulouse, mars 2017

Après avoir passé des heures au téléphone avec Olivier, Boris a fini par se laisser convaincre de revenir à Toulouse pour aider son vieil ami. Toutes les cinq secondes, Boris soupire un tu fais vraiment chier, mais il est là, malgré tout. Olivier lui a tout raconté plusieurs fois, l'intervention de Yassine depuis la prison, Marwan, la vidéo et le suicide d'Ismahane. Boris lui demande.

– Que peut-on faire ? T'as un plan… ? Enfin, j'veux dire, un plan qui inclut le fait qu'on ne risque pas notre vie ?

Olivier secoue la tête, tristement, non il n'en a aucune idée. Il dit.

– J'aimerais attraper Marwan, lui faire comprendre que le *revenge porn* est puni par la loi et qu'il a poussé une adolescente au suicide… Je veux qu'il paye, mais je ne sais pas comment… Tout seul, je ne vais pas y arriver, je le sais !

– Je te préviens, je ne veux pas finir comme Pierrick, hein… On fait quoi ?

– Il faut trouver le moyen d'amener Marwan aux flics. Ça ne va pas être simple, de ce que je sais, ils ne voient pas le problème et Marwan n'est pas un tendre...

– Oui, il faut qu'on arrive à le choper dans le quartier... Je sens que ça ne va pas être simple, tout ça. Putain d'Arabes !

Olivier se retourne brusquement vers Boris, furieux.

– Je te suis hyper reconnaissant d'être avec moi, mais faut vraiment que tu arrêtes de dire des conneries comme ça, Bobo ! J'sais que t'as la haine et que tu es triste que Pierrick soit mort mais sérieux, comment tu peux proférer de telles conneries ! Pas toi... Arabe, Noir, Blanc, Juif, Asiatique... C'est un malade, un délinquant qui a tué notre pote, pas une identité sociale ou culturelle, pas une couleur de peau !

– T'vois, c'est la différence entre toi et moi, Olive. J'aimerais être aussi Bisounours que toi, hein ! J'aimerais garder cette candeur, cette innocence mais je n'y arrive pas ! Pierrick s'est fait buter comme un chien par un reubeu, que tu le veuilles ou non ! Tu t'es fait tabasser presqu'à mort, séquestrer ! Et toi, t'es quand même trop bon, trop con, tu continues de travailler pour eux, de bosser dans leur quartier... J'te reconnais plus ! Y a encore quelques années, jamais t'aurais mis les pieds ici ! J'suis pas raciste, mais...

Boris en pleure presque de rage. Olivier s'assied à côté de son ami. Il entend sa colère, il entend sa douleur. Mais son discours est inacceptable. Absurde. Olivier n'est pas – n'est plus – comme lui, ignorant, ne voyant la réalité que sous un prisme biaisé, simplifié à l'extrême, refusant qu'elle ait mille facettes. Il regarde par la fenêtre. Tout en contemplant le ciel, le dos tourné à Boris, il répond.

– Tu ne sais pas ce que j'ai vécu ici. Les gosses dont je m'occupe, l'attention dont ils ont besoin.

Quartier libre

Tu me demandes pourquoi je suis resté dans le quartier ? Pour eux, Boris. Pour eux. Je fais un métier qui ne sert pas à grand-chose à tes yeux, mais pour moi, il est essentiel. J'aimerais que tu le comprennes. Je me fous de savoir s'ils sont musulmans ou bouddhistes, je me fous de savoir s'ils me sont étrangers, moi je vois seulement des enfants, des adolescents qui sont en manque de repères. Ce quartier est aussi magnifique qu'il peut être violent, l'humanité y est entièrement représentée, le meilleur y côtoie le pire. Comme partout, simplement en plus condensé. J'ai besoin de toi, Bobo. Mais ne te méprends pas, certainement pas pour casser de l'Arabe, pas pour se venger gratuitement. Tu sais, il y a une phrase qui dit qu'*il est plus facile de construire un enfant fort que de réparer un adulte brisé*. C'est ça, mon métier. J'essaye de construire un avenir à tous ces mioches. Souvent avec l'aide de leurs parents, parfois malgré eux, en dépit de la société. Mais là, je suis perdu, je suis tout seul. J'ai besoin de toi pour qu'on coince Marwan, je le dois à Ismahane. T'as pas connu Isma, toi. Tu ne sais pas tout ça. Tu ne sais pas à quel point c'était une gamine formidable.

Boris reste silencieux, presque honteux. Il ne sait plus quoi dire, il ne veut pas envenimer les choses, n'a rien à lui répondre. Il entend la détresse dans la voix d'Olivier. Il se contente de marmonner un, ouais désolé, dans sa barbe. Puis, d'une voix un peu plus forte.

– Bon, t'as une photo de ce Marwan ? Que je sache à quoi il ressemble, ce bou… gre ! J'allais dire ce bougre, promis ! se rattrape-t-il de justesse devant le regard noir d'Olivier.

Celui-ci lui montre le profil de l'adolescent sur Facebook, en cherchant un peu, ils tombent sur son Instagram. Boris dit.
— J'ai quand même le droit de dire qu'il est sacrément moche, ou ça aussi, ça n'passe pas ? Je ne sais pas ce qu'ils ont avec leurs cheveux longs, sérieux... Bon, c'est bon, j'vois à quoi il ressemble, je ne devrais pas le louper dans la rue si on le croise... Maintenant, faut qu'on trouve un moyen de savoir où il se planque parce qu'à tous les coups, après le suicide de ta Isma, le Marwan, il doit bien se cacher, nan ? Enfin, personnellement, je ne m'amuserais pas à rester dehors.

Tandis que Boris prononce ces mots, Marwan à quelques kilomètres de là, traîne dans le quartier. Contrairement à ce que suppose le meilleur ami d'Olivier, l'adolescent n'a encore nullement l'intention de faire profil bas.

Au moment du harcèlement d'Ismahane, il avait tranquillement contemplé le déferlement de haine sur les réseaux. Presque tous ses amis lui avaient écrit pour le féliciter d'avoir affiché une pute. Ismahane n'avait même plus de prénom, c'était juste la pute qui avait balancé son frère selon les rumeurs. Au bout de deux jours, quand elle s'était suicidée, Marwan n'avait rien ressenti non plus. Quelques personnes s'étaient détournées de lui, en se disant que c'était allé trop loin. Mais la majorité des personnes qui avaient harcelé la jeune adolescente n'éprouvait aucune honte. Et Marwan, loin de se cacher, se pavanait dans le quartier, bombant le torse. Après ce qu'il venait de faire, il était devenu le roi du quartier, détrônant presque par là-même le souvenir de Yassine. Seul Kader l'avait mis en garde.

Quartier libre

— Tu devrais faire gaffe tout de même, Marwan… Efface tes commentaires sur les réseaux ! Il va forcément y avoir enquête, et les flics vont remonter jusqu'à toi, non ?

— Pff, franchement, que dalle ! Ils vont faire quoi ? Je ne l'ai pas poussée, elle a sauté toute seule ! Pour la vidéo, j'dirai que j'ai fait une erreur, qu'elle ne devait pas être publique, ça arrive les bugs informatiques ! Et puis, entre nous, tu penses vraiment que la police va faire une enquête pour ça ?

Et il n'avait pas tort. Cela faisait quelques jours qu'Ismahane s'était tuée et il n'avait pas été convoqué une seule fois au commissariat. Quand les flics étaient venus constater le décès de l'adolescente, ils n'avaient pas cherché plus loin. Ce n'était pas un meurtre, ils avaient donc conclu au suicide, et qu'importent les raisons. Qui sait ce qui se passe dans la tête d'une adolescente ? C'est bien triste, mais que pouvaient-ils y faire ? Ils avaient bien posé quelques questions à la famille, plus par obligation qu'autre chose. Mais ni la mère ni le père n'avaient pu apporter d'éléments de réponses à l'enquête. Ils ne savaient pas pourquoi leur fille avait pu mettre fin à ses jours. La maman avait dit : elle était un peu malade, elle n'avait pas voulu sortir de sa chambre… L'entourage avait lui aussi été questionné, les meilleures amies d'Ismahane, mais tout le monde avait fait semblant de ne pas savoir. Personne n'avait parlé de la vidéo. Quand, enfin, la police avait fini par établir le lien entre le suicide et la sextape qui tournait sur les réseaux, elle s'était posé la question de convoquer le supposé petit ami de l'adolescente. Mais le brigadier-chef en charge de l'enquête avait décrété de laisser tomber. Il avait dit à son équipe :

— Franchement, les mecs, c'est clair, c'est moche, mais qu'est-ce qu'on y peut ? Ce n'est pas une histoire de drogue, y a pas eu meurtre. Personne n'a porté plainte. OK, elle a été filmée à son insu, elle n'a pas aimé et elle s'est foutue en l'air ! Entre nous, qui ne s'est pas déjà filmé ou pris en photo pendant une petite partie de jambes en l'air, hein ? Personne n'a porté plainte. Il n'est pas à exclure que cette vidéo soit arrivée sur la toile par accident ! Allez, affaire classée !

Un des policiers avait toutefois pris la parole presque timidement, et avait demandé, mais le *revenge porn* n'est-il pas condamnable par la loi ? Si on a l'identité de ce jeune homme, ne faudrait-il pas le faire venir ici ? On parle de quelque chose qui a entraîné la mort d'une jeune femme !

Le brigadier l'avait dévisagé en soupirant. Quelques jeunes recrues aimaient faire du zèle. Après quelques secondes de réflexion, il avait accepté en râlant de convoquer le jeune Marwan, afin qu'il s'explique et réponde de ses actes.

Lorsque Marwan avait appris qu'il était invité à se rendre au commissariat du quartier, il n'avait eu que quelques secondes de panique. Il n'irait pas. Et s'il était amené à être recherché, il avait des dizaines de cachettes et de lieux où se terrer. Bon nombre de personnes lui devaient des faveurs, il n'était pas inquiet. Prudent, il avait toutefois effacé toute trace de culpabilité sur les réseaux, comme lui avait suggéré Kader.

Mars 2017

Olivier est en proie à un dilemme intense. De par sa position, son action au sein du quartier, ainsi que son passé chaotique avec Yassine, il avait noué quelques relations avec certains policiers. Certaines meilleures que d'autres.

Lorsque Olivier avait découvert la vidéo d'Ismahane et qu'il avait eu confirmation de la responsabilité de Marwan, son premier réflexe avait été de se rendre au commissariat, afin de porter plainte contre le jeune homme. Mais quelque chose d'inexplicable, de sombre l'avait retenu. La culpabilité qui le rongeait encore et que la mort de l'adolescente avait réactivée lui dictait d'agir, de mener ce combat lui-même. Il le devait à Isma, à Pierrick aussi. Cette fois-ci, il devait réussir, il ne referait pas les mêmes erreurs. C'est du moins ce dont il essayait de se convaincre. Et puis, il y avait cette part de lui, qui avait mûri, avait grandi, s'était impliquée dans le quartier et qui ne cessait de lui répéter qu'il devait se rendre à la police, les aider à coincer Marwan.

Tout se mélangeait dans sa tête, et s'il n'en avait rien dit à Boris, il n'avait pris aucune décision.

Février 2017

Yassine a un parloir. C'est sa mère qui est venue. Il ne la reconnaît pas. Elle ressemble à une de ces vieilles femmes, au bled, qui passent leurs journées sur une chaise ou sur un banc devant les maisons. Elle qui a longtemps fait si jeune a pris un siècle en quelques années. Yassine la regarde s'asseoir en face de lui avec difficulté. Elle soupire, se masse les tempes en fermant les yeux. Puis, sans préambule, sans même lui dire bonjour, elle lui dit.

– Ismahane est morte. Elle s'est suicidée.

Yassine n'a aucune réaction. Il se contente de fixer sa mère.

– Ta sœur. C'est ta sœur qui est morte.

Mais le grand frère ne bouge toujours pas, il regarde cette femme qui n'est plus que l'ombre d'elle-même. Il demande, la mâchoire serrée.

– On sait pourquoi elle a fait ça ?

– Non… Justement, on ne sait pas ! Elle a sauté par la fenêtre en pleine nuit. On n'a rien vu venir, ça a été si soudain. Et toi, qui n'es pas là… Oh Yassine…

Elle se met à pleurer, silencieusement. Sous le crâne de son fils, la tempête s'est à nouveau levée. Il réfléchit à toute vitesse. Est-ce que son plan a si bien fonctionné que sa sœur en est carrément morte ? Décidément, un peu trop efficace, le Marwan. Il faut qu'il fasse venir Kader, qu'il lui confirme tout ça. Devant sa mère effondrée, il se contente de hausser les épaules, il murmure.

– Elle a toujours été un peu spéciale.

Sa mère se lève, sans répondre. Au moment de franchir la porte, elle se retourne vers son fils, qui n'a pas bougé de sa chaise.

– Toi aussi, tu l'as toujours été.

Yassine ne réplique pas. Il se contente d'esquisser un rictus indéchiffrable. Sa mère a raison, il a toujours été différent des autres.

Il a toujours su qu'il aurait un destin exceptionnel.

Quand Yassine était né, son père Brahim, lui avait-on raconté, avait pleuré de joie. Il l'avait élevé comme un roi, persuadé qu'il aurait de l'avenir, contrairement à lui. L'enfance de Yassine avait été simple et heureuse, jusqu'à l'arrivée d'Ismahane... Imperceptiblement son horizon s'était assombri. Il n'était plus le seul.

De temps en temps, il se penchait sur le berceau de sa petite sœur, il la regardait dormir pendant de longues minutes. Il lui aurait été si facile de prendre un coussin et de l'étouffer dans son sommeil. Pendant quelques secondes, il s'imaginait appuyer le tissu contre la tête de sa petite sœur, mais Ismahane, comme si elle sentait sa présence et ses intentions, se réveillait chaque fois. Elle lui tendait ses mains en riant, en gazouillant de joie en voyant son grand frère. Il faisait alors demi-tour, le cœur battant et la bouche sèche. Yassine

Quartier libre

chassait rapidement ces pensées, mais elles revenaient régulièrement. Il sentait le regard de son père dans son dos. Au fil du temps, il avait fini par accepter la présence d'Ismahane, se laissant même aller parfois jusqu'à jouer avec elle, et à la protéger à sa manière. Mais, souvent, il se demandait quelle aurait été sa vie sans elle.

Yassine s'arrache à ses souvenirs.

Après la visite de sa mère, il demande à passer un coup de fil. Il n'a besoin que de deux minutes, ce ne sera pas long. Il appelle Kader. Quelques mots sont échangés. Son ancien bras droit lui confirme la nouvelle. Ismahane. Marwan. La vidéo. Le harcèlement. Le suicide. Yassine reste de marbre. Il raccroche.

De retour dans sa cellule, il s'allonge sur son matelas. Lentement, il intègre la nouvelle. Ismahane est morte. Il laisse l'information s'infiltrer en lui, il la sent remonter dans ses veines, dans ses bras, voyager dans son ventre. Il attend d'accueillir quelque chose, une émotion quelconque, la douleur, le chagrin, quelques miettes de compassion. Yassine remâche doucement les paroles de sa mère, Ismahane est morte. Non, il ne ressent rien.

Il ferme les yeux, il voit le souvenir de sa petite sœur danser dans sa chambre, le soir. Il entend encore la musique qu'elle passait en boucle. Il pourrait faire la chorégraphie sur le bout des orteils, tellement il la connaît par cœur. Ismahane est morte et rien ne vient, il s'attendait au moins à un frémissement de sa peau, à un léger spasme derrière ses paupières. Yassine en est presque déçu. Il sait que c'est la faute aux médicaments, il en est persuadé. Pour survivre à l'enfermement et à l'abrutissement, il s'est façonné un palais mental. C'est son refuge, sa liberté. Dans son esprit, Yassine erre de pièce en pièce à la recherche de quelque chose qui pourrait lui faire ressentir quelque chose, même l'espace d'une seconde. Il fouille dans les prisons à souvenir verrouillées qu'il a lui-même érigées pendant qu'il fixait le mur gris, des heures durant. Mais il ne trouve rien. Les souvenirs sont trop enfouis, il a perdu les clés de certaines portes. Yassine frappe dessus de toutes ses forces. Mais elles refusent de s'ouvrir. Il s'enfonce de plus en plus loin dans son palais mental. Si un surveillant passe la tête, il pourrait croire que Yassine allongé sur le dos, les yeux fermés, dort paisiblement. Mais il n'en est rien.

– Tiens, je suis sûr que tu n'avais pas prévu que ta sœur se suicide, hein ! Dommage collatéral ?

Le fantôme de Pierrick flotte à ses côtés, ricane. Yassine secoue la tête, agacé. Il menace l'éternel jeune homme du poing. Mais Pierrick reprend.

– Dire que tu voulais juste donner une leçon à ta famille... Franchement, bravo, j'applaudis, c'est un succès.

– Mais tais-toi ! Tu es mort de toute manière, les morts ne parlent pas ! Va-t'en ! Ismahane a payé. Le prix du sang !

– Mouais, enfin quand on y réfléchit deux minutes, elle n'y est pour rien. T'as fait assassiner ta propre sœur comme ça, pour rien. POUR RIEN.

Yassine explose. Le cadenas des émotions a sauté, il hurle, écumant.

– FERME.TA.PUTAIN.DE.GUEULE ! Je ne l'ai pas poussée ! Ce n'est pas de ma faute si elle n'a pas eu le cran de supporter ce qu'elle a fait, c'est tout ! JE N'AI RIEN FAIT, MOI, JE N'AI RIEN FAIT ! MÊME POUR TOI, CE N'ÉTAIT PAS DE MA

Quartier libre

FAUTE ! LE COUP DE FEU EST PARTI TOUT SEUL, ET TU LE SAIS ! JE N'AI RIEN FAIT !

Yassine crie, tout seul dans sa cellule. Le surveillant qui fait sa ronde s'approche de la porte blindée, il hausse les épaules, il dit au talk, ça y est je crois que Betterki est devenu fou, voilà qu'il parle tout seul maintenant... Puis il frappe contre la paroi en fer avec sa matraque, en criant, Hey ! Ferme-là un peu ! Tu casses les oreilles à tout le monde ! Tais-toi si tu ne veux pas qu'on double la dose de médicaments, Yassine !

Le jeune homme cloué sur sa paillasse, en sueur, se débat avec ses souvenirs. Dans son palais mental, Yassine court à travers les pièces, se cache derrière les tentures, derrière les statues, les planques du quartier sur lequel il croyait régner, il essaie désespérément de se cacher de Pierrick, mais en vain. Dans les méandres de son esprit malade, il trouve enfin une porte entrouverte, il s'y engouffre, la referme derrière lui. Pendant quelques secondes, il essaye de reprendre son souffle, dans le noir. Quand soudain, il entend une petite voix dans son dos.

– On joue à cache-cache, grand frère ?

Yassine peut sentir son sang se geler. Il se retourne, lentement. Assise en tailleur au plafond, Ismahane le regarde en souriant. Elle se laisse tomber, elle plonge au ralenti vers le sol, aux pieds de Yassine. Mais juste avant que son crâne ne touche le carrelage, elle se réceptionne avec grâce. Elle se met à rire.

– Oups ! J'ai failli faire la même chose que la dernière fois, que je suis maladroite, tout de même... T'as de la chance, Yass, t'as pas vu mon sang gicler ! Je suis sûre que t'aurais trouvé ça tellement fou, imagine ! Des bouts de cervelle un peu partout, des miettes de mon cerveau sur le trottoir... Toi qui disais que je n'en avais pas... Bien fait ! Bien fait ! Et elle se jette sur lui en riant, les deux bras en avant.

Yassine se tient la tête entre les mains, en hurlant. Il se tire brusquement de cette torpeur, il s'arrache à son palais mental avec ce qui lui reste de forces. Quand le surveillant ouvre la porte de la cellule, il retrouve le jeune homme recroquevillé sur son lit, en pleurs, les deux mains sur les oreilles, épuisé. Son corps est traversé de tremblements incontrôlés. Il se met à vomir. Ismahane est morte. Sa sœur. Sa petite sœur est morte. Yassine le ressent enfin dans sa chair, sous la peau, dans ses os. Il sent que ça grouille, que ça glisse le long des veines. C'est comme si un corbeau messager venait picorer l'intérieur de son crâne. C'est presque avec soulagement qu'il accueille ces sensations-là. Et c'est tout son visage qui se tord lentement en un sourire trempé de larmes. Le surveillant Boneti recule d'un pas, il referme la porte précipitamment. Bien des années après toute cette histoire, il se réveillera encore quelquefois, paniqué et en sueur, au souvenir de la tête de Yassine ce jour-là.

Durant les jours suivants, on place le jeune homme, en proie à des crises d'hallucinations violentes, en unité psychiatrique. Assis dans un coin de sa cellule, Yassine se balance lentement sur lui-même. Malgré les médicaments qui le maintiennent dans un brouillard cotonneux, il sent toujours la présence de Pierrick et d'Ismahane à ses côtés. Les deux fantômes lui tiennent la main sans rien dire.

Dans la salle de repos des surveillants du centre pénitencier, le surveillant Boneti est assis d'un air placide. Il lit son journal en buvant un café pour passer le temps. Le surveillant Liron lui parle de Yassine. Las, Boneti hausse les épaules.

Il dit :

— Je t'avais prévenu qu'il ne tiendrait pas longtemps. Son cerveau a fondu, c'était sûr. D'après les rumeurs, sa petite sœur vient de se foutre en l'air, et visiblement, il ne serait pas étranger à cela... Pas étonnant qu'il disjoncte. Enfin... Ce genre de type, ce ne sera pas vraiment une grosse perte pour la société, on va dire...

Puis, il retourne à sa page Sports. L'OM a encore perdu.

Mars 2017

Olivier dépose quelques fleurs sur la tombe d'Ismahane. Boris a tenu à l'accompagner, sûrement pour faire amende honorable, et parce que lui aussi est touché par le destin tragique de l'adolescente. Malgré leurs désaccords, Olivier lui en est reconnaissant. L'atmosphère est calme, personne d'autre qu'eux ne hante les allées du cimetière et le marbre gravé par les souvenirs. Boris est mal à l'aise. Depuis la mort de Pierrick, il n'a pas remis les pieds dans un lieu de recueillement. Mais il reste, en soutien à son meilleur ami. Olivier prend le temps de prier, lui qui pourtant ne croit pas en grand-chose. Il essaye péniblement de se remémorer ce qu'il a pu apprendre durant ses lointaines années de catéchisme. À la fin d'un *Je vous salue, Marie* maladroit, il murmure.

– Je connais la vérité, Isma. Et je te promets que cela ne restera pas impuni. Nous allons faire payer Marwan, je te le jure. On va le faire arrêter !

Il se signe, un oiseau venu s'abreuver à la petite coupelle remplie d'eau de pluie s'envole. Olivier y voit là comme un signe. Ismahane est là, et elle a entendu le message, il le sait. Puis, il se tourne vers Boris.

– Allez, allons lui régler son compte.

Assis à son bureau, Olivier se débat avec les devis et les factures qui s'accumulent, quand Tania frappe à sa porte, timidement.

— Euh, Olivier, je peux te parler ? Voilà, on a un truc important à te dire avec les autres, tu peux venir dans la salle commune, s'il te plaît ?

Olivier fronce les sourcils et soupire. Il présume que c'est encore une revendication pour changer le planning des activités du mercredi après-midi. Mais il se lève et se résout à suivre Tania qui, depuis son départ fracassant du centre, n'était pas revenue. Il rentre dans la salle et y trouve une dizaine d'ados assis autour des deux vieilles tables. Il les connaît tous, bien sûr. En plus des habitués, il y a d'anciens primaires de Mauriac. Tania s'assied, Narimen se tortille. Farid joue sur son portable. Walid est absent, il n'a pas pu venir aujourd'hui. Tout le monde s'arrête de parler. Olivier attend. Tania prend la parole, encouragée du regard par toute l'assemblée.

— Euh alors voilà, Olivier, on a quelque chose à te proposer, on est tous d'accord entre nous et on aimerait que tu acceptes.

Olivier regarde Tania d'un air amusé. Qu'est-ce qu'elle va donc bien pouvoir lui demander ?

Tania prend une grande inspiration et lâche, d'un coup, en quelques secondes. « CestausujetdeIsmahane. » Le sourire d'Olivier s'évanouit aussitôt. L'ambiance vient de se glacer.

— Comment ça, au sujet d'Ismahane ?

Farid baisse les yeux, Narimen se recroqueville plus qu'elle ne l'est déjà, les adolescents sont mal à l'aise, mais Tania ne se démonte pas. Elle élève la voix, pour stopper court au brouhaha qui s'élève.

— Oui, Olivier ! Écoute, on ne va pas se mentir ou faire semblant, on sait tous ce qu'il s'est passé, la vidéo, Marwan, pourquoi Isma s'est suicidée, et on a décidé d'agir...

Olivier fulmine. Et puis, explose.

— Sérieusement ? Vous décidez ça, des semaines après ? Alors que vous ne l'avez pas aidée ? Qu'aucun d'entre vous n'est venu me voir ? Alors que je n'ai pas cessé de demander des réponses, et que vous n'avez strictement rien voulu me dire ! TOUT LE MONDE. À part Narimen !

Il tape du poing sur la table, les adolescents rentrent leurs têtes dans les épaules. VOUS VOUS FOUTEZ DE MOI ? Autour de la table, personne n'ose se regarder. Finalement, au bout de quelques secondes, Tania reprend la parole, on peut entendre des sanglots rouler au fond de sa gorge.

— On a honte, Olivier, on veut se racheter, t'as bien vu que l'enquête n'a rien donné, la police ne sait pas où est Marwan, rien n'avance et bientôt cette affaire sera classée, c'est sûr ! On veut venger Ismahane, et on a besoin de toi, vraiment.

Olivier s'adoucit, sa colère est passée. Il n'est plus le jeune animateur à ses débuts, c'est un adulte désormais, un directeur de structure, un éducateur confirmé.

Il ne peut plus réagir comme un amateur submergé par ses émotions. Il soupire, prend une voix douce, presque apaisante.

– Je comprends, qu'est-ce que je vous comprends ! Moi aussi, je veux faire éclater la vérité sur la mort d'Ismahane mais on ne peut pas faire n'importe quoi... Souvenez-vous de ce qui s'est passé il y a cinq ans, rappelez-vous les conséquences ! J'ai voulu jouer les justiciers, et j'ai perdu mon meilleur ami. On doit laisser la police faire son travail, quoi qu'on en pense.

Farid lève la main.

– Mais Olivier, tu vois bien que ça ne mène à rien, tout ça ! Regarde, ça fait des semaines, et toujours rien, Marwan est introuvable dans le quartier, il est hors d'atteinte, il se croit réellement intouchable et le pire, c'est qu'il a raison. On a tous peur de lui, ici. Même Walid, il a peur de son frère ! Il a trop de respect pour sa famille ! La preuve, lui aussi, il a rien dit pour Ismahane ! Mais on veut le faire tomber, tout comme tu as fait tomber Yassine...

Tania reprend la parole, sans laisser le temps à Olivier de répondre.

– Je te promets qu'il ne nous arrivera rien ! On va juste attirer Marwan dans un endroit précis. L'un d'entre nous va lui donner rendez-vous, il ne se méfiera pas, j'en suis sûre... Qui le connaît bien, toi, Amir ? OK, il suffit juste que tu lui dises que tu as besoin de marchandise. Tu n'auras même pas à te montrer, limite ! Nous, tout ce que l'on te demande, c'est de le coincer pour l'amener à la police, pour qu'ils arrivent enfin à le coincer ! C'est tout ! Si on va de nous-mêmes voir les flics, ils ne nous croiront pas, alors que toi, t'es connu dans le quartier depuis le temps, ils te feront confiance, obligé !

Olivier garde le silence, il réfléchit un long moment, l'idée que Marwan soit derrière les barreaux le brûle, mais hors de question d'impliquer les ados. Il secoue la tête, refuse cette éventualité. Plus personne ne parle, tout le monde est conscient de la gravité de la situation. C'est Narimen qui brise le silence. Elle dit, presque en chuchotant.

– Olivier… Ce qu'a fait Marwan à Ismahane, ce n'est pas la première fois… On a appris que lui et certains de ses potes s'amusaient à s'échanger des photos et des vidéos de leurs conquêtes dans un groupe privé sur Facebook… Apparemment, Marwan a tout supprimé sur Internet, depuis qu'il sait que la police enquête, et il va s'en tirer comme ça… On ne le savait pas, avant. On te le jure, on ne le savait pas.

Sa voix s'achève en sanglots, et Olivier capitule. Presque malgré lui, à ses conditions, il accepte le plan de Tania, horrifié par la perspective que Marwan échappe à ses responsabilités. Sans rien dire, les adolescents sortent du centre, laissant leur directeur en tête à tête avec sa peine.

Farid est en retard pour emmener son frère à son entraînement de football. Il presse le pas sans voir Kader qui l'observe du trottoir d'en face. Celui-ci a, par hasard, vu la bande d'ados sortir du centre de loisirs. Agitée et en plein débat. Il s'interroge. Qu'est-ce qu'Olivier a pu leur dire pour les mettre dans cet état ? Kader secoue la tête. Dans le doute, il envoie un message à Marwan. On n'est jamais trop prudent.

Marwan est confortablement allongé sur son lit quand il reçoit le message de Kader. Il se redresse brusquement. Ce rassemblement avec Olivier lui semble étrange, à lui aussi. D'ordinaire, ils ne sont pas autant à aller au club Ados en même temps. Marwan se sent fébrile, il se méfie de l'ancien animateur. Il n'oublie pas que Yassine est derrière les barreaux à cause de lui. Il lui faut davantage d'informations. Et il sait vers qui se tourner. Il enfile ses chaussures à la hâte, Marwan n'a pas une minute à perdre. Il s'engouffre dans les escaliers, manque de renverser la vieille voisine qui donne à manger aux chats errants de tout le bâtiment. Il se retourne à peine pour s'excuser. En bas du bloc, quelques jeunes sont posés, l'enceinte qui crache de la musique en continu. Quand ils voient Marwan, ils le saluent comme si c'était une star. L'adolescent passe à côté d'eux, leur dit bonjour en courant. Ils entendent l'inquiétude dans sa voix.

Accoudé aux rambardes du stade, Farid regarde son petit frère dribbler les poteaux d'entraînement. Il attend patiemment que le cours se termine. Quand soudain, une main se pose sur son épaule. Il se retourne, devient blême. Marwan. Il bredouille, en fuyant les yeux de l'adolescent. Il se ressaisit.

— Ah salut Marwan... ça va, tranquille ? Qu'est-ce que tu fais par ici ?
— Rien, rien... je passais par hasard, je t'ai vu de loin...

Farid est rassuré. Intérieurement, il respire. Quand brusquement, la question de Marwan vient le frapper comme un uppercut.

— C'était quoi, cette réunion avec Olivier au club Ados, il paraît que vous étiez beaucoup, c'était important ?
— Euh, non, non... Rien de grave, il voulait juste nous réunir pour parler d'un projet d'animation dans le quartier, rien d'important... Tu vois le genre.

Marwan le regarde d'un air tranquille et acquiesce. Durant quelques minutes, il ne dit rien, il semble fasciné par ce qui se passe sur le terrain. Il demande à Farid.

— Ton frangin, c'est celui avec la coupe à la Ronaldo ?
— Euh oui, le numéro 7, là...
— Il se débrouille vraiment bien. Ouais, vraiment bien...

Farid bombe le torse, orgueilleux. Il sourit.

— Normal, c'est le sang, c'est la famille !

Marwan continue de regarder le terrain, l'air songeur. Il se penche vers le grand frère, il approche sa bouche de son oreille pour être sûr qu'il l'entende, malgré les cris et les coups de sifflet de l'entraîneur.

Farid se fige. Marwan le dévisage en souriant. Il allume une cigarette, nonchalant. Il tire une latte, recrache la fumée. Farid sent ses jambes qui s'affaissent. D'une voix étranglée, il demande.

— Que veux-tu, Marwan ? Ne mêle pas mon frère à ça...

Quartier libre

— C'est simple, je veux juste que tu me dises ce que voulait vraiment Olivier. Je ne crois pas à ta réponse de tout à l'heure. Dis-moi la vérité ou ton petit frère ne jouera plus jamais au football.

Farid déglutit difficilement. Il regarde son petit frère, qui vient de marquer un but et qui célèbre son action en relevant son maillot, comme ses idoles. Farid n'a jamais été un grand frère modèle. Mais entre Olivier et son frangin, le choix est vite fait.

— Alors, tu décides quoi ? Je n'ai pas vraiment le temps d'attendre.

Farid n'hésite pas. Il soupire, résigné.

— Olivier est au courant pour la vidéo. Il sait que c'est toi qui l'as mise sur les réseaux et qu'Ismahane en est morte. Du coup, il veut que tu payes.

Marwan se met à rire, froidement, il dit avec orgueil, mais même la police ne peut rien contre moi, il croit quoi, votre Olivier, là ? Il pense sincèrement m'avoir ? Comment ?

Farid hésite, balancer c'est mettre en danger toute la bande... Il dit d'une traite.

— Il veut faire comme avec Yassine... Il va te tendre un piège, avec l'aide d'un pote, te donner rendez-vous en utilisant l'un de nous et te tomber dessus pour te livrer à la police... Voilà, tu sais tout. Ne touche pas à mon frangin, s'il te plaît Marwan, il n'a rien à voir dans tout ça...

Marwan lui tape sur l'épaule, serre légèrement la clavicule de Farid entre ses doigts. Il dit, ironique.

— T'as fait le bon choix, ne t'inquiète pas... Comme tu dis, c'est le sang, c'est la famille ! Vive ton petit frère...

Marwan rentre chez lui, il essaye de garder un visage tranquille, mais au fond de lui, il fulmine.

Olivier. Après toutes ces années, il continue de leur poser des problèmes. Marwan se rappelle cette nuit où il avait menacé l'animateur avec son couteau. Quelques secondes de plus, et ça aurait été réglé, il n'avait plus qu'à enfoncer la lame, mais non, Yassine était arrivé en courant, sa claque l'avait envoyé au sol. Au souvenir de cette humiliation, le rouge lui remonte au front. Des années après, Marwan ne comprend toujours pas le geste de son boss. S'il avait su qu'il le paierait très cher quelques jours après, Yassine aurait sûrement retenu sa main, il aurait laissé Marwan planter Olivier. Sûrement.

Marwan claque la porte de sa chambre. Il doit trouver une solution très rapidement, pour doubler Olivier. Hors de question qu'il termine comme Yassine. La prison, c'est pour les perdants. Comme le dit Booba, les vainqueurs écrivent l'histoire, les vaincus la racontent. Il ne sera pas de ceux qui racontent. Il sait qu'il n'y aura pas beaucoup d'issues possibles. Soit il mourra en martyr. Soit il tuera Olivier et son ami, achevant le travail que n'avait jamais pu terminer Yassine. Si seulement il pouvait le voir, Marwan est certain qu'il serait fier de lui. Mais avant tout, il doit se sortir de ce guet-apens. En repensant à Farid, il sourit d'un air mauvais. Ça a été facile de le faire flancher.

Olivier est fébrile. Il regrette déjà sa décision. Il se sent plus que coupable d'avoir accepté, mais il est trop tard pour reculer. Cette fois, tout se passera bien, et Marwan sera écroué dans quelques heures. Tout ce qu'il a à faire, c'est retenir l'adolescent et appeler la police. Si ça doit mal tourner, personne d'autre que lui ne pourra être blessé. Avec l'aide de Boris, tout ira si vite, un coup de fil, les flics qui rappliquent et ce sera fini. Enfin, fini.

*
* *

Marwan attend devant son portable, le message de celui qui va le trahir. Tout à coup, ça vibre. Enfin. Marwan sourit. Amir, donc. Il n'aurait pas parié sur lui. Ce n'est pas grave, ils auront une petite discussion à un moment ou un autre.

*
* *

Olivier est revenu à l'appartement, depuis deux heures, il fait les cent pas devant un Boris plus qu'agacé.

— Eh mais, tu vas arrêter de bouger ? Tu me donnes mal à la tête !

— C'est plus fort que moi, Bobo ! On est si proches que tout ça se termine... Si tu avais vu mes ados, je ne les avais jamais vus aussi concentrés, aussi déterminés ! On va y arriver ! J'attends juste qu'Amir me confirme quand il aura eu son rendez-vous, on appelle les flics et c'est bon...

Boris secoue la tête, en soupirant. Tout ceci ne lui dit rien qui vaille, il n'a jamais eu confiance en la police. Mais il sait qu'Olivier est têtu, qu'il veut rester dans la légalité. Machinalement, Boris pose les yeux sur son blouson, dans un coin de l'appartement. La nuit tombe, allongé sur le canapé, il n'arrive pas à trouver le sommeil. Il se refait le film de ces derniers jours.

Olivier l'avait appelé pour lui raconter toute l'histoire, et le sang de Boris n'avait fait qu'un tour. Il avait enfin l'occasion unique de venger la mort de Pierrick. Œil pour œil, dent pour dent. Boris repense brusquement à ses parents, il ne sait pas pourquoi. Il se lève, va à la fenêtre et regarde le ciel étoilé. Boris déteste sa mère. Il hait sa mère. Tout comme il déteste, il hait Pierrick. Souvent, il dit, pardonnez-moi pour ces mots-là. Mais c'est la réalité. Il sait qu'on se doit d'aimer ses parents, mais parfois, aimer fait trop mal. Alors Boris, il préfère haïr. Sa mère. Maman. Boris ne sait pas pourquoi il pense à elle, tout à coup. Sûrement comme il pense à la mort de Pierrick.

Quelques jours avant de rejoindre Olivier, Boris était allé la voir chez elle. Tout était si calme. Et il était resté sur le palier, longtemps, à attendre qu'elle lui ouvre. Il avait attendu jusqu'à ce que le soleil décline. Boris avait apporté des fleurs. Comme chaque fois. Il s'était assis sur le marbre des marches et il lui avait dit tout ce qu'il n'avait jamais pu lui dire, comme, *pardonne-moi pour ce que je m'apprête à faire, je t'aime, je te déteste tant, je te hais tellement depuis que tu es morte.* Puis, il était sorti du cimetière.

Un jour, elle était entrée dans sa chambre. Elle avait dit Boris, je vais devoir partir. Il avait sept ans. Boris s'était bouché les oreilles, la tête enfouie sous la couette. Il avait fermé les yeux, il ne voulait pas entendre sa voix. Il avait sept ans. L'âge de la raison, l'âge où l'on est un grand, maintenant. Elle avait dit, il faut que tu sois sage avec papa. Un silence. Puis, je compte sur toi. Boris avait sorti la tête, lentement. Il avait ouvert un œil, prudemment. Depuis quelques semaines, sa mère jouait au Petit Poucet dans la maison, elle semait ses cheveux partout où elle passait. Boris avait ramassé chaque fil, un par un, patiemment. Un jour, il trouverait un moyen de lui recoller sur la tête, promis. Sa mère était devenue de plus en plus pâle, de plus en plus fine. Boris n'osait plus respirer, de peur qu'elle ne s'envole. Elle avait refermé la porte de sa chambre, tout doucement. Boris ne savait pas encore que c'était la dernière fois qu'il la voyait. Avant de partir, elle l'avait embrassé sur le front. Elle lui avait dit tu es un petit garçon très courageux, Boris. Il avait haussé les épaules, comme toujours. Quelques jours après, sa mère était morte. Il n'avait pas pleuré. Son père lui avait dit de ne pas pleurer. Il était entré dans la chambre et avait dit, on ne pleure pas les étoiles. On les contemple la nuit en levant la tête. On les admire quand elles s'allument. Et on les regrette quand elles s'éteignent. Mais on ne pleure pas. Jamais. Boris avait dit oui de la tête. Je ne pleure pas, papa.

Vincent Lahouze

Depuis ce jour-là, quand la nuit tombait, avec son père, ils regardaient les étoiles. Et ils cherchaient sa mère. Boris ne savait pas laquelle c'était, est-ce qu'elle brillait plus fort que les autres, est-ce qu'elle était de l'autre côté de la Terre, est-ce que c'était celle qui venait de s'embraser comme pour l'embrasser une dernière fois. Boris ne le savait pas. À ses sept ans, sa mère était devenue une étoile dans le ciel. Une étoile de mère, tout simplement. Et depuis, Boris la haïssait.

Traumatisé par son départ, il s'était évertué depuis à masquer sa sensibilité exacerbée par une provocation constante, un goût pour la moquerie et un culte pour l'humour noir dont ses intimes n'étaient pas dupes. Pierrick et Olivier savaient ce qui se cachait derrière cette carapace et l'acceptaient comme il était, avec sa tristesse au fond des yeux. Depuis la mort de Pierrick, c'est comme s'il n'avait plus de place pour l'humour, le noir et l'amertume ont pris toute la place. Il aimerait se rappeler ce que ça fait de rire ou de provoquer, mais au fond de lui, il ne trouve plus que de la bile et de la colère.

Dans la chambre, Olivier dort tandis que son meilleur ami pleure en regardant le ciel. Et puis, Boris pense à son père. Son père le comprenait comme personne. Il plongeait ses yeux dans les siens, il lui disait, alors l'école Bobo, c'était comment. Son regard le transperçait, limpide et précis. Il haussait les épaules, comme toujours. Son père riait et répondait, comme moi au boulot. Il sentait un mélange de menthe et de bière, une lotion d'après-rasage et une odeur indéfinie que Boris avait fini par comprendre, des années plus tard. Celui de l'amour paternel et silencieux. Son père. Son professeur d'espagnol de père. Aujourd'hui,

Quartier libre

son dos est voûté, sûrement à force d'avoir trop porté la vie entière sur ses épaules. Il met des chemises à carreaux usées aux coudes, il mettait déjà les mêmes trente ans auparavant. Son père, l'avant-gardiste. Quand Boris l'appelle, son père laisse sonner quatre fois. Toujours quatre fois. Pourquoi quatre, Boris ne sait pas. Et il sait qu'il ne le saura jamais. Il l'appelle, et au bout de quatre sonneries, il entend sa voix bourrue. Boris dit toujours c'est Bobo. Il répond toujours, *alors l'école, c'était comment*. Puis, il éclate de rire. Boris ne sait jamais s'il rit ou s'il est sérieux. Dans le doute, il hausse les épaules, même si son père ne peut pas le voir. Boris redoute le jour où le téléphone sonnera dans le vide. Personne ne sera plus là pour répondre à la quatrième sonnerie.

Le jour se lève et Boris n'a pas fermé l'œil de la nuit. Il entend Olivier se réveiller dans sa chambre. Il entre dans le salon, sur des charbons ardents.

— Amir m'a envoyé un message ! Marwan a mordu à l'hameçon ! Ils se sont donné rendez-vous ce soir, à côté du lac de la Reynerie, vers 22 heures… C'est un coin assez tranquille, y aura personne ! On va l'avoir ! On va venger Ismahane !

Boris hoche la tête, l'estomac noué. Il se contente d'un vague sourire. Ainsi, c'est ce soir que tout s'achève.

À quelques kilomètres de là, Marwan se prépare aussi. C'est aujourd'hui que tout va se jouer, que sa légende va s'inscrire à jamais sur les blocs du quartier. Même dans vingt ans, on se souviendra de cette journée, on se souviendra de Marwan, c'est certain. L'adolescent essaye de rester calme. C'est grâce à ça qu'il est au sommet, il le sait. Il a une pensée pour Yassine, son mentor. Il n'aura jamais l'occasion de lui dire merci pour tout ce qu'il lui a appris. Marwan prépare son sac. Lentement, avec précaution, rien ne presse, il a la vie devant lui.

Vincent Lahouze

*
* *

Dans sa cellule, Yassine ne parle plus. Il a la bouche légèrement entrouverte, les yeux mi-clos. Ismahane et Pierrick sont là, dans un coin, et continuent de lui parler régulièrement. Mais Yassine n'a plus la force de répondre. Il se contente d'écouter leurs provocations. Aujourd'hui, sa petite sœur semble plus agitée que jamais. Elle vole à travers la pièce, à en donner le tournis à son grand frère. Elle parle en boucle, sur un ton de plus en plus aigu qui lui vrille le crâne.

– Aujourd'hui, tout s'achève ! Aujourd'hui, tout s'achève ! Aujourd'hui, tout s'achève !

Et elle tape dans ses mains pour faire sursauter Yassine. Pierrick en profite pour en rajouter une couche. À l'oreille de son assassin, il susurre.

– Aujourd'hui, nous allons enfin être vengés, Yassine.

L'ancien dealer enfouit sa tête sous le coussin, malgré les médicaments, il entend toujours leurs voix, c'est insupportable. Mais il ne veut rien dire au psychiatre de la prison, à quoi bon. Yassine est conscient que tout ceci n'est pas réel, que c'est le fruit de son imagination. La voix de sa petite sœur, celle de l'ami d'Olivier continuent de résonner dans son crâne. Lentement, il se bouche les oreilles et se balance sur son lit comme quand il était petit. Il n'y a que comme cela que les sons diminuent et finissent par disparaître. Un jour, peut-être qu'ils ne reviendront pas ? Un jour, qui sait.

*

Quartier libre

Il est bientôt 22 heures, Olivier et Boris sont en route pour le lieu du rendez-vous. C'est une nuit sans étoiles, le ciel est noir. Seule la Lune, et quelques lampadaires à la lumière blafarde éclairent le lac de la Reynerie. Les deux amis sortent du métro, Boris a tenu à prendre son blouson.

Au même moment, Marwan s'habille pour rejoindre Amir. Le jeune dealer rabat la capuche sur sa tête, il ne faudrait pas qu'on le reconnaisse, si proche du but.

À quelques centaines de mètres de là, Amir descend les escaliers qui le mènent sur le ponton.

Olivier et Boris sont les premiers arrivés, ils se cachent dans les fourrés qui bordent le lac. Olivier regarde Boris d'un air intrigué. Il lui demande, vaguement inquiet.

– Mais Bobo, qu'est-ce que t'as à triturer les poches de ton blouson comme ça ?

Boris ne répond pas, il hausse les épaules comme pour lui dire, c'est sans importance, mon pote. Olivier répète le plan, encore et encore, en boucle. *Quand Marwan arrive, tu appelles la police, moi je me débrouille pour l'immobiliser. Quoi qu'il se passe tu ne bouges pas tant que les flics ne sont pas là.* Ils attendent. Et l'heure tourne. Amir arrive sur le ponton du lac, Olivier le voit tourner la tête de droite à gauche, il peut sentir que le jeune adolescent n'est pas tranquille. Quelques minutes après, Marwan apparaît, sa capuche rabattue, la tête baissée. Les deux jeunes se saluent, rapidement. Quelques mots chuchotés à voix basse sont prononcés.

Et brusquement, Amir recule, comme surpris par ce qu'il vient d'entendre. Il regarde Marwan, qui semble hésiter tout à coup. Il retire sa capuche, le couteau à la main. Amir est choqué, il veut faire demi-tour, mais Marwan l'agrippe par la manche, et les deux adolescents se débattent brièvement. Dans cette lutte aussi intense que silencieuse, Amir s'arrache à l'étreinte de Marwan, tire sur le sweat de son agresseur découvrant son épaule. Puis, sans se retourner, se met à courir le long du lac, avant que Marwan ne puisse réagir. Olivier et Boris sont à quelques mètres, toujours dissimulés dans les fourrés. De là où ils sont, ils peuvent distinguer le dealer remettre précipitamment son sweat en place, il semble perturbé. C'est le moment d'agir. Olivier se redresse à moitié, prêt à lui sauter dessus pour l'entraver, mais il n'a pas le temps de faire quoi que ce soit que Boris le pousse à terre violemment, et lui dit :

— Pardonne-moi, je ne peux pas faire autrement.

Boris qui vient de sortir un revolver de la poche de son blouson bondit de sa cachette. Déjà il tient Marwan en joue. Sa main tremble, l'arme pèse une tonne. Il hésite. Olivier se relève tant bien que mal, les rejoint avant que Boris n'ait eu le temps de tirer. Il se jette sur son ami pour tenter de le désarmer. Olivier hurle, tout en le ceinturant.

— Non Boris ! Non ! Ne fais pas ça.

Il n'a pas le temps de terminer sa phrase qu'un coup de feu, puis deux partent de manière incontrôlée, avant que Boris ne finisse par lâcher le flingue, qui tombe par terre. Aveuglé par sa rage, il se libère de l'étreinte d'Olivier et se précipite à nouveau sur Marwan, qui n'a pas bougé, tétanisé par ce qui vient de se produire sous ses yeux. En voulant échapper à la fureur de Boris, l'adolescent se décide à reculer, paniqué, et glisse sur le ponton mouillé. Sa tête vient heurter de plein fouet le bord de la rambarde et, sous la violence du choc, Marwan bascule dans l'eau sombre. Olivier se redresse, horrifié, hurle sur son ami.

– MAIS POURQUOI TU AS FAIT ÇA ! C'EST QUOI, CETTE ARME ? ELLE SORT D'OÙ ? ON AVAIT DIT QUE TU APPELAIS LES FLICS ! PUTAIN, BORIS !

Olivier se penche au bord du ponton, il a beau scruter l'eau noire, mais rien n'apparaît à la surface, Marwan a coulé. Olivier revit la scène en boucle, superposant le visage de Pierrick sur celui du jeune dealer tombé dans le lac. Boris, quant à lui, ne bouge pas, prostré, le regard vide. Il a ramassé l'arme, mais ne semble pas avoir conscience de ses gestes, il murmure, dans une litanie, *je devais le faire, je devais le faire, je devais le faire.* Quelques secondes passent, qui ressemblent à des heures, ils ne seront bientôt plus seuls, le bruit des coups de feu aura sûrement attiré des habitants du quartier. Olivier prend une grande respiration, il secoue Boris, qui sort peu à peu de sa léthargie. Il répète en boucle, *Je suis désolé, je suis désolé, Olive, je ne sais pas ce qu'il m'a pris, je suis désolé...*
– Écoute-moi bien, il faut que tu te casses de là ! Je crois que tu ne l'as pas touché, mais il faut que tu te débarrasses de ce flingue, jette-le dans le lac !

Boris s'exécute comme un robot, incapable de penser par lui-même. Olivier regarde son ami, devenu peut-être un assassin. Au loin, il croit entendre le bruit d'une sirène qui se rapproche. Olivier sait que la vie de Boris est foutue s'il se fait attraper par la police. Même pour homicide involontaire, il pourrait passer une bonne partie de sa vie en prison. Il n'y survivrait pas. Olivier attrape le visage de Boris entre ses mains, front contre front. Il lui dit.

— Pars. Boris, pars ! Personne ne sait que tu étais là, aucun ado du quartier ne t'a vu... Il faut que tu partes avant que les flics n'arrivent ! Moi, j'reste, je dois assumer nos actes mais toi, TU TE CASSES !

Boris balbutie, comme s'il sortait d'un mauvais rêve, il ne comprend pas les mots d'Olivier, qui le repousse de toutes ses forces. Il essaye de dire quelque chose, mais tout se bouscule entre ses lèvres, alors il regarde Olivier une dernière fois et sans dire un mot, il se met à courir et disparaît dans la pénombre des fourrés.

Olivier reste seul, en proie à ses démons intérieurs, toujours à scruter l'eau sombre, il se précipite sur la berge dans l'espoir de voir réapparaître Marwan. S'engage dans l'eau sombre à sa recherche. Mais rien ne vient troubler la surface de l'eau. Il reste là, en état de choc, perdu dans ses pensées. Des adolescents, ses adolescents accourent, alertés par les coups de feu. Ils sont cinq, puis dix, ils sont rejoints par d'autres personnes, et bientôt, ils sont vingt à se presser sur le ponton et autour d'Olivier. Le vieil Hamadi est là, aussi. Tania secoue son éducateur. Les questions fusent, que s'est-il passé, Olivier ? C'était quoi ce coup de feu ! Toi aussi, tu as entendu le bruit ? T'es blessé ? À voix basse, Narimen demande, mais où est Marwan ? Et ça discute, ça s'interroge, et si c'était simplement des pétards ou des feux d'artifice ? Olivier ne répond pas, il se contente de regarder la surface de l'eau, les yeux vides. On le secoue, on essaye de le redresser. Dans le doute, quelqu'un a prévenu la police et les pompiers.

Quartier libre

Indifférent à l'agitation autour de lui, Olivier est à genoux, les images qui tournent en boucle, continuellement, dans sa tête. Il semble pétrifié, comme mort de l'intérieur. Un détail l'obsède, sans savoir pourquoi. Amir qui arrive. Marwan qui retire sa capuche. Le couteau à la main. Amir qui recule, choqué. La lutte entre les deux adolescents. L'épaule dénudée. Boris qui s'avance, le pistolet chargé. La lutte. Marwan qui ouvre de grands yeux surpris. Les tirs désordonnés. L'adolescent qui se cogne la tête, s'effondre et tombe à l'eau. Olivier est incapable de dire d'où vient son malaise. Les yeux vitreux, il voit les scènes se succéder sans cesse. Soudain, de très loin, il entend un cri. Il reconnaît la voix de Narimen. LÀ ! Y A UN CORPS QUI REMONTE À LA SURFACE. Aussitôt, quelques téméraires se jettent à l'eau pour l'en sortir. Au même moment, un camion de pompiers, une voiture de police, gyrophares allumés viennent d'arriver. Un périmètre de sécurité est établi. Tout le monde se met à hurler et s'agite, on essaye de deviner l'identité de la personne inanimée sur la berge, la rumeur se répand rapidement à travers tout le quartier. De plus en plus de personnes se pressent en direction du lac. L'adolescent inanimé saigne abondamment du crâne, son visage ensanglanté luit à la lumière des lampadaires. Les gens qui se massent autour des barrières se mettent à parler, à crier tous en même temps, je crois que c'est Marwan, c'est Marwan qui est mort, il s'est noyé, non il saigne, il a pris une balle dans la tête ? Il a été tué, c'est Marwan, c'est sûr que c'est lui ! Et qui te dit que ce n'est pas son frère ? Non, c'est Marwan, obligé ! C'est un brouhaha qui enfle et qui explose.

Des policiers, qui connaissent bien Olivier, s'inquiètent de le voir amorphe, effondré.

— Est-ce que vous allez bien, Monsieur Gineste ? Vous avez l'air bouleversé ? Oh oh, Olivier ? Vous nous entendez ? Vous avez vu ce qui s'est passé ?

Autour de lui, l'atmosphère semble baigner dans du coton, les sons paraissent étouffés, assourdis, comme s'il avait la tête sous l'eau. La rumeur de la foule qui crie, au ralenti. Il entend qu'on lui pose des questions, mais elles viennent de si loin qu'il n'en comprend pas véritablement le sens.

— Avez-vous besoin d'un verre d'eau ?

Pendant ce temps, les pompiers ont déposé le corps par terre, nettoient la plaie à sa tête et procèdent à un massage cardiaque. Les mains sur la poitrine de l'adolescent, la série de compressions sur la cage thoracique commence. Undeuxtroisquatrecinq. Au milieu de l'agitation, Olivier n'a toujours pas bougé. Mais une phrase vient de s'infiltrer en lui, comme un poison qui se distillerait dans ses veines. Quelqu'un a prononcé ces mots-là. *Et qui te dit que ce n'est pas son frère.* Undeuxtroisquatrecinq. Peu à peu, il sent l'horrible vérité glisser dans son ventre, prendre possession de lui. Il repense à l'épaule dénudée. Qu'a-t-il vu l'espace d'un instant sur la peau nue du jeune homme ? Undeuxtroisquatrecinq. Et tout à coup, ça lui revient. Au moment où Amir s'était dégagé de l'étreinte de Marwan, Olivier avait cru distinguer furtivement une tache noire. On aurait dit une tache de naissance. Undeuxtroisquatrecinq. Son cerveau refuse d'admettre cette information. Mais il sait. C'est la tache de naissance de Walid. *Et qui te dit que ce n'est pas son frère ?* Dans l'esprit d'Olivier, c'est un trou noir qui vient de naître. Comment est-ce possible ? Comment Walid a-t-il pu se substituer à son frère au dernier moment ? Non, Olivier a mal vu, ce devait être une ombre sur l'épaule, un jeu de lumière avec l'obscurité. Ils n'ont pas pu envoyer un innocent à la mort. Mais cette phrase qui lui vrille le cerveau. *Et qui te dit que ce n'est pas son frère.* Et tout à coup, le vacarme qui revient, comme si quelqu'un venait de brusquement remettre le son. Olivier émerge du lac à son tour, la tête hors de l'eau. Hagard, les yeux fous, il regarde autour de lui, les gens qui pleurent, qui hurlent, qui filment. Le cordon de police qui plie mais ne rompt pas, sous la pression. Et puis, les pompiers qui s'affairent auprès du corps de l'adolescent, toujours inconscient.

Undeuxtroisquatrecinq. Les gestes qui s'enchaînent. D'une voix faible, Olivier dit à l'agent qui vient de le remettre debout. C'est moi... C'est moi qui l'ai tué.

Le policier écarquille les yeux, choqué par cet aveu spontané. Il regarde Olivier sans rien dire. Il se penche vers son collègue, lui murmure quelque chose à l'oreille. Les deux hommes se tournent vers le jeune éducateur avec prudence. L'un d'eux pose sa main sur la crosse de son arme.

– Pouvez-vous répéter ce que vous venez de dire ?

Olivier sait qu'il a atteint le point de non-retour, mais il doit le faire. Il ne peut plus reculer, désormais. Pour Boris, pour Pierrick, pour Ismahane. D'une voix un peu plus forte, il s'exécute.

– C'est moi qui ai tué cet adolescent, j'ai tiré, il est tombé dans l'eau, et j'ai jeté l'arme. Inutile de chercher ailleurs, c'est moi le coupable...

Silence. Stupeur. La foule amassée le long du lac a du mal à entendre ce qu'il vient de se passer. Tania se prend la tête dans les mains, refuse de croire ce qu'elle vient d'entendre. Farid baisse la tête, anéanti. Rapidement, l'information se répand comme une traînée de poudre. C'est Olivier qui a tué Marwan ? Mais c'est impossible ! Pas lui ! Pas Olivier ! Le vieil Hamadi secoue la tête, ce qu'il vient d'entendre est improbable pour lui. Il refuse de l'admettre. Il regarde le jeune homme, désemparé. Que s'est-il passé ? Comment a-t-il pu en arriver là ? Impossible. C'est impossible.

Narimen crie de plus belle. Il A SÛREMENT VOULU VENGER LA MORT D'ISMAHANE ! Un homme hurle. ASSASSIN. HONTE À TOI ! TU ES UN ASSASSIN.

Les policiers amènent un Olivier déboussolé à leur voiture. Au moment où ils vont le faire monter, le jeune homme se retourne, crie en direction des pompiers, mais sa voix se perd au milieu de la clameur, les mots s'envolent.

– EST-CE QU'IL A UNE TACHE DE NAISSANCE AU NIVEAU DE L'ÉPAULE DROITE ?

Mais il n'a pas le temps d'attendre une réponse, il ne sait même pas si les pompiers l'ont entendu. Il se retrouve assis, sans ménagement, sur la banquette arrière. Le gyrophare s'allume. Olivier se retourne, regarde à travers la vitre. La voiture démarre, laissant Olivier dans son ignorance et sa culpabilité. Il sait qu'il ne reverra jamais ce quartier.

Entre deux hurlements lancinants de sirènes, Olivier voit défiler ses cinq dernières années, les images se projettent tout le long de son dernier voyage, en filigrane sur les murs, sur les blocs, partout.

Quartier libre

La première fois qu'il a mis les pieds, ici. Le Taser. Hamadi et son thé à la menthe. À la marocaine, le meilleur. L'arrivée à l'école Mauriac. Ismahane, son Ismahane, du haut de ses onze ans, du haut de ses presque seize ans. Sa silhouette se dessine, qui court et qui saute du haut de la fenêtre. Ses goûters chaque année pour son anniversaire. Walid qui slame le jour des Portes ouvertes. Les yeux sombres de Yassine. La mort de Pierrick. Le séjour à la mer avec ses adolescents. Et les fous rires qui étaient montés jusqu'aux étoiles. La voix de Brahim. L'amour de Sophie, son départ. La cruauté de Marwan. Boris qui s'enfuit, dans l'obscurité. La tache de naissance qu'il a cru voir et qui l'obsède. Ce doute qui le taraude et dont il n'a pas la réponse. *Qui te dit que ce n'est pas son frère.* Olivier sourit tristement tandis que la voiture fonce dans la nuit noire. Si noire que nul ne peut apercevoir la main de la victime imperceptiblement bouger.

Au même moment, seul dans sa cellule, Yassine s'est pendu.

Remerciements

Et puis me revoilà, deux ans après la sortie de mon premier roman, à l'aube de vivre une nouvelle aventure avec ce livre. Encore une fois, je suis ému, assis tout seul derrière mon écran, à l'idée de savoir que vous lisez ces mots-là et qu'ils voyagent.

Tout d'abord, un immense merci aux éditions Michel Lafon, à Michel et Elsa Lafon, pour la confiance renouvelée, moi qui ne pensais écrire qu'un seul livre, qui après *Rubiel* ne savais pas si j'aurais encore des choses à dire. Comme pour le premier roman, j'ai été accompagné du mieux que possible, remotivé quand je ne l'étais plus, soutenu quand je manquais de trébucher. Alors merci à Maïté, mon éditrice pour son œil expert, son travail d'orfèvre et ses suggestions tout en bienveillance pour faire de *Quartier libre* quelque chose dont je suis immensément fier. Merci à Anne, ma chère attachée de presse, merci à Anaïs pour les rencontres et les dédicaces en librairies qu'elle organise, à Anissa pour les salons qui me permettent d'échanger avec vous, merci à Marion pour la mise en lumière et la promotion sur les réseaux sociaux. Que l'aventure dure, encore et toujours !

Merci à Elsa, Julien, Léa, Laure et Nora pour leurs retours pertinents quant à la première ébauche de *Quartier libre*. C'est la famille, la team Chocolatine (pour la plupart !)

Merci à mon père et à ma mère pour la lecture, en avant-première, et leurs remarques perspicaces qui m'ont bien aidé.

Merci à Camille, pour sa présence quotidienne, sa force et son amour quand j'étais usé par l'écriture et en proie aux doutes.

Écrire *Quartier libre* n'a pas été simple. Je me suis inspiré de ce que je vivais la journée, depuis des années, pour le retranscrire le soir, sur mon clavier. Immergé 24 heures sur 24 heures, je ne me suis donné aucun répit durant des semaines. Mais c'est comme cela que j'aime écrire, que je ressens les choses, au plus profond. Pour être au plus près de la vérité, ma vérité.

Une nouvelle fois, merci à celles et ceux qui me lisent depuis des années, que ce soit sur Facebook, Instagram, et désormais en librairies. Merci aux anciens, aux nouveaux, à celles et ceux qui prennent le temps de m'écrire. Chaque mot me touche, tellement. Merci pour votre fidélité, votre soutien sans faille.

À bientôt, qui sait ?

Cet ouvrage a reçu le Prix Folire et le Prix Jeune Mousquetaire

« Intelligent, troublant, et poignant. »
LiRE

VINCENT LAHOUZE

RUBIEL E(S)T MOI

Roman

« Un roman sincère et émouvant. »
Prima

« À vous de découvrir cette merveille vivement recommandée. »
Le Courrier Picard

POCKET
Un livre, une rencontre.

pca
cmb
édition pré-presse
livres numériques

44400 Rezé

IMPRIM'VERT®   PEFC™ 10-31-1510

Imprimé en France
par Corlet Imprimeur
14110 Condé-en-Normandie
Dépôt légal : octobre 2020
N° d'impression : 20090082
ISBN : 13 : 978-2-7499-3897-4
LAF : 2705